Claus Jürgen Bartels

von Hamburg bis Mama Sun

10 Jahre auf den Weltmeeren

www.tredition.de

© 2016 Claus Jürgen Bartels

Verlag: tredition GmbH, Hamburg

ISBN
Paperback: 978-3-7345-1600-9

Printed in Germany

Geschichten aus der Seefahrt

So fing sie an, meine Zeit bei der Seefahrt.

Am 09. Januar 1942 wurde ich in dem kleinen Dorf Ohrwege bei Bad Zwischenahn im Ammerland, Verwaltungsbezirk Oldenburg (Oldenburg) geboren. Von 1948 bis 1956 besuchte ich, so wie zur damaligen Zeit üblich, die Volksschule. Der Besuch eines Gymnasiums war für einen Dorfbewohner eigentlich nicht vorgesehen. Meine Volksschule in Ohrwege war noch eine richtige Dorfschule in der das 1. bis 4. und 5. bis 8. Schuljahr in jeweils einem Klassenraum unterrichtet wurde. Es gab 2 Lehrer. Bei Krankheit oder anderweitiger Abwesenheit eines der Lehrer wurde eine Schülerin oder ein Schüler aus der 8. Klasse als „Ersatzlehrer" für die Jahrgänge 1 bis 4 abgestellt.

In jedem Klassenzimmer gab es einen Ofen, der mit Torf beheizt wurde. Das Heizmaterial wurde bis Anfang der 1950ger Jahre von den Dorfbewohnern gestellt. Für die tägliche Betreuung der Öfen, d.h. Torf nachlegen, Ofen sauber machen und vieles andere mehr, wurde einer der Schüler aus der 8. Klasse ausgewählt. Wenn man zu den Auserwählten gehörte, war das ein großes Privileg, da man dann, wenn auch in einem engen Rahmen, sich hin und wieder vom Unterricht ausblenden konnte. 1953 wurde dann eine neue Schule gebaut, auch mit tatkräftiger Unterstützung der Dorfgemeinschaft. Dieser Neubau hatte dann schon einen zentralen Heizkessel, der aber nach wie vor mit Torf beheizt wurde. Ein „Heizer" aus den Reihen der Schüler wurde also immer noch benötigt. Bis zu diesem Neubau waren die Toiletten (Plumpsklosett) in einem Toilettenhaus auf dem Schulhof angesiedelt, was dazu führte, dass es im Winter unangenehm kalt, d.h. im wahrsten Sinne des Wortes „Arschkalt" war und im Sommer zeitweise richtig schlimm gestunken hat.

In der damaligen Zeit wurde in Niedersachsen mit Abschluss des 8. Schuljahres das Ziel der Volksschule erreicht und die reine Schulausbildung beendet. Im 5. Schuljahr, zumindest glaube ich, dass es zu diesem Zeitpunkt war, habe ich mit Erfolg das Ansinnen meiner Eltern abgelehnt, das weiterführende Gymnasium in Bad Zwischenahn zu besuchen. Darin sah ich keinen Sinn und meine Eltern konnten mich nicht von der Nützlichkeit einer höheren Schulbildung überzeugen. Ich wollte schnellstmöglich weg von der Schule und rein in das richtige Leben, arbeiten wie meine Geschwister.

Nach erfolgreichem Abschluss der Volksschule im April 1956 habe ich mit Hilfe meines Vaters eine Lehrstelle gefunden und die Ausbildung zum Maschinenschlosser in einem großen, holzverarbeitenden Betrieb in Bad Zwischenahn begonnen. In diesem Betrieb wurden sog. Spulen für die Textilindustrie und Formen für die Zigarrenindustrie hergestellt und in alle Herren Länder verschickt.

Oft kam ich, wenn ich mit dem Fahrrad durch das Werkstor über den Fabrikhof zu meinem Arbeitsplatz, der Maschinenwerkstatt fuhr, an Kisten mit der Aufschrift „KARACHI" „BOMBAY" „HAVANNA" und vielen anderen Städtenamen vorbei. Bei diesem täglichen Anblick muss mir wohl klargeworden sein, dass ich eines Tages an diese Orte reisen muss.

In meinem gesamten Umfeld gab es damals keinerlei Verbindung zur Seefahrt. Kein Mensch sprach von der Seefahrt, keiner Sprach über Schiffbau oder ähnliche Themen. Ich wusste zwar, dass es in Bremen und Hamburg einen Hafen gibt und dort Schiffe ankommen und wieder wegfahren, mehr aber auch nicht. Na ja, das „Zwischenahner Meer" war schon in der Nähe, aber sonst? Keine Vorstellung!

Meine älteren Geschwister, eine Schwester und ein Bruder, sind einige Jahre vor mir auf die Welt gekommen und somit durfte ich dann mit rd. 7 jähriger Verspätung, als unbestrittener

Nachzügler in der Familienrangfolge, in der jetzt 5-köpfigen Familie zuzüglich Hund, Katzen, Kuh, Schwein und Hühner, relativ unbeschwert in diesem Dorf Ohrwege aufwachsen. Meine Geschwister haben allerdings, so lange ich zurück denken kann, immer behauptet, ich sei total verwöhnt worden. Ob dem so war, kann ich nicht beurteilen, wie auch, ich habe alles so genommen wie es kam, so war es für mich normal.

Eine Geflogenheit in unserer Familie bestanden darin, dass Kinder mit 18 Jahren für mindestens 1 Jahr oder länger aus dem Haus gehen sollten, um sich anderweitig umzusehen. Meine Schwester hat Ihre Abwesenheit von der Familie mit einer Lehre als Hauswirtschafterin auf einem Gut erfüllt, mein Bruder ist nach seiner Gärtnerlehre, die er in Bad Zwischenahn absolvierte, für mehrere Jahre von zu Hause weg gewesen und hat in Gärtnereibetrieben in Duisburg und Stuttgart gearbeitet. Und was sollte das „Nesthäkchen" unternehmen? Hier gab es wohl nur den Weg nach „KARACHI" „BOMBAY" und „HAVANNA". Also gedacht und in der Familie verkündet: „Nach Beendigung meiner Lehre fahre ich zur See"! Diese Entscheidung fiel mit 16 Jahren, also so gegen Ende 1958. Kommentar des Bruders, der davon hörte und zu dieser Zeit noch in Stuttgart gearbeitet hat: „Das kriegst du doch nicht fertig"!

Als deutlich wurde, dass die Gesellenprüfung nach 3½ jähriger Lehre im Herbst 1959 ohne Probleme bestanden würde, habe ich dann entsprechende Bewerbungen an Reedereien in Bremen und Hamburg geschrieben, um als Ingenieurassistent (Ing. Ass.) zur See zu fahren. Ein entsprechendes Gesundheitszeugnis wurde in dieser Zeit ebenfalls eingeholt. In der Zeit davor hatte ich mich natürlich ausführlich nach den beruflichen Möglichkeiten bei der Seefahrt erkundigt und mich für den technischen Part auf einem Schiff entschieden. Nach erfolgreichem Abschluss der Maschinenschlosserlehre im Herbst 1959 gab es aber immer noch keine Zusage einer Reederei. Die „lästernden"

Nachfragen meines Bruders, der zwischenzeitlich, so wie unsere Schwester, in der vom Vater gegründeten Friedhofsgärtnerei arbeitete, blieben nicht aus.

Das Abenteuer Seefahrt beginnt.

Dann endlich, noch vor meinem 18. Geburtstag, der Koffer war seit Wochen gepackt, am 22.12.1959, ein Telegramm von der DDG HANSA, einer damals bekannten Reederei in Bremen, mit der Aufforderung, mich am 23.12.1959 frühzeitig und abreisefertig in Bremen einzufinden, den Koffer aber am dortigen Bahnhof zu lassen. Das Datum war für die Mutter ein Schock! Für mich eine Erlösung und für die Geschwister Anlass zum Staunen. Die Reaktion meines Vaters ist mir nicht mehr gegenwärtig. Dann am 23.12.1959 mit dem Zug nach Bremen und ohne den Koffer, so wie von der Reederei gewünscht, zur persönlichen Vorstellung zur DDG HANSA. Hier wurden die Formalien zeitlich recht knapp gehalten. Zunächst musste ich zum Seemannsamt am Europa-Hafen in Bremen, um mir ein Seefahrtbuch ausstellen zu lassen. Dann zum Karstadt-Reisebüro, hier lag die Zugfahrkarte nach Hamburg, die von der Reederei hinterlegt worden war, damit ich auf ihre Kosten nach Hamburg reisen konnte. Die Zugfahrt nach Hamburg, vom dortigen Hauptbahnhof mit dem TAXI zum „Schuppen 80", dem Stammliegeplatz der HANSA-Schiffe. Das war für einen Jungen vom Dorf, so einem Exemplar wie mich, ganz schön aufregend. Am „Schuppen 80" sollte mein erstes Schiff, das Motorschiff MARIAECK, einfacher noch MS MARIAECK, oder noch einfacher, die MARIAECK, ein Schiff nach Portugal/Spanien liegen. Aber wo?

Ein unsicherer Junge, ein schwerer Koffer, Schiffe an der Pier, Kräne, Gabelstapler und Hafenarbeiter, ein richtiges Gewusel, aber kein Schiff mit dem Namen MARIAECK, alles nur Schiffe mit der Endsilbe „...FELS". Mist, du bist an der faschen Stelle.

Also Fragen! Ein Mann mit Papieren in der Hand gibt mir Auskunft.

Die MARIAECK liegt längsseits der HOHENFELS, da hinten und weg war er. Also mit Koffer zur HOHENFELS, ein großes Schiff, ein für mich zu dieser Zeit unvorstellbar großes Schiff, aber keine MARIAECK. Nochmals einen Arbeiter gefragt. Antwort: Junge, du musst auf die HOHENFELS, an der Wasserseite liegt die MARIAECK. Also allen Mut zusammen genommen, die Gangway zur HOHENFELS rauf, mit dem schweren Koffer, und dann sehe ich die MARIAECK, mein erstes Schiff, klein und unscheinbar, nur zugänglich über eine Leiter. Die Aufbauten „meines" Schiffes reichten so gerade bis an das Hauptdeck des großen Schiffes heran. Oh mein Gott, was nun. Es gab keine wirkliche Alternative als die Leiter runter, ohne Koffer, und wieder durchfragen.

Man nimmt mich wie selbstverständlich in Empfang, das Schiff ist richtig, man wartet schon auf mich und bringt mich zum Chief (1. Ingenieur). Der Koffer kommt mit dem Kran rüber. Man zeigt mir meine Kammer, die ich mit einem Kollegen teilen muss und kann meine Sachen auspacken. Alles ist gut, jetzt bin ich Seemann, glaubte ich!

Die Seekrankheit schlägt erbarmungslos zu.

Arbeitseinteilung als Ingenieur-Assistent, abgekürzt Ing.-Ass oder im Sprachgebrauch des Seemannes einfach nur „Assi", auf der Wache des 2. Ingenieurs (2. Ing.). Bis über Sylvester liegt das Schiff noch in Hamburg. Auslaufen der MARIAECK von Hamburg erst am 02.01.1960 mit Kurs auf Dünkirchen und weiter nach Portugal/Spanien. Während der Überfahrt nach Dünkirchen ist es sehr neblig und die See extrem ruhig. In der Maschine ist alles neu, groß und unvorstellbar kompliziert. Die ersten Zweifel kommen in mir hoch. Ob das wohl die richtige Entscheidung war, die ich für mein weiteres Arbeitsleben getroffen habe?

Auslaufen Dünkirchen wird es unruhig, das Schiff schaukelt! Auf dem Weg zur Biskaya, also noch im Ärmelkanal, kommen die ersten Anfälle der Seekrankheit. In der Biskaya ging es dann richtig zur Sache. Die Seekrankheit schlägt erbarmungslos zu, bis zum Einlaufen im ersten Hafen in Portugal, in Leixös, vergehen mehr als zwei Tage. In diesen Tagen wird das eigene Überleben angezweifelt. Nahrungsaufnahme ist nicht möglich und wenn doch, die Verweildauer im Magen kann in Minuten gezählt werden. Bei dem Dieselgeruch in der Maschine nimmt das „Kotzen" kein Ende. Getrunken wird nur Tee und manchmal Wasser. Tee aber auch nur, damit die Galle, einen Mageninhalt gibt es kaum, nicht so bitter schmeckt. Je Wache 4 Stunden arbeiten, morgens von 04:00 bis 08:00 Uhr und Nachmittags von 16:00 bis 20:00 Uhr. Immer einen Eimer in der linken Hand. Nur die rechte Hand ist frei für die nötigen Handgriffe. Es geht mir richtig schlecht, richtig sauschlecht! Doch dann die Erlösung. Einlaufen Leixös am 09.01.1960 gegen 16:00 Uhr. Mein 18. Geburtstag, und ich bin noch am Leben, wie kann das sein? Als das Schiff fest an der Pier liegt, ist wenig später auch die Seekrankheit vorbei, nicht zu fassen, das Essen schmeckt. Welch ein Wunder!

Ein unvergessenes Erlebnis zum 18ten Geburtstag.

Abends dann Landgang mit dem Funker. Hier ein Bier, dort ein Glas Wein, natürlich in den Kneipen des Hafens. Die anwesenden Frauen, die hier ihren Lebensunterhalt durch das Angebot von Liebesdiensten verdienten, haben ganz sicher einen Blick auf diesen schüchternen, unerfahrenen Jungen geworfen. Für mich war das alles so fremd und kaum zu sortieren aber trotzdem aufregend. Gegen Mitternacht hat mich dann eine der Frauen in ihrer Weisheit oder aber vielleicht auch nur aus Mitleid, oder war es Neugier, mit auf ihr Zimmer genommen. Mit großem Einfühlungsvermögen, so habe ich es jedenfalls empfunden, wurden mir die ersten Schritte der körperlichen Liebe beigebracht. Bisher war ich in dieser Disziplin ein absoluter Nobody. Ob ich zur damaligen Zeit bezüglich meiner sexuellen Null-Erfahrung dem allgemeinen Durchschnitt entsprach, soll hier nicht weiter hinterfragt werden, da ohne jegliche Relevanz.

Es war für mich neu und natürlich sehr aufregend, eine nackte Frau mit all ihren Rundungen betrachten und berühren zu können, und untätig blieb sie ja auch nicht! Das war schon eine köstliche Erfahrung. Diese Art der Zuwendungen von Seiten der holden Weiblichkeit hat mir gut gefallen. Bis Heute hat sich daran nichts Wesentliches geändert. Leider hat der Funker nicht dafür gesorgt, dass ich rechtzeitig zu Arbeitsbeginn zurück an Bord war. Dafür hat es dann den ersten „Anschiss" vom 2. Ing. gegeben.

Eine Mutter macht sich Sorgen.

Auf der Heimreise von Portugal und Spanien ging es wieder los mit der Seekrankheit. Die gleichen Symptome wie bereits auf der Ausreise, Erbrechen bis nur noch Galle zu schmecken ist, Trinken, aber kein Essen usw. usw. Die Angst vor dem Sterben hat sich allerdings schnell gelegt, die Seekrankheit aber leider nicht. Nach der 2. Reise, es waren etwa 2 Monate seit meiner Abreise aus dem Elternhaus vergangen, habe ich von Bremen aus einen Kurzbesuch zu Hause machen können. Als meine Mutter mich gesehen hat, war ihr erster Satz, den werde ich nie vergessen: „ O Gott, Junge, bekommst du nicht genug zu Essen"? Durch die elende „Kotzerei", die Arbeit an Bord und das völlig veränderte Umfeld hatte ich abgenommen, der Babyspeck war weg, kein Gramm Fett zuviel und rundherum in bestem Zustand. Mir ging es richtig gut! Übrigens, die Verpflegung war gut und mit Sicherheit nicht Ursache des Gewichtsverlustes.

Was bedeutet Wasser an Deck?

In der Zeit auf der MARIAECK, also in der Zeit meiner ersten Gehversuche bei der Seefahrt, habe ich viele Dinge lernen müssen. Oft kam es zu Situationen über die man im Rückblick nur herzlich lachen kann, die aber, wenn man direkt betroffen, d.h. der Verursacher eines Problems ist, als sehr peinlich wahrgenommen werden und sehr unangenehm sein können. Gleich zu Beginn meiner Zeit auf diesem kleinen Schiff, wir lagen in einem Hafen in Portugal, da passierte folgendes:

Der 2. Offizier wollte an Deck saubermachen lassen und benötigte dafür Wasser aus der Feuerlöschleitung. Auf diesem Schiff gab es noch keine Telefonverbindung von der Brücke oder einem anderen Ort auf dem Schiff in den Maschinenraum. Mündliche Nachrichten wurden über das „Sprachrohr" weitergegeben. Ein Sprachrohr besteht aus einer etwa 3 cm dicken Rohrleitungsverbindung, das an jedem Ende mit einem trichterförmigen Ansatz und einer eingesteckten Signalpfeife ausgestattet ist. Will man jemand auf der anderen Seite erreichen, zieht man die Pfeife aus dem Trichter und bläst kräftig in diesen Trichter hinein, legt dann das Ohr an den Trichter und horcht. Auf der anderen Seite wird die Signalpfeife gehört, so soll es jedenfalls sein. Die Person auf der anderen Seite zieht seine Signalpfeife aus dem Trichter und ruft laut den Begriff „ACHTUNG" in das Sprachrohr und signalisiert damit seine Bereitschaft eine Nachricht entgegen zu nehmen. Sofort danach legt auch er sein Ohr an den Trichter um zu hören, was denn die andere Seite von ihm will. Jetzt weiß der Erstere, auf der anderen Seite ist jemand. Er teilt sein Anliegen in sehr knappen Worten mit und legt sein Ohr wiederum an den Trichter. Der Nachrichtenempfänger hört diese Information, bestätigt diese und hört wieder in den Trichter. Wenn die Bestätigung mit der abgesetzten Nachricht übereinstimmt, gibt es nur noch ein „ENDE" und die Dinge nehmen ihren Lauf. Das funktioniert aber nur, wenn die Beteiligten wissen was sie machen müssen und wenn sie die bestimmten Fachbegriffe überhaupt verstehen.

In meinem Fall hat der 2. Offizier den Begriff „Wasser an Deck" in das Rohr gerufen, was bedeutete, dass er in der allgemein gültigen Seemannsprache den Betrieb der Feuerlöschpumpe gefordert hat, um von einem Matrosen mit einem Feuerlöschschlauch, die überall auf einem Schiff zu finden sind, das Deck spülen zu lassen. Hierfür musste ich nur die entsprechende Pumpe im Maschinenraum einschalten. Das wäre mein Job gewesen. Nur ich verstand den Begriff „Wasser an Deck" nicht.

Nach mehrfachen Versuchen einer Verständigung bin ich raus aus dem Maschinenraum, um an Deck zu schauen, was denn da los ist. Wir lagen doch im Hafen und „Wasser an Deck" konnte doch nur bedeuten, dass das Schiff unterging. Also, ich komme aus dem Maschinenraum, der 2. Offizier von der Brücke und wir treffen uns auf dem Achterdeck. Er brüllt nur noch: „Schmeiß endlich die Feuerlöschpumpe an, verdammt noch mal!" Ich hatte das aber immer noch nicht gerafft. Meine Frage, wo es den brennen würde, wurde nur noch mit einer wütenden Geste beantwortet.

Der 2. Offizier hat meinen Kollegen gerufen und der hat die Pumpe in Betrieb genommen und mich anschließend aufgeklärt und entsprechend informiert. Der Rest der Besatzung hat sich wahrscheinlich noch tagelang über diesen seltsamen Menschen amüsiert, der glaubt zur See fahren zu müssen aber doch so ahnungslos war.

Mein erstes Bootsmanöver und wieder ein „Anschiss".

Zur Sicherheit der Besatzung auf Seeschiffen ist es Vorschrift, dass in regelmäßigen Abständen Bootsmanöver, Manöver Mann über Bord und auch Feuerlöschübungen durchgeführt werden. Jedem Besatzungsmitglied wird in der Sicherheitsrolle, die vom Kapitän oder dem Sicherheitsoffizier festgelegt wird, eine entsprechende Aufgabe zugeteilt. Die Sicherheitsrolle ist der Plan zur Organisation der Sicherheit an Bord von Seeschiffen.

Mein erstes Bootsmanöver fand wenige Tage nach dem Debakel „Wasser an Deck" in einem anderen Portugiesischen Hafen statt. Meine Aufgabe in dieser Sicherheitsrolle war es nun, dass ich im Falle dessen, dass wir das Schiff mit dem Rettungsboot verlassen mussten, Wolldecken in das Boot zu bringen hatte, so stand es in der Sicherheitsrolle geschrieben. Außerdem gibt die Sicherheitsrolle vor, dass im Notfall, natürlich gilt das auch für jede Übung, jeder Mann feste Schuhe und warme Kleidung zu tragen hat. Ein Sicherheitsmanöver wird nie weit im Voraus angekündigt. In diesem Fall bekamen wir 30 Minuten vor der Alarmauslösung die Information, dass es sich um eine Übung handeln würde. Na ja, ich bin dann, so wie ich gerade angezogen war, also locker und flockig in Hemd und Hose, natürlich ohne die Wolldecken und mit „Schlappen" an den Füßen, auf dem Bootsdeck erschienen. Da hat es den nächsten „Anschiss" vom Sicherheitsoffizier, in diesem Fall war es wieder der 2. Offizier, gegeben. Vor versammelter Mannschaft hat er mich so richtig rund gemacht. Ich bin losgeflitzt, habe mich warm angezogen, inklusiver fester Schuhe, bin mit den Wolldecken, so wie gefordert, wieder auf dem Bootsdeck erschienen. Nachdem der 2. Offizier festgestellt hatte, dass nunmehr mit einer Verspätung von 7 Minuten der „Schiffsuntergang" beginnen könne, wurde das Rettungsboot zu Wasser gelassen. Ein Teil der Besatzung, ich war nicht dabei, drehte eine kleine Runde im Hafenbecken und durfte dann wieder zurück. Das Boot wurde wieder eingehakt und mit der Winde in die Davids gezogen. Bei allen weiteren Rettungsübungen, auch später auf anderen Schiffen, habe ich die Dinge immer so erledigt, wie sie in der jeweiligen Sicherheitsrolle festgeschrieben waren.

Der zornige Chief.

Einige Zeit später, es könnte auf der 2. Reise nach Portugal und Spanien gewesen sein, auf jeden Fall war das Schiff nicht in Fahrt, sondern lag auf einer Warteposition am Anker. Wenn ich mich recht erinnere, ankerten wir auf dem Fluss Tejo, der bei Lissabon in den Atlantik mündet, d.h. auf Lissabon-Reede. Zu diesem Zeitpunkt hatte ich meine Arbeit im Maschinenraum zu machen. Es war relativ ruhig im PS-Keller, wie so allgemein der Maschinenraum von uns genannt wurde. Nur ein kleines Dieselaggregat für die Stromerzeugung war in Betrieb. So gegen 22:00 Uhr hörte ich plötzlich lautes Gebrüll oben im Maschinenschacht.

Der Chief stand dort, nackend und voller Seifenschaum. Mein Gott, dachte ich, was ist da passiert. In Windeseile bin ich die Treppen zu ihm rauf und bleibe mit fragendem Blick vor ihm stehen, vor ihm, dem Chief, dem Chef der Maschine, ein großer Mann mit ausgeprägter fülliger Figur, d.h. einem riesigen Bauch und sehr dünnen Beinen, eher furchterregend als Respekt einflößend. Er ranzt mich an: „Sag mal Assi, pennst du? Hast du eigentlich nicht mitgekriegt dass auf der Wasserleitung kein Druck mehr ist? Pennt ihr eigentlich alle hier auf diesem Schiff? Mach hin und regele das! Und weg war er!". Was war passiert? Der Drucktank, aus dem das gesamte Trinkwassersystem versorgt wird, war ohne ausreichenden Druck. Die Dusche vom Chief, der auf dem Bootsdeck wohnte, also ziemlich weit oben im Schiff, wurde nicht mehr mit Wasser versorgt. Zum „Nassmachen" und „Einseifen" hatte es noch gereicht, dann war der Druck weg und ein Abspülen der Seife war nicht mehr möglich.

Den Fehler konnte ich relativ schnell beheben, ich brauchte nur auf einen anderen Frischwassertank umstellen und die Pumpe hat das System wieder auf Druck gebracht. Bemerken konnte man einen derartigen Fehler nur, wenn man regelmäßig auf die Druckanzeige des Wassertanks geschaut hat, ich als der große „Unwissende" musste derartige Dinge noch lernen. Ein Alarmsignal bei Druckabfall, so wie es später auf modernen Schiffen üblich war, gab es auf der MARIAECK nicht. Mir ist auch nicht im Gedächtnis geblieben, das diese Nachlässigkeit von mir größere Wellen geschlagen hat. Mein Kollege, der schon mehrere Jahre zur See fuhr, hat das Ganze mit einer lässigen Handbewegung als unbedeutend bewertet.

Die Seekrankheit ist unverändert präsent.

Auf Heimreis nach Deutschland, es war zum Ende meiner 4. Reise mit der MARIAECK, das Wetter war gut, die See ruhig, nur eine ausgeprägte Dünung aus Nordwest hat das Schiff in Bewegung gehalten. Meine Seekrankheit schien überwunden. Es war Sonntag, also gab es zum Frühstück traditionsgemäß „Eier nach Wunsch". Mir ging es gut, ich hatte Hunger und somit ging es nach Wachende geradewegs unter die Dusche und dann gut gelaunt in die Offiziermesse zum Frühstück. Auf der MARIAECK gab es in der Offiziermesse nur einen Tisch der vor einer gepolsterten Eckbank platziert war. Hier war Platz für den 2. Ing., 3. Ing., 2. Offz., Funker und zwei Ing.-Ass. Diese Maximalbelegung war jedoch nur im Hafenbetrieb möglich, wenn der Maschinenraum nicht durchgängig besetzt sein musste. Als rangniedrigstes Messemitglied hatte ich auch den ungünstigsten Sitzplatz einzunehmen. An diesem Sonntag so gegen 08:15 Uhr waren der 2. Ing., 3. Ing., 2. Offz., Funker und ich als Assi, zum sonntäglichen Frühstück erschienen. Mein Assi-Kollege hatte zu dieser Zeit seinen Job im Maschinenraum zu machen. Da er schon sehr erfahren war, durfte er diesen Job alleine, ohne Wachingenieur, erledigen. Verantwortlich für die sog. 8-12-Wache war der Chief, also der Chef der Maschine.

Nun saß ich in der Messe, was auf einem Seetörn wegen der Seekrankheit für mich nach wie vor eine Ausnahme war, hinten auf dem Sofa, eingeengt vom Funker der auf der einen Stirnseite des Tisches seinen Stammplatz besetzte. Der 2. Offizier hatte seinen Platz auf der ihm gegenüber liegenden Stirnseite des Tisches. Dann nahm das Unheil seinen Lauf.

Der Koch, einen Steward für die Offiziermesse gab es auf diesem kleinen Schiff nicht, brachte mir die georderten 2 Spiegeleier, wunderschön anzusehen und auch herrlich riechend. Eine Scheibe Brot mit Butter geschmiert, die beiden Eier drauf, und schnell den ersten Happen genommen. Na ja, ein leichtes Unwohlsein wurde registriert aber noch nicht ernst genommen. Nach dem zweiten Bissen fing der Magen an zu meutern, ich konnte zunächst gerade noch durch verzweifeltes Schlucken schlimmeres verhindern.

Ich wollte nur noch raus aus der Messe, rauf an Deck und diese scheiß Spiegeleier, die doch so gut gerochen und so appetitlich ausgesehen hatten, wieder loswerden. Hat nur teilweise geklappt, der Funker hat mein Problem nicht rechtzeitig erkannt, ich konnte nicht mehr reden, mein Mund war voll. Ergebnis: Der Funker konnte sich noch reaktionsschnell in Sicherheit gebracht, der 2. Offizier hatte keine Fluchtmöglichkeit mehr. Er hat den ersten Schub meines bis dahin vertilgten Frühstücks abbekommen oder einfacher ausgedrückt: Ich habe ihm die Klamotten vollgekotzt.

Den Rest habe ich dann in den Atlantik entsorgen können. Mein Gott, war mir das peinlich! Den guten Mann höre ich heute noch vor Zorn und Entsetzen aufbrüllen. Was mich damals gewundert hat ist, dass man mich nicht wegen anhaltender Unfähigkeit von Bord gejagt hat.

Das stachelige Weinfass.

Außer den schönen Kneipenerlebnissen, mit Allem was dazu gehörte, den Landgängen sowie das Schnuppern an fremden Kulturen in Portugal und Spanien, sind mir noch zwei Sachen im Gedächtnis geblieben die ich noch kurz erzählen muss.

Von Portugal haben wir immer Wein in großen Holzfässern und Rinden der Korkeichen als Ladung transportiert. Die Rinden der Korkeichen wurden wegen des geringen Gewichtes immer an Deck verladen, natürlich entsprechend gelascht, d.h. fest verzurrt und befestigt.

Die hölzernen Weinfässer dagegen, die teilweise bis zu 5.000 Liter Wein enthielten, wurden in den Laderäumen verstaut. Diese Weinfässer, vor allen Dingen wenn sie schon älter waren und oft den Weg über See gemacht hatten, sahen aus wie Igel. An vielen Stellen waren die Fässer angebohrt und wieder mit kleinen Holzpflöcken verschlossen worden. Angebohrt wurden diese Fässer auch von den Schiffsbesatzungen und damit natürlich auch von uns auf der MARIAECK. So kamen auch wir an sehr preiswerten und meistens auch qualitativ guten Wein. Der Empfänger dieser Fässer hat den jeweiligen „Schwund" sicher bemerkt und entsprechend einkalkuliert.

Der Jungmann und die Verkehrsschilder.

Auf der letzten Reise haben wir mit der MARIAECK in Brunsbüttel, einem kleinen Hafen an der Elbmündung, festgemacht. Ein

Teil der Besatzung ist am Abend an Land gegangen um sich ein bisschen zu vergnügen. Am Morgen darauf, wohl so gegen 08:00 Uhr kam ein Polizist an Bord. Was war passiert? Der Jungmann, ein Mitglied der Deckbesatzung im zweiten Lehrjahr, hatte auf dem Heimweg von der Kneipe zum Schiff, vielleicht kam er auch von wo anders, 5 oder 6 Verkehrsschilder abgebaut und fein säuberlich an Deck der MARIAECK platziert. Der Polizist war beim Kapitän, dann beim 1. Offizier und mit dem dann gemeinsam beim Bootsmann, dem direkten Vorgesetzten des Jungmannes.

Hier wurde ganz kurz und bündig, ohne Umschweife und ohne Protokoll festgelegt: Der Jungmann bekommt Werkzeug und Schrauben und baut die Schilder sofort wieder an den richtigen Stellen an. Das hat gut geklappt, damals, also 1960, ging so etwas noch ohne Anzeige und ohne Protokoll, in der heutigen Zeit wohl undenkbar.

Mein letzter Fehltritt auf der MARIAECK.

Auf der MARIAECK bin ich vier Reisen bzw. rd. 4 Monate geblieben. Auf diesen Reisen wurden Häfen wie Leixös, Porto, Lissabon, Setubal, Huelva, Cadiz, Algeciras usw. usw. angelaufen. Außerdem waren wir in Dünkirchen und einmal in Rouen. Die Häfen in Portugal waren damals für mich, und ich bin da wohl kein Einzelfall, absolut favorisiert. Landgänge in Dünkirchen oder Rouen waren überhaupt nicht angesagt.

Die Häfen Hamburg oder Bremen wurden eventuell zum Einkaufen oder für einen kurzen Besuch bei der Familie genutzt. In Portugal fühlte man sich richtig wohl. Im Vergleich mit Spanien waren die Portugiesen irgendwie freundlicher, offener, herzlicher. Wenn dann noch ein abendlicher Landgang damit verbunden war um sich für ein paar Stunden eine nette weibliche Gesellschaft zu suchen, dann war man in Portugal in noch besseren Händen als in Spanien. Wobei der Begriff „In besseren Händen" durchaus wörtlich gemeint ist.

Mit der Abmusterung von der kleinen MARIAECK war zwar der erste Schritt in die weite Welt getan. Das angepeilte Ziel „KARACHI", „BOMBAY" oder „HAVANNA" war jedoch noch weit entfernt, d.h. ich musste handeln. In Unkenntnis der offiziellen Wege habe ich dann schriftlich, direkt bei der Reederei, um Versetzung gebeten und mich damit wieder so richtig in die „Nesseln" gesetzt. Der richtige Weg wäre gewesen, mein Versetzungsgesuch über den 2. Ing. bzw. Chief einzureichen. Dieser von mir in Unkenntnis gewählte Weg war überhaupt nicht üblich und hat mir nur unnötigen, vor allen Dingen vermeidbaren Ärger eingebracht.

Für die Zeit auf meinem ersten Schiff war das dann auch der letzte Patzer den ich fabriziert habe, aber auf den danach folgenden Schiffen sollten weitere folgen.

Der 2. Ing. der MARIAECK ist mir besonders im Gedächtnis geblieben. Er hat ganz sicher so manches Auge zugedrückt wenn ich mal wieder wegen der Seekrankheit so richtig „out of order war" und mich mit meinem Kotz-Eimer durch den Maschinenraum schleppte. Zwangsläufig hat er dann Arbeiten erledigen müssen, zu denen ich nicht in der Lage war, die aber eigentlich zu meinem Job gehörten. Jahre später hörte ich von einem Kollegen, dass dieser 2. Ing. noch Jahre nach meiner Zeit auf der MARIAECK von dem armen Kerl erzählt hat, der so von der Seekrankheit gebeutelt wurde und trotzdem nicht das Handtuch geschmissen hat. Der gute Mann hat das wohl nie so richtig verstanden.

Wie sollte er auch, er kannte nicht die Hintergründe die mich zur Seefahrt gebracht haben. Er konnte nicht wissen, dass ich auf keinen Fall vor Ablauf eines Jahres die Seefahrt an den Nagel hängen wollte. Er konnte nicht wissen, dass ich auf keinen Fall aufgeben wollte, um dann in den Augen meines großen Bruders als „gescheitert" zu gelten. Aber das wirklich ausschlagge-bende Argument, was mich zum „Ausharren" bewegt hat war, dass mir dieser Job so richtig Spaß gemacht hat. Und außerdem, die See war nicht immer so rau, dass mich die Seekrankheit er-wischt hat und im Hafen lag das Schiff natürlich auch sehr ruhig. Ich war jung und konnte die Welt erkunden. Was will man also mehr! Übrigens, die Seekrankheit hat mich nie verlassen, ich habe nur gelernt besser mit ihr umzugehen.

MS FRAUENFELS.

Auf dem Weg nach Karachi und Bombay.

Am 19. April 1960 bin ich von meinem ersten Schiff, der MARIA-ECK auf eigenen Wunsch abgemustert, um meinen Zielen, den Häfen von Karachi, Bombay und Havanna einen entscheidenden Schritt näher zu kommen. Die Reederei hat mich schon am 25. April 1960, also wenige Tage nach dem ich die MARIAECK ver-lassen habe, auf die FRAUENFELS versetzt, die in den Persi-schen Golf fahren sollte. Unfassbar, ich kam dem Ziel, nach Kara-chi und Bombay zu kommen doch tatsächlich immer näher. Am 25. April 1960 ging es wieder mit dem Zug und mit vollem Ge-päck nach Bremen, wie schon einmal vor rd. 4 Monaten. Jetzt je-doch vom Bremer Hauptbahnhof mit dem TAXI in den Bremer Überseehafen, dem Liegeplatz der FRAUENFELS. Diese Anreise verlief für mich schon deutlich entspannter als die Anreise vor rund 4 Monaten, als ich mich auf den Weg zur MARIAECK ge-macht habe.

Da lag sie nun vor mir, die FRAUENFELS, ein richtig gro-ßes Schiff, wunderschön anzuschauen. Gespürt habe ich ein ganz tolles Glücksgefühl und auch etwas Stolz. Der kleine Junge, der in der Dorfschule in Ohrwege lesen und schreiben gelernt hat, ist nun auf dem Weg in den Orient, unfassbar!

Nach Abwicklung der Formalitäten, d.h. Papiere beim wachhabenden Offizier abgeben, anmelden beim 2. Ing. und Vorstellung beim Chief mit anschließender Einweisung in meine Kammer, die ich, so wie auf der MARIAECK mit einem Kollegen teilen musste.

Für den Seetörn wurde ich wieder der Wache des 2.Ing. zugeteilt. Diese Einteilung war sicherlich rein zufällig, glaube ich jedenfalls. Auf meinem ersten Schiff, der MARIAECK, lag meine Kammer unter dem Hauptdeck, gerade so über der Wasserlinie. Auf diesem Schiff, der FRAUENFELS, lagen die beiden Kammern für die vier Ing.-Ass, ich hatte noch 3 Kollegen, auf dem 1. Deck, d.h. eine Etage über dem Hauptdeck. Hier konnte man auch auf See bei normalem Wetter die Fenster offen halten. Welch ein LUXUS! Ein schickes Treppenhaus mit geschwungener Treppe und Handläufen aus Holz führte auf die oberen Decks. In der Offiziermesse hatten wir Ing.-Ass sogar einen eigenen Tisch und es gab Platz ohne Ende!

Die FRAUENFELS, ein normaler Stückgutfrachter mit zusätzlichem 50 Tonnen-Ladegeschirr, war deutlich größer als die MARIAECK und mit wesentlich mehr Komfort ausgestattet. Die

Offiziermesse auf der MARIAECK hatte Platz für 6 Personen und zwar an einem Tisch. Die Offiziermesse der FRAUENFELS bot Platz an insgesamt 4 Tischen. Ein Tisch für die Nautiker und den Funker, ein Tisch für die Ingenieure/Maschinisten und den Elektriker, der dritte Tisch für uns vier Ing. Ass. Der vierte Tisch war für Besucher gedacht, wurde aber selten belegt.

Die Seekrankheit hat mich nicht vergessen.

Die erste Reise ging von Bremen nach Hamburg, von hier nach Rotterdam, Antwerpen, Marseille und Genua. Von Genua weiter über Port Said, den Suezkanal in die Häfen des Persischen Golfes. Auf der Fahrt von Antwerpen nach Marseille hat mich die Seekrankheit wieder gepackt, wie sollte es auch anders sein, jedoch mit geringeren Auswirkungen als auf der kleinen MARIAECK. Auf der FRAUENFELS habe ich dann die Erfahrung gemacht, dass ich außerhalb geschlossener Räume, also an Deck oder oben auf der Brücke, mit Sicht auf den Horizont und Blick auf die Wellen, die Seekrankheit deutlich weniger gespürt habe.

Leider war bei Gefahr von Seekrankheit eine Verlegung des Arbeitsplatzes vom geschlossenen, nach Dieselöl riechenden Maschinenraum an Deck, mit Blick auf Wellen und Wasser inklusive frischer Luft, nicht möglich, gewünscht habe ich mir das schon!

Die Maschinenanlage, mein Arbeitsfeld als Assi, war auf diesem Schiff viel größer, noch komplizierter und ich hatte die ersten Wochen große Mühe mich in dem Gewirr von Rohrleitungen, Pumpen, Kompressoren, Separatoren, Dampfkessel, Hauptmaschine, Generatoren usw. usw. so einigermaßen zu orientieren. Wieder kamen Zweifel in mir hoch, ob ich den mir zugedachten Job überhaupt packen würde.

Nicht nur in Portugal gibt es die passenden Frauen.

In Genua habe ich mir dann mal wieder einen Landgang mit allem „Drum" und „DRAN" gegönnt. In den Kneipen des Hafenviertels gab es gute Gelegenheiten sich nach ein paar Gläser Wein oder Flaschen Bier von einer netten Frau abschleppen und anschließend verwöhnen zu lassen. Die Erinnerungen an meine Erlebnisse in Portugal waren wieder präsent, und das tat so richtig gut! Die Atmosphäre in den einschlägigen Kneipen von Rotterdam, Antwerpen oder Marseile war nicht zu vergleichen mit denen in Genua oder den Kneipen in den Portugiesischen oder Spanischen Häfen. In den nordeuropäischen Häfen und auch in Marseille wurden die Dinge irgendwie „kalt und geschäftsmäßig" abgewickelt, hingegen man in Portugal, Spanien oder Italien immer ein Gefühl der Zuneigung oder Sympathie vermittelt bekam.

Und so werden Kontakte gepflegt und gefestigt.

Es gab in Genua sogar ein paar dieser Frauen, die mit Erfolg einen festen Kundenstamm aufgebaut haben. Wie das vor sich ging? Sehr einfach! Ein großer Teil der Schiffe ist im Liniendienst unterwegs, d.h. das Schiff verkehrt nach einem mehr oder weniger festen Fahrplan. Diese Fahrpläne sind allen Besatzungsmitgliedern und natürlich auch den jeweiligen Reedereivertretern (Agenturen) in den Häfen bekannt. Die Frau hat sich also von einem Schiff ihren „Stammkunden" ausgewählt, seinen Namen und den des Schiffes notiert, den Fahrplan des Schiffes nachgefragt, alles keine wirklichen Probleme.

So lange dieser „Stammkunde" auf dem gleichen Schiff angemustert bleibt, hat sie immer die Möglichkeit ihn per Post oder sogar Telegramm zu erreichen und für die kommende Liegezeit in Genua zu sich einzuladen.

Und so funktioniert dann das Geschäft: Nach ein paar schönen Abenden oder Nächten mit ihrem auserwählten

„Stammkunden" geht dessen Reise von Genua z.B. weiter nach Indien, Burma oder in den Persischen Golf. Auf der Heimreise dann, also Wochen später, bekommt er, der „Stammkunde", im Suez Kanal eine Postkarte von seiner Liebesdienerin aus Genua mit der Bitte, sie in Genua unbedingt wieder zu besuchen, sie erwarte ihn und würde ihn auch sehr lieb behandeln. Er ist sehr erfreut und vielleicht auch geschmeichelt, sie kann davon ausgehen, dass er ein paar Stunden oder Nächte mit ihr verbringen wird. Beide haben die Gewissheit, dass es bei seinem nächsten Besuch in Genua keinen unnötigen Zeitverlust in der Kontaktaufnahme geben wird und, was eigentlich wirklich angenehm ist, dass beide Seiten wissen mit wem sie es zu tun haben und was der jeweilige Partner in den wenigen Stunden der Zweisamkeit einbringen kann. Man weiß, was man voneinander zu halten hat und kann sich also ganz den Freuden des Lebens hingeben. Sie kann ihr Auskommen für ein paar Tage sichern, hat, wenn es gut läuft, auch ein bisschen Spaß dabei und er darf sich ganz entspannt ihrer Pflege und Betreuung unterwerfen. So funktioniert im besten Fall ein Landgang des Seemannes in Genua.

Und so funktioniert das Leben auf einem Schiff.

Das Seefahrerleben besteht ja nicht hauptsächlich aus den Besuchen in Hafenkneipen, Party machen und das vergnügliche Zusammensein mit den dazu passenden Frauen, nein, in der überwiegende Zeit bei der Seefahrt wird hart gearbeitet. Die meiste Zeit wird im täglichen Routinebetrieb verbracht, aber das ist in anderen Berufen sicherlich ähnlich. Aber wie läuft, oder besser gesagt, lief so ein Routinebetrieb eines Assi auf einem deutschen Frachtschiff in den 1960er Jahren ab. Also, in meinem Fall hier auf der FRAUENFELS, täglich um 03:40 Uhr wecken durch den Kollegen, ein paar Minuten im Bett verharren, aufstehen, leichte „Katzenwäsche", dann über den Gang in den Waschraum mit den Spinden für das Arbeitszeug, Arbeitszeug an und ab in den Maschinenraum.

Ein kurzer Inspektionsgang zu den wichtigsten Betriebsstellen und dann „Treffen" am Maschinenleitstand mit dem Kollegen der vorhergehenden „Wache". Hier ein knapper Informationsaustausch über eventuelle besondere Vorkommnisse und dann hat der Kollege frei und nun muss man selbst dafür sorgen, dass die Maschinenanlage funktioniert. Dieser Ablauf gilt auch für den jeweiligen wachhabenden Ingenieur, in diesem Fall wird der 3. Ing. der die „Hundewache" zwischen 00:00 und 04:00 Uhr sowie 12:00 und 16:00 Uhr besetzt, vom 2. Ing., der von 04:00 bis 08:00 Uhr sowie 16:00 bis 20:00 Uhr Dienst hat, abgelöst. Zur damaligen Zeit wurde die gesamte Maschinenanlage noch „von Hand" gefahren, d.h. eine volle Automatisierung wurde erst ab 1970 Realität.

In den jetzt folgenden 4 Stunden bis zum Wachende um 08:00 Uhr gibt es immer etwas zu erledigen. Alle wichtigen Betriebsparameter müssen regelmäßig überprüft und nötigenfalls nachreguliert werden. Stündlich werden die wichtigsten Daten in das Maschinentagebuch eingetragen. So geht das bis 07:15 Uhr. Jetzt müssen der Kollege und der dann diensthabende Wachingenieur, in diesem Fall der 4. Ing., geweckt werden. Die Beiden haben noch Zeit zum Frühstücken um dann einige Minuten vor 08:00 Uhr im Maschinenraum die nächste Wache antreten. Nach erfolgter Ablösung durch den Kollegen geht es dann ab unter die Dusche, rein in die Freizeitkleidung und anschließend in die Offiziermesse zum Frühstücken. Die Zeit ab 08:00 Uhr bis 16:00 Uhr ist Freizeit. Um 10:00 Uhr trifft man sich zum „Smoketime", zwischen 11:30 und 12:30 Uhr wird das Mittagessen serviert und anschließend bis 15:00 Uhr geschlafen. Um 15:00 Uhr Kaffee in der Offiziermesse und um 16:00 Uhr Dienstantritt im Maschinenraum. Hier der Ablauf wie bereits geschildert. Um 20:00 Uhr Wachende, duschen, vielleicht ein Kartenspiel mit den passenden

Leuten, eine große Auswahl gibt es allerdings nicht und dann spätestens um 21:30 Uhr ins Bett. Wie gesagt, das nächste Wecken erfolgt um 03:40 Uhr, und zwar ohne Gnade. Dienstantritt um spätestens 04:00 Uhr am Maschinenleitstand, möglichst ausgeschlafen und natürlich ohne „Restalkohol". Alkoholexzesse, so wie dem Seemann permanent nachgesagt, sind im „Seebetrieb" so gut wie ausgeschlossen. Im Hafenbetrieb haben die Ingenieure und der Elektriker generell nur am Tage von 08:00 Uhr bis 17:00 Uhr, mit einer Stunde Mittagspause, gearbeitet. Wir als Assi hatten unseren Wachdienst im Maschinenraum in den 3 Schichten von 00:00 bis 08:00 Uhr, 08:00 bis 16:00 Uhr oder 16:00 bis 24:00 Uhr zu leisten. Im Hafenbetrieb war es dann schon mal angesagt, dass etwas kräftiger gefeiert wurde.

Ein verhängnisvoller Namenstausch.

Nach dem Auslaufen aus Genua, aber mit Sicherheit noch vor Anlaufen Port Said, habe ich mal wieder einen Bock geschossen. Was ist passiert? Zur Dokumentation des Maschinenbetriebes gehört es, dass ein Maschinentagebuch geführt wird. Hier werden stündlich alle wichtigen Parameter des technischen Betriebes notiert. Dieses Tagebuch ist vergleichbar mit dem Logbuch auf der Brücke. Das bisher benutzte Tagebuch war voll, alle Seiten beschrieben und somit wurde ein neues Exemplar benötigt. Das neue Tagebuch musste mit Schiffsnamen, Schiffsdaten, Namen des Kapitäns und auch dem Namen des leitenden Ingenieurs, im allgemeinen Sprachgebrauch „Chief" genannt, versehen werden. Das Vorbereiten des neuen Maschinentagebuches wurde traditionsgemäß auf der Wache des 2. Ing. erledigt. Zu der Zeit war ich der Wache des 2. Ing. zugeteilt und machte hier meine Arbeit. Dieser 2. Ing. war ein sehr liberal eingestellter Mann und hat Leuten wie mir, die noch so gut wie keine Ahnung vom Maschinenbetrieb eines Schiffes hatten, sehr viele Dinge erstmal machen lassen. Auf Neudeutsch nennt man dieses Verfahren wohl „Learning by doing". Bei ihm hat das bestens funktioniert! Na ja, es gab da doch ein paar Ausnahmen.

Aus einer dieser Ausnahmen hat sich folgende Geschichte entwickelt: Das Vorbereiten des neuen Maschinentagebuches wurde mir übertragen. Der Chief hieß mit Vornamen Erich, was mir zu diesem Zeitpunkt aber nicht bekannt war. Von der gesamten Besatzung wurde er, wenn er nicht anwesend war, immer nur „MAX" genannt, warum und weshalb habe ich nie erfahren, aber auch nicht nachgefragt. Mir war nur der Name MAX geläufig und somit stand dann in diesem neu eingerichteten Tagebuch als Leitender Ingenieur: MAX K…

Ich Blödmann hätte nur auf das bisher benutzte Tagebuch schauen brauchen und alles wäre gut gewesen. Der 2. Ing. hat das mit Sicherheit bemerkt, aber nichts gesagt. Um 08:00 Uhr hat er dann, so wie immer nach Wachende um 08:00 Uhr, auch das neue Tagebuch mit den ersten Eintragungen beim Chief zur Einsicht hinterlegt. Kurz nach dem Frühstück hat mich der Chief zu sich beordert und derartig „zusammengeschissen", dass ich zunächst der Meinung, war im nächsten Hafen von Bord gehen zu müssen. Kurze Zeit später hat mir dann der 2. Ing. mit schelmischem Grinsen die Angst vor einer Entlassung genommen. Diese Episode mit dem falschen Namen sollte Jahre später noch einmal Wirkung zeigen, aber das ist eine andere Geschichte.

Gesundheitliche Probleme.

Die erste Passage durch den Suez Kanal in Richtung Süden war für mich ein großes Erlebnis. All die Eindrücke des Orients, die absolut fremden Menschen an Bord, wenn ich keinen Dienst im Maschinenraum hatte, habe ich meine Zeit an Deck verbracht. Auf dieser, meiner ersten Fahrt durch den Kanal, wurde auch noch im Hafen von Port Said festgemacht. Ein Teil der Ladung blieb in Port Said, andere Güter wurden geladen. Um 03:00 Uhr am Morgen, also noch in dunkler Nacht, ging die Fahrt los. Da der Kanal nicht befeuert ist, es gibt keine beleuchteten Markierungen (Seezeichen oder Bojen), war vorne auf der Back ein großer Scheinwerfer installiert, der, bedient vom Schiffselektriker, den Weg ein wenig ausgeleuchtet hat. Die am Rand des Fahrwassers gesetzten Bojen sind mit Reflektoren ausgestattet und ersetzten so, zusammen mit dem Scheinwerferlicht, eine elektrische Befeuerung. Ein Kanallotse hat dabei geholfen, das Schiff, zusammen mit vielen anderen Schiffen, in einem Konvoi sicher nach Suez zu bringen. Nach einem Zwischenaufenthalt im Großen Bittersee haben wir so gegen 18:00 Uhr Suez passiert, den Lotsen und die Festmacherboote abgesetzt um dann mit „Voll Voraus" Kurs auf den Persischen Golf zu nehmen.

Im östlichen Mittelmeer war es schon recht warm, eine Klimaanlage hatte das Schiff nicht. Nach dem wir Suez hinter uns gelassen hatten und das Rote Meer erreichten, wurde es so richtig warm, kaum zu ertragen. Die Temperatur im Maschinenraum erreichte 40 Grad und mehr. Bei Temperaturen deutlich über der normalen Körpertemperatur wird es unangenehm. Eine sehr hohe Luftfeuchtigkeit hat dazu beigetragen, literweise Flüssigkeit auszuschwitzen. Nach der 4-stündigen Wache war das Arbeitszeug in der Regel weiß von ausgeschwitztem Körpersalz. In der Messe standen immer Gläser mit Salztabletten auf dem Tisch. Nur mir, dem noch sehr unerfahrenen „Dörfler" hat keiner gesagt, dass auch ich diese Salztabletten regelmäßig schlucken muss. Etwa 10 Tage nach der Passage des Suez Kanals wurde ich von heftigen Kopfschmerz-Attacken heimgesucht. 24 Stunden später lag ich absolut arbeitsunfähig in der Koje. Der 3. Offizier, zuständig für die medizinische Betreuung der Besatzung, war ratlos und hat dann in seiner Not den Kapitän informiert. Der Kapitän stand wenig später an meinem Bett und kam recht schnell zu der Diagnose „Salzmangel". Der Steward wurde gerufen und beauftragt, Tee und Salz zu bringen. Den ersten Schluck Tee mit

Salz habe ich ausgebrochen, der 2 Schluck und die folgenden in mir gehalten. 12 Stunden später war ich wieder topfit.

Dieser Vorfall hat den „Alten", also den Kapitän, so richtig wütend gemacht als er hörte, dass es meine erste Reise in eine derartig warme Gegend war und mich keiner aufgeklärt hat. Da hat sowohl der 2. Ing., mein direkter Vorgesetzter, als auch der 2. Offizier so einen richtigen Anschiss eingefangen. Die hätten doch wohl, verdammt noch mal, auf diesen Grünling aufpassen müssen.

Nach diesem Erlebnis habe ich immer, und das handhabe ich noch heute so, regelmäßig meinen Schweiß auf ausreichenden Salzgeschmack überprüft. Nötigenfalls wurde dann eine Salztablette oder eine Prise Kochsalz genommen. Es gab nie wieder Probleme wegen Salzmangel. Wie gelangt man aber mit der eigenen Zunge an die schweißigen Körperteile? Gar nicht! Einfach nur mit dem Finger über die schweißnasse Stirn wischen, Finger in den Mund und schon liegt das Messergebnis vor. Salzig oder nicht salzig!

Seewasser-Ede, ein nichtgewollter „Kosename"

Die FRAUENFELS, Baujahr 1953, ein Schiff ohne eigene Trinkwassererzeugung. Schiffe ab ca. Baujahr 1960, die nicht nur in küstennahen Gewässern oder Flüssen unterwegs sind, haben eine eigene Anlage zur Trinkwassererzeugung und benötigen somit nur eine geringe Vorratskapazität an Trinkwasser. Anders die FRAUENFELS. Wir mussten das gesamte Trinkwasser in den dafür vorgesehenen Tanks mitnehmen und nötigenfalls in den entsprechenden Häfen Trinkwasser nachbunkern. Die Hauptmengen des Trinkwassers hat die FRAUENFELS in der Vorpik und der Achterpik mitgenommen. Im ersten Hafen in der Golfregion, ich hatte Nachtwache im Hafenbetrieb von 00:00 Uhr bis 08:00 Uhr, gab es Probleme mit der Trinkwasserversorgung. Der Druck im Trinkwassersystem war abgefallen, augenscheinlich war der im Betrieb befindliche Trinkwassertank leer, die Pumpe konnte den Drucktank mangels Wasser nicht mehr füllen, die entsprechenden Ventile mussten umgestellt werden. Soweit alles klar! Bei dieser Arbeit ist mir ein folgenschwerer Fehler unterlaufen mit dem Ergebnis, dass Stunden später das Trinkwasser, das aus den Wasserleitungen kam, nach Salz schmeckte. Ich habe bei der Umstellung auf einen anderen Wassertank ein falsches Ventile geöffnet und damit dafür gesorgt, dass ein großer Teil unseres restlichen Trinkwasservorrates mit Seewasser vermischt wurde.

Im nächsten Hafen, ich glaube es war Dammam, wurde dieses von mir versalzte Wasser ersetzt. Leider war die Qualität des Ersatzwassers sehr schlecht, was zwangsläufig dazu führte, dass über mehrere Wochen hinweg alle Besatzungsmitglieder immer wieder an den Mist, den ich gebaut hatte, erinnert wurden. Nach diesem Debakel habe ich den Namen „Seewasser-Ede" verpasst bekommen. Insgesamt bin ich drei Reisen, d.h. mehr als 10 Monate, an Bord der FRAUENFELS geblieben. Der „Seewasser-Ede" hat mich bis zur Abmusterung begleitet.

Erreichen der Etappenziele Bombay und Karachi.

Die 2. Reise mit der FRAUENFELS hat mich dann tatsächlich nach Karachi und Bombay (jetzt Mumbai) gebracht. Von Karachi (Pakistan) war ich mehr oder weniger enttäuscht. Bombay und weitere Indische Häfen wie Goa, Cochin, Madras oder Kalkutta waren da schon interessanter.

In den 1960ger Jahren waren die Liegezeiten in den Häfen deutlich länger als heute. Die Liegezeiten wurden nicht in Stunden, wie heute in der Container-Schifffahrt, sondern in Tagen gezählt. In BOMBAY haben wir gerne unsere Freizeit im Breach Candy Club verbracht. Hier gab, und gibt es immer noch, eine wunderschöne Badelandschaft, direkt am Indischen Ozean. Man konnte hier wunderbar relaxen, war unter internationalem Volk und hatte auch Gelegenheit, den einen oder anderen Flirt mit den dort anwesenden Frauen zu versuchen. Die Erfolgsquote war jedoch durchaus überschaubar. Was den Breach Candy Club angeht, sind mir ein paar Erlebnisse in Erinnerung geblieben.

Der Kollege mit dem losen Mundwerk.

Bei einem der Besuche war ich mit dem Kollegen Franz K... unterwegs. Der Kollege Franz hatte ein außergewöhnlich loses Mundwerk, was im Laufe der gemeinsamen Zeit auf der FRAUENFELS immer wieder zu unangenehmen Situationen führte. Eine eher amüsante Geschichte hat sich dabei im Breach Candy Club abgespielt. Unter den Gästen im Club waren auch ein paar junge, ausgesprochen wohl proportionierte Frauen, die sich auf dem sehr gepflegten Rasen in unserer Nähe niedergelassen hatten. Eine der Frauen verdeckte ihre imposante Oberweite unter einem mehr oder weniger knappen Bikini, und das schon 1960!

Der Spruch von Franz, laut und deutlich, „He Langer, hast du schon gesehen, du glaubst es nicht! Die hat vielleicht Holz vor der Tür". Die Reaktion erfolgte nahezu unverzögert in einem glasklaren Deutsch mit leichtem Hamburger Akzent: „Kein Neid, wer hat der hat". Der Kollege Franz war sprachlos, sehr verlegen und zeigte eine leicht rötliche Verfärbung im Gesicht.

Er schwieg erstmal für ein paar Minuten, was bei seinem „Koddermaul" doch erstaunlich war. Wer die jungen hübschen Frauen waren? Stewardessen der Lufthansa, die im Liniendienst Frankfurt-Bombay-Frankfurt eingesetzt waren. Sie verbrachten einen Teil ihrer Freizeit im Breach Candy Club hier in Bombay und würden am kommenden Tag wieder zurück nach Frankfurt fliegen.

Das Imponiergehabe eines unerfahrenen Jünglings.

Bei einem anderen Besuch im besagten Club hat mich mein jugendlicher Übermut, gepaart mit einer gewaltigen Selbstüberschätzung, zu einem bescheuerten Sprung vom 10 m Turm, den es damals noch gab, verführt. Vielleicht hielt ich es für nötig, mich den anderen Gästen im Club, aber vor allen Dingen wohl den anwesenden jungen Frauen, durch ein ausgeprägtes Imponiergehabe zeigen zu müssen.

An einem der Badebecken gab es auch eine Sprunganlage mit dem besagten 10 m Turm. Bei meinen bisherigen Besuchen hatte ich nur einmal einen Mann von diesem Turm springen sehen, aber nicht mit dem Kopf voran sondern mit den Beinen zuerst und auch noch mit zugehaltener Nase. Also das geht ja nun gar nicht, dachte ich mir. Rauf auf den 10 m Turm, ein Blick in die Runde und schon war ein sehr unangenehmes Gefühl in der Magengegend zu spüren. Meine innere Stimme „Blödmann, du hättest die 5 m nehmen sollen oder ganz von diesen Sprungtürmen wegbleiben, wäre noch besser gewesen".

Den Turm über die Treppe verlassen, so wie eine innere Stimme ausdrücklich einforderte, wurde ignoriert. Mit den Füßen voran zu springen kam nicht in Frage. Also, klassischer Absprung, eine lange Flugzeit, Eintauchen und sofort Panik, panische Angst, dass ich auf den Grund aufschlage, welch ein Quatsch, sagt man hinterher!

Sofort nach dem Eintauchen, also gefühlt nach mehreren Minuten „Flugzeit", tatsächlich nur einige Sekunden, wurden die Hände als Höhenruder benutzt und damit ein abrupter Aufstieg eingeleitet. Dieses Manöver hat mir gefühlsmäßig den Rücken durchgeknickt. Ich bin aufgetaucht, habe mich nach Luft schnappend zum Beckenrand gerettet und dort gedanklich erstmal sortiert.

Resultat meines Imponiergehabes? Mein Sprung hat kaum einer mitbekommen, jedenfalls standen weder schönen Frauen noch sonst Jemand applaudierend am Beckenrand. Sicher war, der Rücken schmerzte wie wahnsinnig. Noch Tage danach hatte ich heftig mit diesen Schmerzen zu kämpfen, und übrigens, von mehr als 1 m Höhe bin ich nie wieder gesprungen.

Die Bergung eines Fußballs mit unangenehmen Folgen.

Bei einem anderen Besuch in diesem Club, an dem Tag war nicht so viel los auf den Liegewiesen, haben wir ein bisschen mit einem Fußball herumgebolzt. Bei dieser Kickerei habe ich den Ball einmal zu gut getroffen, die Pille hat so richtig Fahrt aufgenommen und verschwand über der niedrigen Abgrenzungsmauer und landete im direkt angrenzenden Indischen Ozean. Da unten lag er nun, der Ball, unser Spielzeug, in etwa 20 m Entfernung zwischen den Uferfelsen und dümpelte vor sich hin. Die See war sehr ruhig, so dass mein Anliegen, den Ball zu bergen zunächst nicht als zu verrückt einzustufen war. Also über die Mauer und dann langsames Vortasten in Richtung Ball. Nach wenigen Schritten merkte ich, dass die Steine stark mit Muschel und anderen recht scharfen Dingen belegt waren. Für meine Füße war das nicht das Problem, da ich so eine Art Badelatschen getragen habe. Ich bin gut zum Ball hingekommen, habe mir das Ding geschnappt und bin dann mit meiner Beute zurück in Richtung Ausgangspunkt. Bei einem dieser Schritte habe ich nicht aufgepasst und bin mit dem Fuß abgerutscht. In einer Hand den Ball, meine Beute, die auf keinen Fall verloren gehen durfte, den anderen Arm zum ausjonglieren des Körpers um das Gleichgewicht zu halten. Hat nicht funktioniert! Ich bin ins Straucheln gekommen, habe mich reflexartig mit der freien Hand auf den scharfkantig bewachsenen Felsen abgestützt und mir meine rechte Hand ziemlich heftig verletzt, so hat es sich jedenfalls 2 Tage später herausgestellt.

Etwa 24 Stunden nach diesem Vorfall sind wir in Richtung MADRAS ausgelaufen, hatten also einige Seetage, um Indien herum, vor uns. Auf See bekam ich dann große Probleme mit meiner Hand, die kleinen Schnittwunden haben sich entzündet. Der 3. Offizier, der Medizinmann an Bord, hat nach Rücksprache mit seinen Kollegen meine Hand entsprechend behandelt. Aus jeder kleinen Schnittwunde hat er feinste Rückstände von Muscheln oder Korallen entfernt, die Verursacher der Entzündungen. Das war vielleicht eine Tortur, die Schmerzen waren heftig, da eine örtliche Betäubung nicht gemacht wurde, ob eine Betäubung möglich gewesen wäre, weiß ich nicht. Was ich aber weiß ist, dass ich besser nach diesem „Badeunfall" mit dem Taxi ins Krankenhaus gefahren wäre. Dort hätte man mich sachgerecht verarztet, wahrscheinlich mit Betäubung und die Entzündungen wären verhindert worden. Na ja, als damals 18-jähriger habe ich wenigstens eine weitere wichtige Erfahrung gesammelt, wenn auch eine sehr schmerzhafte.

Feuer im Maschinenraum.

Während dieser Schreiberei ist mir im Zusammenhang mit meiner Zeit als Assi auf der FRAUENFELS noch eine Geschichte aus dem Gedächtnis aufgetaucht. Es war zum Ende meiner Dienstzeit auf diesem Schiff und ich hatte mittlerweile sehr viel gelernt und wusste so ungefähr wo es lang ging.

Die FRAUENFELS lag in einem indischen Hafen und sollte am kommenden Morgen bei Tageslicht, also ca. 06:00 Uhr lokaler Zeit, in Richtung Heimat auslaufen. Seewache war angesagt, d.h. ich hatte meinen Job auf der Wache des 3. Ing. der sog. „Hundewache", täglich von 00:00 bis 04:00 Uhr und 12:00 bis 16:00 Uhr zu machen. An diesem besagten Tag wurde also die Maschinenanlage auf das Auslaufen vorbereitet. Dazu gehörte auch der Betrieb des Hilfskessels, um den nötigen Dampf zum Vorwärmen der Brennstoffsysteme zu erzeugen. So gegen 02:00

Uhr, ich machte gerade eine kleine Pause am Maschinenleitstand, viel mir auf, das der Dampfdruck des Kessels abgefallen war. Das durfte nicht sein und ich machte mich auf den Weg nach oben, zum Hilfskessel, ganz oben im Maschinenraumschacht. Vom Maschinenleitstand bis zum Kessel sind das vielleicht 25 m Höhenunterschied oder rd. 150 Treppenstufen. Auf halbem Wege, in Höhe der Zylinderstation, konnte ich den Kessel sehen. Er brannte von außen! Danach lief alles ab, als wenn derartige Situationen bereits tausendmal geübt worden wären, das ist schon erstaunlich. In den regelmäßig absolvierten Feuerlöschübungen haben wir so etwas nie trainiert. Den nächsten Feuerlöscher habe ich mir geschnappt, irgendwo auf der Zylinderstation am Kühlwasserexpansionstank einen Alarmgeber ausgelöst um Hilfe zu bekommen und dann die restlichen Treppenstufen nach oben gesprintet. Den Inhalt des Feuerlöschers, es war ein Schaumlöscher, direkt rein in die Flammen. Das Feuer war schnell erstickt, flammte aber sofort wieder auf, weil der Brennerkopf am Kessel glühend heiß war. Den Feuerlöscher von der Kesselstation aus der Halterung gezerrt und wieder den Schaum rein in die Flammen. Jetzt blieb das Feuer aus!

Die ersten Kollegen, voran der 2. Ing., aufgeschreckt von der nach wie vor heulenden Alarmanlage, kamen mir zu Hilfe. Die Kesselstation befand sich auf der FRAUENFELS in Höhe des Bootsdecks, auf dem auch die Kammern der Ingenieure lagen. Von diesem Deck gab es einen direkten Zugang zur Kesselstation. Das war noch mal gut gegangen, wenn auch sehr knapp. Die Farbe am Brennstofftank, dem Heizöltank für den Kesselbrenner, hatte schon angefangen Blasen zu werfen. Die Schäden durch den Brand waren relativ gering und konnten mit Hilfe aller Maschinenleute schnell repariert werden. Der Reservebrenner war ebenfalls zügig in Betrieb, sodass das Dampfsystem nach einer Stunde wieder unter Druck stand. Übrigens, das Schiff hat den Hafen pünktlich verlassen!

Wenige Stunden später, ich glaube es war beim Abendessen, kam dann so ein trockener Kommentar vom 2. Ing. Zitat: „Man Leute, da kommt mitten in der Nacht der Seewasser-Ede mit Ruß im Gesicht und feurio schreiend durch das Schiff und reißt uns aus den wohlverdienten Schlaf. Und wenn man dann löschen will, ist der Spaß schon vorbei".

Noch ein Abstecher nach Danzig und Gdingen.

Zum Abschluss meiner Zeit auf der FRAUENFELS sind wir auf der Heimreise aus Indien kommend durch den Nord-Ostsee-Kanal in die polnischen Häfen Danzig und Gdingen beordert worden. In Danzig haben wir fast eine Woche im Hafen gelegen. Warum das Be- und Entladen so lange gedauert hat, ist mir nicht mehr im Gedächtnis. Erinnern kann ich mich aber noch sehr gut daran, dass es relativ kalt war, ich zu der Zeit keinen Wachdienst hatte, sondern meine Arbeit tagsüber zwischen 08:00 und 17.00 Uhr erledigen konnte. Diese Arbeitszeit beinhaltete auch, dass man von Samstag 12:00 Uhr bis Montag 08:00 Uhr frei hatte. Auch in Danzig gab es in der Hafengegend ein einschlägiges Viertel mit Kneipen, in denen man nicht nur sein Bier oder seinen Wodka trinken, sondern, so wie in fast allen Hafenstädten der Welt, Kontakte zu den dort anwesenden Frauen bekommen konnte, wenn man denn wollte. Nun denn, als junger Mann mit gerade einmal 19 Jahren gab es natürlich dieses Interesse. Gleich bei meinem ersten Landgang mit einem Kollegen hat mich eine Frau in einem recht verständlichen Deutsch angesprochen und mich gefragt, ob Sie nicht meine Lederjacke, die ich ein paar Monate zuvor gekauft hatte, erwerben könne. So ein klein wenig hat die „Chemie" wohl zwischen uns gestimmt. Sie war deutlich älter als ich, ich schätze so um die 30 Jahre alt, hatte aber ein sehr ansprechendes Auftreten. Bei einem Bier sind wir uns schnell einig geworden, dass sie meine Jacke bekommt, diese entsprechend verkauft und mich mit einem Teil des Erlöses für die Zeit meines

Aufenthaltes in Danzig mit allem versorgt was zu meinem Wohlbefinden beiträgt.

Am anderen Morgen habe ich leihweise einen Pullover von ihr bekommen, damit ich auf dem Weg zum Schiff nicht frieren muss. Diesen Pullover habe ich am Abend wieder bei ihr abgeliefert. Auslaufen Danzig, nach 6 Tagen ausgeprägtem Landgang und herverragender Betreuung durch diese Frau, habe ich das „Geschäft" mit der Lederjacke als ein außergewöhnlich gutes Geschäft eingeordnet. Auf einem Schiff kann man nichts geheim halten, ist auch nicht nötig. Der Bootsmann der FRAUENFELS, er hatte polnische Wurzeln und kannte sich mit den polnischen Verhältnissen gut aus, hat natürlich auch von dieser Geschichte erfahren und mir versichert, dass der Gegenwert dieser Laderjacke einem Monatseinkommen eines polnischen Facharbeiters entsprach. Dieser hohe Wert hat mich doch überrascht, trotzdem war ich sehr zufrieden, dass wir beide, die Frau und auch ich, ein derartiges „Geschäft" gemacht haben.

Abgemustert bin ich am 09.03.1961 und habe erstmal für ein paar Wochen Urlaub gemacht. Neben dem normalen Urlaub gab es noch freie Tage für auf See verbrachten Samstage, Sonn- und Feiertage. Urlaub und freie Tage hatten sich auf 38 Tage angesammelt. Das waren schon mal fast 8 Wochen. Die andere Seite der Medaille war natürlich, dass es während der Zeit auf dem Schiff keinen freien Samstag oder Sonntag gab, sondern durchgängig eine siebentägige Arbeitswoche mit mindestens 56 Arbeitsstunden absolviert wurde, manchmal auch mehr.

Das Dampfschiff ADAMSTURM.

Während meiner ersten längeren Urlaubszeit zu Hause im Ammerland war natürlich so richtig Party und „Rumgammeln" angesagt. Meine Familie wohnte schon ein paar Jahre nicht mehr im kleinen Ohrwege sondern in Bad Zwischenahn, wo bereits 1958 ein neues Haus gebaut worden war. In diesen Urlaubswochen stand ich naturgemäß fast überall im Mittelpunkt. Wer war schon aus dem Ammerland in die weite Welt nach Indien und Burma gekommen und konnte vom Persischen Golf, dem Shat el Arab oder anderen fernen Orten erzählen. Gefeiert wurde oft, der Alkohol gehörte mit dazu und die Frauen schenkten mir immer ihre Aufmerksamkeit. Zwischenzeitlich hatte ich ja meinen 19. Geburtstag gefeiert und war richtig gut drauf. Es war eine sehr angenehme Zeit, im Urlaub, in der Heimat, bei der Familie, bei Freunden, damals im April/Mai 1961. Einige Wochen davor, gleich im Anschluss an meine Abmusterung von der FRAUEN-FELS, habe ich einen mehrwöchigen Aufenthalt in einem Hamburger Krankenhaus absolviert, um dort eine sehr lästige, wenn auch generell harmlose Hautkrankheit behandeln zu lassen. Die Ärzte haben viel probiert aber keine abschließende Lösung gefunden.

Seit Beginn meiner Seefahrerzeit habe ich zu diesem Zeitpunkt nun mehr als 1 Jahr Fahrzeit als Ing.-Ass unbeschadet überstanden und bin mehr den je davon überzeugt, dass meine berufliche Zukunft im Maschinenraum der großen, nach Übersee gehenden Schiffe liegt. Zur beruflichen Zukunft gehörte nach meinen Vorstellungen jedoch auch, dass ich früher oder später, wenn ich nicht meine restliche Zeit als Assi verbringen wollte, wieder die „Schulbank" drücken musste.

Für die Ausbildung zum Seemaschinisten oder Ingenieur für Schiffsbetriebstechnik war zu meiner Zeit, also in den 1960er Jahren, vor Studienbeginn eine mindestens 6-monatige Fahrzeit auf einem Dampfschiff vorgeschrieben. Aus diesem Grund wurden bei der DDG HANSA einige wenige Dampfschiffe in Fahrt gehalten. Mein nächstes Schiff, die ADAMSTURM gehörte dazu!

Am 27.05.1961 bin ich als Ing.-Ass in Rotterdam auf der ADAMSTURM angemustert. Nach Abschluss der Formalien, d.h. Seefahrtsbuch, Impfpass usw. sind beim 3. Offizier abzugeben, führte der erste Weg zum Chief, dann zum 2. Ing., der mich entsprechend eingewiesen hat. Heute sagt man auf gut deutsch ein „Briefing" ist angesagt. Nach dieser kurzen Prozedur ging es mit allem Gepäck in die Kammer. Auf diesem Schiff hatte man als Assi bereits das Privileg einer Einzelkammer mit Schrank, Sofa, Tisch und Stuhl, Waschbecken und Koje. Meine Kammer lag auf dem Hauptdeck, war also „Schlechtwetter" gefährdet. Das Schiff war für kohlebefeuerte Dampfkessel gebaut und hatte nach der Umstellung auf Schwerölbetrieb viel Platz in den ehemaligen Kammern, da Heizer und Trimmer, die per Hand die Kohle in die Dampfkessel geschaufelt haben, nicht mehr benötigt wurden. Beim Auspacken und Verstauen der Habseligkeiten viel mir auf, dass die untere Reihe der Schubläden recht staubig waren, diese wurden von meinem Vorgänger wohl nicht benutzt. In den Schubladen der 2. Reihe und dem Schrank gab es aber ausreichend Platz für meine wenigen Habseligkeiten. Für die Unterbringung meiner Sachen habe ich auch nur die Schubladen im oberen Bereich benutzt. Und das war gut so, wie sich später zeigen sollte!

Auslaufen Hamburg wurde ich dem 3. Ing., also der sog. O-4-Wache, im allgemeinen Sprachgebrauch der „Hundwache", als

Assi zugeteilt. Die Wachen waren gut besetzt. Es gab neben dem 3. Ing. und mich als Assi noch den Boilerman und den Oiler, die beide aus Pakistan kamen, so wie die gesamte andere Decks- und Maschinenbesatzung auch. Auf diesem Schiff war ich das erste Mal mit einer überwiegend nicht deutschen Besatzung zusammen.

Nur der Kapitän mit den Nautikern, der Funker sowie der Chief, die Ingenieure/Maschinisten und uns drei Ing.-Ass waren deutscher Nationalität, die restliche Besatzung waren Pakistani. Das war wieder eine komplett neue Situation für mich. Plötzlich lebte man auf relativ engem Raum mit Menschen aus einer völlig fremden Kultur zusammen. Doch welch Überraschung, außer den sprachlichen Problemen gab es keine nennenswerten Schwierigkeiten. Die pakistanische Crew war gut ausgebildet und arbeitete teilweise schon über Jahre hinweg für diese Reederei. Wegen der schlechten Verständigungslage war ich allerdings gezwungen meine englischen Sprachkenntnisse zu verbessern. Auch auf späteren Schiffen, also in der Zeit nach der ADAMSTURM, bin ich fast immer mit pakistanischer Besatzung gefahren.

Mir war eine pakistanische Besatzung lieber als deutsche Landsleute. Es gab kaum Konflikte die durch übermäßigen Alkoholkonsum ausgelöst wurden. Die Pakistani waren in der Regel Moslems und tranken wegen ihres Glaubens keinen oder wenigstens kaum Alkohol. Auf Schiffen mit „rein deutscher Besatzung" waren Schlägereien im betrunkenen Zustand keine Ausnahme.

Schon wieder so ein Fehltritt.

Von Hamburg ging die Reise zunächst nach Antwerpen. Hier in Antwerpen habe ich mir dann wieder so ein „Ding" geleistet. Die Liegezeit in Antwerpen war mit maximal 2 Tagen vorgesehen. Für uns Assi bedeutete das, dass wir durchgängig im Seewachen-System, d.h. 4 Stunden Arbeit, 8 Stunden frei und dann wieder 4

Stunden Arbeit, wie auf einem Seetörn, unseren Job gemacht haben. Ich war der 0-4 Wache zugeteilt und hatte somit meine Arbeit im Maschinenraum von jeweils 00:00 bis 04:00 Uhr sowie 12:00 bis 16:00 Uhr zu machen. Am zweiten Abend dieser Liegezeit bin ich an Land gegangen, um in einer allgemein bekannten kleinen Kneipe im Hafengebiet, sie war von unserem Liegeplatz gut zu Fuß zu erreichen, ein paar Biere zu trinken. An diesem Abend war die Tochter des Kneipenbesitzers, ein schickes Mädchen so um die 18 Jahre, in dieser Kneipe um dort dem Vater zu helfen. Natürlich war ich nicht der einzige Gast an diesem Abend. Nein, es gab noch einige junge Männer, die ebenfalls von diesem Mädchen angetan waren und sich, so wie ich, eingebildet haben, es könnte vielleicht was laufen. Was für eine Fehleinschätzung! Dieses „Turteln" um einen guten Platz bei dieser „jungen Schönheit" führte unweigerlich dazu, dass mein Bierkonsum stieg und ich kurz vor 24:00 Uhr, also knapp vor Beginn meiner Wache, total besoffen in Richtung ADAMSTURM getorkelt bin. In regelmäßigen Abständen bin ich ins Stolpern geraten und auf die Klappe gefallen. Bei jeder „Überprüfung" des Straßenpflasters habe ich das gesamte Kleingeld, dass in der Brusttasche meines Hemdes verstaut war, verloren. Das wiederholte Zusammensammeln dieser Münzen hat natürlich Zeit gekostet. Wegen der Dunkelheit, aber ursächlich wegen meines nicht gerade optimalen Zustandes, habe ich bei jedem „Suchmanöver" ein paar Münzen übersehen, sodass bei Erreichen der ADAMSTURM nur noch eine Münze zu meinem Barvermögen gehörte. An der Gangway hat mich mein Kollege Alfred schon ungeduldig erwartet, auch er wollte sich noch ein Bier gönnen. Kollege Alfred ist sofort von Bord in Richtung Kneipe, ohne auf meinen Zustand Rücksicht zu nehmen. Am nächsten Tag hat er mir versichert, dass er nicht erkannt hat, wie „abgefüllt" ich war. Unter großen Anstrengungen habe ich mich in mein Arbeitszeug gequält und mich dann, mehr torkelnd als gehend, auf den Weg an meinen Arbeitsplatz, in den Maschinenraum, gemacht. Das Schiff sollte um 06:00 Uhr von

Antwerpen auslaufen. Mein Job wäre es gewesen dafür zu sorgen, dass die beiden Dampfkessel unter Druck stehen, die Hauptmaschine, eine 3fach-Expansions-Dampfmaschine, vorgewärmt ist und dass ich natürlich die Leute der 4-8-Wache, also meine Ablösung, rechtzeitig wecke. Das alles haben der pakistanische Boilerman und sein Kollege, der Oiler, erledigt. Ich bin vom 3. Ing. so gegen 04:00 Uhr wachgerüttelt worden. Ausgesucht hatte ich mir, so „voll" wie ich war, einen Schlafplatz hinter der Schalttafel. Weckversuche der pakistanischen Kollegen habe ich, so wurde mir später erzählt, mit unwirschen Kommentaren abgewehrt. Der 3. Ing. hat mich, als ich wieder auf den Beinen stand, aus dem Maschinenraum direkt in die Koje verwiesen damit ich dort meinen Rausch ausschlafen konnte. Zur Frühstückszeit bin ich wach geworden. Das Bettzeug war mit Öl verschmutzt. Ohne mich zu waschen und in voller Arbeitsmontur hatte ich mich ins Bett gelegt. Mir war klar, mein Verhalten in den vergangenen 12 Stunden musste Konsequenzen nach sich ziehen. Ich war mir sicher, dass man mich im nächsten Hafen, und das war Genua, von Bord schicken würde. Also aufstehen, Arbeitszeug aus, unter die Dusche, Freizeitkleidung an und zum Frühstück in die Messe.

Frühstück runtergewürgt und dann nach draußen an Deck. Das Schiff war seewärts auf dem Fluss zwischen Antwerpen und der Station des Seelotsen, also auf der Schelde, unterwegs. Dann steht plötzlich der Chief neben mir an der Reeling und fängt an zu plaudern, an zu plaudern über Gott und die Welt.

Ich warte auf das „große Donnerwetter" und die Ankündigung meiner Entlassung in Genua. Nichts passiert! Für mich überhaupt nicht einzuordnen, noch nicht! Dann um 12:00 Uhr gemeinsamer Wachantritt mit dem 3. Ing. im Maschinenraum. Hier teilt er mir mit, dass von meinen Eskapaden weder der Chief noch der 2. Ing. etwas erfahren hat und auch nicht erfahren muss.

Was hatte ich doch für Glück, gerade in einer solchen Konstellation auf diesen 3. Ing. zu stoßen. Übrigens, der gute Mann hätte aufgrund seines Alters gut und gerne mein Vater sein können. Die Lehre, die ich aus dieser Affäre gezogen habe ist, dass ich in meiner gesamten Seefahrtszeit nie wieder betrunken auf Wache gezogen bin und auch nie an einen betrunkenen Kollegen die Wache übergeben habe. In einem solchen Fall, was allerdings sehr selten vorgekommen ist, habe ich dann den Job der folgenden 4 Stunden-Wache für den betroffenen Kollegen mit erledigt.

Der bevorstehende Schiffsuntergang.

Die Fahrt ab Antwerpen durch den Ärmelkanal, durch die Biskaya bis ins Mittelmeer, verlief sehr ruhig. Die See war in der Regel glatt wie ein Kinderpopo. Das war richtig angenehm, es gab keine Anzeichen von Seekrankheit. Im Mittelmeer, wir hatten Gibraltar ca. 2 Tage vorher passiert und steuerten nun einen Kurs um Genua anzulaufen, wurde ich, so wie jede Nacht gegen 23:40 Uhr geweckt um meine Arbeit im Maschinenraum anzutreten. Das Schiff bewegte sich leicht in der See, aber nicht übermäßig. Ich sitze ein paar Sekunden auf dem Kojenrand und versuche wach zu werden. Dann raus aus der Koje und schon stehe ich mit beiden Füßen bis zu den Knöcheln im Wasser. Der Zustand „halb verschlafen" verwandelte sich innerhalb von Millisekunden in „hellwach". Völlig verdattert und man kann sagen in „Panik", Klamotten an, Schwimmweste an und raus auf den Gang in Richtung Rettungsboot!

Auf dem Gang steht der 3. Ing., die Hosenbeine etwas hochgekrempelt, ohne Schuhe, seine Füße bis zu den Knöcheln von Seewasser umspült und genüsslich eine Zigarette rauchend. „Wo willst Du denn hin" fragt er. Ich bin komplett von der Rolle! Also mit Schiffsuntergang ist wohl doch nichts. Zurück in meine Kammer, Schwimmweste an seinen Platz, Arbeitszeug an und ab in den Maschinenraum zur anstehenden Wache.

Was war passiert? Eigentlich nichts! Das Wetter hatte sich nach dem Abendbrot während meiner Schlafenszeit verschlechtert, ohne dass ich das bemerkt habe. Die ADAMSTURM hat durch ihre besondere Bauart recht wenig geschaukelt, ich war jedenfalls nicht Seekrank auf dem Schiff. Die ADAMSTURM hat allerdings sehr schnell und sehr massiv Wasser übergenommen. Meine Kammer lag auf dem Hauptdeck und die nach außen führenden Schotten wurden nicht immer sorgfältig genug verschlossen. Auf jeden Fall sammelte sich bei schlechtem Wetter sehr oft Seewasser bis zur Höhe der Schottschwelle (rd. 25 cm hoch) im Gang und gelangte dann, natürlich ohne Probleme, in die anliegenden Kammern, also auch in mein Gemach.

Jetzt wusste ich auch, warum mein Vorgänger und wohl viele davor, die unterste Reihe der Schubladen nicht benutzt hat. Der Spott meiner Kollegen war für die nächste Zeit gesichert. Diesen Vorfall hat der 3. Ing. natürlich nicht unter den Tisch gekehrt, so wie glücklicherweise zuvor meine Entgleisung in Antwerpen.

Die Besonderheiten der ADAMSTURM.

Von Genua ging es nach Livorno und dann nach Port Said, um von hier den Suezkanal in Richtung Rotes Meer zu passieren. Im Roten Meer wurden die Häfen Port Sudan, Assab, Djibouti und andere bedient. Dann ging es zurück ins Mittelmeer nach Genua, Livorno und manchmal nach Marseille. Dann wieder zurück durch den Suezkanal zu den Häfen im Roten Meer. Also Pendelverkehr zwischen Mittelmeer und Rotes Meer.

Die ADAMSTURM war ein sehr langsames Schiff. Unter guten Bedingungen, aber nur dann, waren 9 bis 9,5 Knoten möglich. Der Suezkanal wird in der Regel mit dieser Geschwindigkeit oder etwas schneller passiert. Die Kanalbehörden haben uns immer an das Ende des Konvois einsortiert damit wir die anderen

Schiffe nicht aufhalten konnten. Wir hatten 2 x Pech und mussten im Großen Bittersee auf den nächsten Konvoi warten, da wir nicht mithalten konnten. Diesen Pendelverkehr haben wir dann wiederholt abgewickelt, bis ich nach gut 4 Monaten, die gute alte ADAMSTURM wurde verkauft, in Hamburg abgemustert bin.

Unerträgliche Bedingungen die es zu überstehen gilt.

Die Erinnerung an die Fahrzeit auf der ADAMSTURM ruft bei mir zwiespältige Gefühle hervor. Es war heiß, im Roten Meer. Immer! Im Mittelmeer fast immer. Klimaanlage nicht vorhanden. In Extremsituationen haben wir versucht, unsere Kammer etwas abzukühlen indem wir ein angefeuchtetes Bettlaken mit einem Ventilator, der zur Ausstattung einer jeden Kammer gehörte, angeblasen haben. Die Temperatur ist zwar geringfügig gesunken, aber Schmerzen im Nacken und Rücken waren die Nebenwirkungen. Meine Kammer befand sich über dem Hochdruckverdampfer. Laufen ohne Strümpfe oder Schuhe in der Kammer war nicht möglich. Fußbodentemperatur 40 Grad und wärmer. Sicherlich ideale Verhältnisse für den Verkehr in polaren Gewässern nicht für unser aktuelles Fahrtgebiet. Die Besatzung war ok, insbesondere der 3. Ing., meine Assi-Kollegen und der Koch, der sich alle Mühe gegeben hat, um seine Mannen am Leben zu halten! Der 2. Offz. hat sich im Roten Meer oft nur von Brot und Apfelmus ernährt, obwohl die Grundausrüstung der Reederei, was die Verpflegung anging durchaus o.k. war. Die gesamten Begleitumstände waren schwierig und auch für damalige Verhältnisse eigentlich nicht hinnehmbar.

Der 2. Ing. war ein Sklaventreiber. Ehrlich!

Warum Sklaventreiber? Ganz einfach, er hat nahezu unmögliche Dinge von uns verlangt. Alles was in seinen Augen zu hohe Kosten verursacht hat war untersagt. Der Chief, also sein Boss, hat es nicht bemerkt oder vielleicht von ihm erwartet? Wer kann das noch beurteilen! Der 3. Ing. hat sich aus diesen „Spielchen" rausgehalten, das haben wir 3 Assi akzeptiert, weil er ansonsten ein guter Vorgesetzter war.

Der Schmierölverbrauch ist von diesem „Sklaventreiber" stark eingeschränkt worden. Über den Schmierölbestand hat er gewacht wie der Türsteher vorm Puff. Täglich hat er den Ölstand in den Schaugläser der Schmierölvorratstanks kontrolliert. Aus der offenen Kurbelwanne der Hauptmaschine hat der pakistanische Oiler das Wasser-Öl-Gemisch heraus geschöpft, das Öl separiert um es wieder verwenden zu können. So eine Vorgehensweise ist zwar nicht völlig irre, jedoch nicht geeignet, einen Maschinenbetrieb wirklich ausreichend mit Schmieröl zu versorgen. Mein Kollege Alfred, im Gegensatz zu mir bereits einige Jahre als Schmierer und jetzt Ing. Ass. auf den Weltmeeren unterwegs, kannte den Ausweg.

Er hat die Ölschaugläser so manipuliert, dass wir bestimmen konnten, welche Ölmengen als Vorrat angezeigt wurden und haben so ausreichend Schmieröl entnehmen können. Gott lob, der Vorrat an Schmieröl war von der Reederei so gewählt worden, dass diese Menge für einen sachgerechten Maschinenbetrieb über mehr als 6 Monate ausreichte. Der „Sklaventreiber" wollte sich, so haben wir vermutet, mit einer großen Restmenge wertvollen Schmieröles nach Deutschland zurück kommend, diesbezüglich von der Reederei belobigen lassen. Nach etwas mehr als 4 Monaten wurde das Schiff aber verkauft und wie erwähnt, in Hamburg dem neuen Eigner, einer italienischen Reederei, übergeben. Ob zu viel oder zu wenig Öl nach Hamburg zurück gekommen ist, haben wir nicht mehr erfahren können. Ob der 2. Ing. überhaupt diese Manipulation begriffen hat, ist mir ebenfalls nicht bekannt. Leider! Ich hätte gerne seine Reaktion mitbekommen und sein Gesicht im Moment der Offenbarung gesehen.

Die Arbeitszeiten auf diesem Schiff waren sehr lang. Von Montag bis Freitag waren auf dem Seetörn generell Überstunden angesagt. Für mich bedeutete das, Wache im Maschinenraum von 00:00 bis 04:00 Uhr. Schlafen von ca. 04:30 bis 07:30 Uhr. Aufstehen, Frühstücken und dann von 09:00 bis 11:00 Uhr Überstunden leisten, oder "zutörnen", wie der Seemann sagt. Danach unter die Dusche, Mittag essen von 11:30 bis 11:55 Uhr und daran anschließend die Wache im Maschinenraum von 12:00 bis 16:00 Uhr übernehmen. Nach Ende der Wache wieder unter die Dusche, danach etwa 1 Stunde zur freien Verfügung um 17:30 zum Abendbrot, danach, so gegen 18:30 oder 19:00 Uhr absolut kaputt in die Koje zu steigen. Sehr selten bin ich später als 20:00 Uhr schlafen gegangen. Wie gesagt, das nächste Wecken um 23:40 Uhr stand unerbittlich fest. 70 Wochenstunden Arbeit sind die Regel.

Irgendwo im Roten Meer, vielleicht zwischen Suez und Port Sudan, hatten Kollege Alfred und ich den Auftrag, an Deck verlegte Dampfleitungen zu erneuern. Diese Dampf- und Kondensatleitungen, insgesamt mehrere 100 m, versorgen die Ladewinden mit Dampf und wurden bei unruhigem Wetter immer vom salzigen Seewasser überspült. Korrosion, verursacht durch das Salzwasser und die hohen Lufttemperaturen, hat diese Rohre in recht kurzen Zeitabständen, d.h. innerhalb von Monaten durchrosten lassen. In regelmäßigen Abständen mussten also Teile dieser Rohrleitungen erneuert werden. Zum Ausbau der undichten Rohre waren die Flanschverbindungen zu lösen und dafür an jeder Verbindungsstelle 6 Schrauben auszubauen. Zum Auswechseln eines Rohrabschnittes mussten also 12 Schrauben entfernt werden. Der „Sklaventreiber" hat strikte Anweisung gegeben, die vorhandenen Schrauben so schonend auszubauen, dass sie wieder verwendet werden konnten. Neue Schrauben, die durchaus in ausreichender Menge vorhanden waren, standen uns offiziell nicht zur Verfügung. Die alten Schrauben waren in der

Regel jedoch so von Rost angefressen, dass sie mit normalem Werkzeug, sprich einem sog. Maulschlüssel oder passender Zange, nicht zu entfernen waren. In derartigen Situationen hat der Kollege Alfred, dieser mit allen Wassern gewaschene Kollege, keine Rücksicht auf die Vorgaben des 2. Ing. genommen. Der Schneidbrenner wurde aktiviert, die Schraubenköpfe abgebrannt und damit die Schrauben zerstört. Eine Wiederverwendung war also definitiv ausgeschlossen. Die Flanschverbindungen waren mit dieser Methode allerdings schnell und einfach gelöst. Bei einem dieser Arbeitseinsätze, der Kollege Alfred lag auf dem Rücken mit dem Oberkörper unter einer Stahlkonstruktion, hantierte mit dem Schneidbrenner, trug eine Schutzbrille und hatte keine Sicht auf seine weitere Umgebung. Der „Sklaventreiber" kam auf seinem Rundgang zu uns und wollte schauen, was wir denn so treiben. Meine Warnung bezüglich des Auftauchens dieses Mannes, der überwiegend in kurzen Hosen herumlief, obwohl er entsetzlich dünne Beine hatte, hat Alfred ignoriert. Den wütenden Protest wegen der zerstörten Schrauben hat Kollege Alfred natürlich gehört, den Schneidbrenner auf volle Leistung gedreht und das Gerät in die Hosenbeine der kurzen Hose gehalten. Der Mann war blitzartig verschwunden und hinterließ einen leichten Geruch von angesengtem Stoff und angesengten Haaren. Ob ausschließlich die Haare der Beine betroffen waren oder auch die Haare der „edleren" Bereiche ist nicht bekannt geworden. Alfred hat sich dann kurze Zeit später in angemessener Form beim 2. Ing. entschuldigt und darauf verwiesen, dass er ja nicht hat sehen können, dass sich eine Person so nahe, eigentlich doch viel zu nahe, an seinem Arbeitsplatz befand. Natürlich war das keine Absicht, so was macht man doch nun wirklich nicht, hat der Kollege Alfred in angemessen devoter Haltung und entsprechender Tonlage beteuert. Danach durften wir neue Schrauben nach unserem Ermessen verwenden. Kommentar von Alfred: „Geht doch, warum nicht gleich so".

Der ungewollte Bruch einer Seewasserleitung.

In Abwandlung des Spruches eines sehr weisen Mannes hat Kollege Alfred seinen Spruch   „Man reiche mir ein Rohr, wenn es nicht ausreicht das nächst längere Rohr und ich hebe die Welt aus den Angeln" abgeleitet. Es war sein Leitspruch und oft auch seine Vorgehensweise wenn Maschinenteile ausgebaut werden mussten, die, aus welchen Gründen auch immer, ob angerostet, vergammelt oder wegen anderer Ursachen, schwierig auseinander zu bauen waren. Das hat uns das eine oder andere Mal auch Probleme bereitet. Irgendwo auf See, ich glaube mich dunkel daran zu erinnern, dass wir auf dem Weg von Port Said mit Kurs auf Neapel unterwegs waren. Die Seewasserleitung aus dem unteren Steuerbord Seekasten zur Versorgung des Drucksystems für die Toilettenspülung war undicht und musste ersetzt werden. Eigentlich für uns kein Problem!

Nur, wir konnten das Seeventil an diesem Seekasten nicht schließen, es war uralt, seit Jahren nicht gewartet worden und störrisch wie ein alter Esel. Ja, und nun kommt Alfred mit seiner Vorgehensweise ins Spiel. Erster Versuch, 1 Ventilhaken plus ½ m Rohr als Hebelarm, keine Wirkung. Zweiter Versuch, derselbe Ventilhaken, 1 m Rohr als Hebelarm. Das Ergebnis ist verheerend, der 2. Ing. tobt und Alfred ist vorübergehend leicht irritiert. Was ist passiert?

Das Ventil ist oberhalb des Seekastens abgebrochen und es gibt keine Absperrmöglichkeit, um das in den Maschinenraum eindringende Wasser zu stoppen. Das Wasser in der Maschinenbilge (unterster Bereich des Maschinenraumes und unser aktueller Arbeitsplatz) steigt und steigt, bald stehen wir bis zu den Waden im Wasser, die Lenzpumpe, äußerst „schwach auf der Brust", ist nicht in der Lage, die eindringenden Wassermassen aus der Bilge zu pumpen. Ein dicker, runder Holzpflock muss her. Nach ca. einer halben Stunde hat Alfred irgendwo ein geeignetes Stück Stauholz gefunden, dieses Stück Holz, ein längerer viereckiger

Balken, abgesägt und irgendwie rund gearbeitet, so dass es in die runde Öffnung passte, aus der unaufhaltsam das Seewasser heraus schoss. Alfred und ich mit Holzpflock und Hammer runter in die Bilge, dass Wasser stand mittlerweile kniehoch, das zu schließende Loch war kaum zu erkennen. Der Seewasserstrahl aus dem abgebrochenen Ventil spritze sehr kräftig, unter die darüber verlegten Flurplatten und Rohrleitungen, die Sicht auf die Schadenstelle war null, man konnte sich nur herantasten. Alfred versucht den Holzpflock in die Öffnung zu führen, klappte aber nicht. Der Holzpflock war weg, aus seiner Hand heraus gerissen. In weiser Voraussicht hatte der 3. Ing. einen zweiten, deutlich längeren Holzpflock angefertigt, den Alfred dann besser in die Öffnung einführen und halten konnte. Dann 2 oder 3 Hammerschlägen und siehe da, das Loch war zu. Wir Beiden klettern aus der Bilge, Alfred wischt sich das Seewasser aus den Augen, sein Kommentar: „Geht doch, warum nicht gleich so".

Nach gut 2 Stunden war das Seewasser wieder aus dem Schiff herausgepumpt. Zur Versorgung des Toilettensystems haben wir eine provisorische Verbindung zu einer anderen Seewasserleitung hergerichtet. Beim nächsten Werftaufenthalt konnte der Schaden dann abschließend behoben werden. Und dieser Werftaufenthalt hat uns an dessen Ende nochmals große Schwierigkeiten bereitet.

Schon wieder Wasser im Schiff.

Zwischenzeitlich war bekannt geworden, dass die ADAMSTURM verkauft werden sollte und deshalb zur Besichtigung durch den Kaufinteressenten in Neapel in die Werft, und zwar ins Trockendock beordert wurde. Diese Gelegenheit wurde genutzt um Reparaturen zu erledigen, die nur gemacht werden können, wenn das Schiff trocken liegt. Unter anderem ist auch die Seewasserleitung zwischen Seekasten und der Haupt-Kühlwasserpumpe erneuert worden. Die Hauptkühlwasserpumpe, im Dampfschiffbetrieb auch Zirkuline genannt, versorgt den Haupt-Kondensator der Maschinenanlage mit großen Mengen an Kühlwasser. Bei dieser Rohrleitung handelt es sich um ein Rohr mit einem Durchmesser von 400 mm, vielleicht auch mehr.

Der größte Teil der Arbeiten wurde von den italienischen Werftarbeitern erledigt. Zum Umfang dieser Reparaturen gehörte natürlich auch die Erneuerung des Ventils, das Alfred einige Zeit vorher abgerissen hat. Nach mehreren Tagen im Trockendock waren alle notwendigen Dinge erledigt und vom 2. Ing., unserem „Sklaventreiber" überprüft und abgenommen. Das Ausdock-Manöver konnte also beginnen. Hierbei werden vom Dockmeister der Werft die Ballasttanks des Schwimmdocks geflutet, das Dock sinkt ab und irgendwann schwimmt das Schiff wieder frei im Wasser. Auf „stand by" liegende Schlepper ziehen das Schiff dann an den vorgesehenen Liegeplatz.

Als nun begonnen wird das Schwimmdock zu fluten, bei solchen Manövern sind immer alle verfügbaren Leute im Maschinenraum, die ADAMSTURM allmählich wieder in das nasse Element eintaucht, stellen wir fest, dass 2 von mehreren Flanschverbindungen absolut unsachgemäß zusammengeschraubt wurden. Aus diesen beiden mangelhaft montierten Verbindungen strömte zunehmend mehr und mehr Seewasser in den Maschinenraum, je tiefer das Schiff in das Wasser eintauchte. Der 2. Ing. hat in seinem Zuständigkeitsbereich, und das ist die gesamte technische Einrichtung eines Schiffes mit Ausnahme der Funkanlage, alle ausgeführten Reparaturarbeiten intensiv und umfassend zu prüfen. Unser geliebter „Sklaventreiber" hat sich wohl nicht die Mühe gemacht in die verwinkelten Bereiche der Bilge, die vollgestopft ist mit Rohrleitungen aller Art, vorzudringen. Vielleicht hatte er keine Lust sich dreckig zu machen. Das eindringende Seewasser hätte den 2. Ing. eigentlich veranlassen müssen, das Ausdocken zu unterbrechen und das Schiff wieder trocken legen zu lassen. Doch weit gefehlt! Alle im Maschinenraum Anwesenden, auch der 2. Ing., haben Hand angelegt und diese nachlässige Arbeit der Werftarbeiter in einer großen, gemeinsamen Anstrengung ausgebügelt. Das war noch mal so ein richtig heftiger Einsatz auf diesem alten Schiff. Als das einströmende Wasser gestoppt war, standen wir, je nach Körpergröße, bis zur Brust im Wasser. Nach dem Ausdocken wurden die Dampfkessel in Betrieb genommen. Das „Hochfahren" einer völlig ausgekühlten Dampfanlage dauert viele Stunden. Erst danach konnte mit dem Lenzen der Maschinenraumbilge begonnen werden. Und welch ein Wunder, der „Sklaventreiber" hat eine Kiste Bier ausgegeben, die wir noch am gleichen Abend restlos und ohne Mühe ausgetrunken haben.

Das Pech des Pakistanischen Chefstewards.

Aber eine Geschichte noch zum Schluss. Wieder einmal im Mittelmeer und eine recht raue See. Der Kapitän hat mit dem 1. Offz. und dem Chief, so wie es damals üblich war, im Salon gegessen. Der pakistanische Chefsteward hat die Drei bedient und musste dazu die Mahlzeiten aus der Kombüse heranbringen. Zwischen der Kombüse, die sich in den mittleren Aufbauten befand und den vorderen Aufbauten mit dem Salon, gab es nur eine Verbindung über das nahezu ungeschützte Hauptdeck. Der Steward musste also auf dem Weg zum oder vom Salon zwei Schotts, die bei schlechtem Wetter geschlossen waren, passieren. Von meiner Kammer konnte ich beide Schotts gut einsehen. Dieser Bereich des Hauptdecks wurde zu diesem Zeitpunkt regelmäßig von der überkommenden See überspült. Das Wasser stand manchmal mehr als hüfthoch.

Nun hat der Steward mit dem Abendbrot auf dem Tablett von der Kombüse kommend, durch dass kleine Fenster im Schott den richtigen Moment abpassen wollen, so wie unzählige Male vorher auch, um die Vorreiber vom 1. Schott zu öffnen, mit dem Tablett durch die Schottöffnung zu steigen, das Schott zu schließen, die Vorreiber des 2. Schotts zu öffnen, durch das Schott auf dem Weg zum Salon zu schlüpfen, das 2. Schott zu schließen, um dann in seiner immer sehr vornehmen Art, das Essen im Salon zu servieren. Das hat diesmal nicht so geklappt! Der 1. Vorreiber klemmte, Zeit ging verloren, raus an Deck, ging noch, 1. Vorreiber zu, ging auch noch, doch dann war die See da.

Der Steward war kurzeitig abgetaucht, danach das Tablett leer und der Steward nass bis auf die Haut. Das Tablett hat er noch geborgen und sich dann wieder auf den Weg zurück zur Kombüse gemacht um das verlorenen Essen zu ersetzen. Der Steward hat alles gut überstanden und wir haben ihn danach, immer mit einem leichten Grinsen, bei jeder kleinsten Schiffsbewegung auf das Problem hingewiesen.

Die Zeit auf der ADAMSTURM ist mir sehr lang geworden. Wegen der nicht enden wollenden harten Arbeit ist mir jegliche Lust auf Landgang, Feiern von Partys oder das vergnügliche Zusammensein mit der holden Weiblichkeit, und das auch in Genua, vergangen. Etwa 4 Wochen nach der Anmusterung, daran kann ich mich noch gut erinnern, habe ich mit dem Kollegen Alfred beschlossen, dass wir uns erst wieder rasieren, wenn wir dieses Schiff überlebt haben. Die ADAMSTURM wurde von uns noch nach Hamburg gebracht und dort an die Italiener übergeben. In Hamburg bin ich wenige Stunden nach Ankunft am 19.Oktober 1961 abgemustert und habe das Schiff, fast wie auf der Flucht, mit meinen wenigen Habseeligkeiten verlassen, um mich auf die Reise nach Hause zu begeben. Den Bart hatte ich immer noch, ungestutzt und feuerrot, wie bei einem Wikinger, so wie man sich den vorstellt. Der Gesamteindruck den ich mit diesem Bart vermittelt habe war sicherlich mehr als gewöhnungsbedürftig. Mit dem Zug von Hamburg über Bremen in Richtung Bad Zwischenahn. Von Bremen habe ich meine Schwester angerufen und sie gebeten, mich doch vom Bahnhof in Oldenburg abzuholen, da ich dort ansonsten noch über eine Stunde auf den

Zug nach Bad Zwischenahn hätte warten müssen. Wegen des roten, ungepflegten Bartes und der nicht eben eleganten Kleidung hat mich meine Schwester nicht erkannt. Als sie mich sah hat sie zwar gestutzt, ist dann aber kopfschüttelnd mit suchendem Blick weiter durch den Bahnhof gestreift. Ich habe mich natürlich bemerkbar gemacht um schleunigst nach Hause zu kommen. Nach herzlicher Begrüßung durch die Familie hat mein Vater mich dann unmissverständlich aufgefordert, dass ich mir den Bart komplett abrasieren solle, und zwar unverzüglich. Zwei Stunden später war der Bart ab.

Alfred nannte die ADAMSTURM einmal die „YORIKKE", das „TOTENTSCHIFF" der Neuzeit. (**Das Totenschiff**, die Geschichte eines amerikanischen Seemanns, ist ein 1926 in der Büchergilde Gutenberg erschienener Roman von B. Traven). Dieser Roman wurde auch verfilmt.

Das Ersatzdampfschiff RHEINFELS.

Eine weiterführende Ausbildung zum Seemaschinisten war fest eingeplant. Als Seemaschinist durfte man eigenverantwortlich eine Wache im Maschinenraum übernehmen und war somit unwiderruflich dem „Zugriff" eines potentiellen „Sklaventreibers", so wie auf der ADAMSTURM erlebt, entkommen. Einen Seemaschinisten-Lehrgang zum Erlangen des Patentes C3 und nach weiteren 2 Jahren zum C4 zu besuchen war jedoch nur möglich, wenn man mindestens 6 Monate auf einem Schiff mit Dampfmaschinenantrieb absolviert hatte. Die ADAMSTURM musste ich nach nur 4 Monaten und 24 Tagen Fahrzeit, d.h. am 19. Oktober 1961, verlassen. Glücklicherweise hat die Reederei mich dann recht kurzfristig auf die RHEINFELS versetzt. Am 15.11.1961 durfte ich in Rotterdam auf der RHEINFELS anheuern um hier die restliche Fahrzeit von etwas mehr als einem Monat zu vervollständigen. Die RHEINFELS war kein klassisches Dampfschiff sondern hatte einen Dieselmotor als Hauptantrieb. Der gesamte Hilfsbetrieb, von der Stromerzeugung über die Ladewinden bis hin zur Ruderanlage wurde durch Dampf angetrieben. Die benötigte Dampfmenge und die zugehörige Technik reichten aus, um die Voraussetzung für eine weiterführende Ausbildung zu erfüllen.

Meine Zeit auf der RHEINFELS verlief relativ ruhig und unspektakulär. Auf diesem Schiff wohnten die Ing.-Ass wieder mit jeweils einem Kollegen zusammen in einer 2-Bett-Kammer. Das einzige erwähnenswerte Ereignis an Bord der RHEINFELS spielte sich gleich in der ersten Nacht an Bord ab. In der mir zugewiesenen Kammer hatte auch der Ing.-Ass des Bordelektrikers sein vorübergehendes Zuhause. Dieser zukünftige Kollege war jedoch bei meiner Einquartierung nicht an Bord sondern auf Landgang.

In den 2-Mann-Kammern waren die Kojen übereinander angeordnet, ich als Neuling an Bord dieses Schiffes musste mit der oberen Koje vorlieb nehmen. Irgendwann in der Nacht brach ohne jegliche Vorwarnung ein Riesentumult in der Kammer aus. Ein junger Mann, etwa in meinem Alter, zerlegte einen Teil der Kammereinrichtung. Innerhalb weniger Augenblicke war der Spiegelschrank von der Wand, die Tischlampe demoliert und der Ventilator lag irgendwo in der Ecke. Dafür hat dieser, mir noch unbekannte Mann, weniger als 1 Minute benötigt, so habe ich es jedenfalls empfunden. Als er dann anfing, auch das Waschbecken anzugehen, bin ich aus der oberen Koje raus und habe ihn erstmal von weiteren Sachbeschädigungen abgehalten. Er war sehr überrascht, dass jemand in der oberen Koje gelegen hat und dass da so plötzlich jemand vor ihm steht, der mindestens einen Kopf größer ist und ihm auch von der Körpermasse her deutlich überlegen scheint. Er hat sein Zerstörungswerk jedenfalls freiwillig und ohne Gegenwehr beendet. Der Kollege hat nur noch was von: „Scheiß Weiber, blöde Huren" und ähnliches von sich gegeben und ist dann in seine Koje gekrochen. Am nächsten Morgen war er auch nicht sehr gesprächig. Er hat im Laufe des Tages die Spuren der Zerstörung einigermaßen beseitigt und mir mit wenigen Worten zu verstehen gegeben, dass er in Rotterdam nicht wieder an Land gehen werde, dass diese blöden holländischen Weiber von ihm keinen Drink mehr bekommen und er ganz sicher keinen Gulden mehr locker mache. Mir war klar, der Kollege war mit den einschlägigen „Dienstleistungen" an Land nicht zufrieden!

Am 16. Dezember 1961, nach nur 1 Monat und 2 Tagen bin ich in Genua von Bord gegangen. In Anrechnung der anteiligen Urlaubstage und meiner Zeit auf der ADAMSTURM hatte ich nunmehr dass Soll von 6 Monaten auf einem Dampfschiff erfüllt. Mit einem Kollegen, der ebenfalls noch die erforderliche Fahrzeit auf einem Dampfschiff vervollständigt hat, bin ich dann von Genua aus mit der Eisenbahn im TEE, dem damaligen Trans-Europa-Express nach Bremen gereist. Diese Eisenbahnfahrt konnte von Genua bis nach Bremen ohne Umsteigen absolviert werden, dauerte aber fast 24 Stunden.

Die BRAUNFELS, ein Schwergutschiff.

Am 16. Dezember 1961 bin ich mit dem Zug aus Genua zu Hause angekommen und konnte mit der Familie ein paar schöne Weihnachtstage erleben. Natürlich wurde an diesen wenigen Tagen, die ich frei bekommen habe, kräftig mit Freunden gefeiert. Seit den Anfängen meiner Seefahrtszeit sind nun schon fast 2 Jahre vergangen. Ich bin immer noch fest davon überzeugt, dass ich beruflich den richtigen Weg gehe, spüre aber auch, dass die Bindungen zu den Freunden immer lockerer und unverbindlicher werden. Auch die jungen Frauen aus meinem heimatlichen Umfeld haben so ihre Probleme sich mit einem in der Welt herumreisenden Seemann abzugeben oder sogar eine „feste" Bindung einzugehen.

Nach wenigen Tagen zu Hause bekomme ich die Nachricht, dass die Reederei als nächstes Schiff die BRAUNFELS als Arbeitsplatz eingeplant hat. Wenn man die Reisetage abzieht, bin ich gerade einmal 12 Tage zu Hause gewesen. Am 29. Dezember 1961 wieder in den Zug und ab Richtung Bremen. Im bremischen Überseehafen liegt die BRAUNFELS auf der ich anmustern werde. Dieser 29.12.1961 ist wieder so ein Anmusterungstermin besonderer Art, 2 Tage vor Sylvester, den kann nur ein Seefahrtverrückter akzeptieren. Auf meinem ersten Schiff, der MARIAECK, war ich ja einen Tag vor Heiligabend 1959 an Bord gegangen. Den Hafen von Bremen, mit Reiseziel Indien, hat die BRAUNFELS allerdings erst am 05.01.1962 verlassen. Die BRAUNFELS, ein spezielles Schwergutschiff, konnte mit eigenem Ladegeschirr Einzelteile oder Maschinen mit einem Gewicht von bis zu 205 Tonnen verladen. Anfang der 1960er Jahre war die BRAUNFELS, mit ihren beiden Schwesterschiffen BÄRENFELS und BIRKENFELS, weltweit die einzigen Schiffe mit derartigen Fähigkeiten.

Gleich auf der ersten Reise wurde das Schiff nach San Sebastian (Nord Spanien) beordert, um dort einen Transformator, Gewicht um die 180 Tonnen, zu laden. Dieses schwere Bauteil war für ein neues Kraftwerk in der Nähe von Barcelona bestimmt. Der Landtransport per Tieflader quer durch Spanien war zu aufwendig. Wegen zu enger Straßenführungen auf dem Landweg zwischen San Sebastian und Barcelona hätten in einigen Dörfern Häuser abgerissen werden müssen.

Es blieb also nur der Weg über See und so wurde die BRAUNFELS mit diesem Transport beauftragt.

Ein betrunkener Matrose und die verpasste Gangway.

Der Liegeplatz im Hafen von San Sebastian entsprach nicht der Norm, d.h. die BRAUNFELS lag nicht komplett längs an der Pier sondern hatte im Bereich der Gangway einen Abstand zur Pier von 3 bis 4 m. Die Gangway war also nicht längs der Bordwand angebracht, so wie eigentlich üblich, sondert führte im rechten Winkel vom Schiff weg auf die Pier. Während meiner Wache, so gegen 06:00 Uhr am Morgen, stand ich für eine Zigarettenpause an Deck und habe mich mit dem wachhabenden Matrosen unterhalten. Zu dieser Zeit kam einer seiner Matrosen-Kollegen vom Landgang zurück, absolut abgefüllt, d.h. volltrunken und kaum noch in der Lage zu laufen. So ca. 5 m vor der Gangway blieb er stehen, schüttelte einige Male mit dem Kopf, murmelte unverständliche Laute vor sich hin und rannte dann urplötzlich los in Richtung Gangway. Er hat die Gangway verpasst, konnte nicht mehr stoppen und lag auch schon zwischen Schiff und Pier im Wasser. Im Fallen hörten wir ihn noch etwas rufen das so klang wie: „Scheiße, das war doch die Falsche"! Der volltrunkene Kollege hat Riesenglück gehabt, dass wir gerade zu diesem Zeitpunkt und genau an dieser Stelle an Deck standen und damit seinen Abflug unmittelbar mitbekommen haben. Ein Rettungsring hat ihn erstmal vor dem unmittelbaren Ertrinken bewahrt. Der hinzukommende Koch, der gerade mit seiner Arbeit in der Kombüse anfangen wollte, hat dann tatkräftig bei der Bergung mitgeholfen. Alles ist gut abgegangen, der Kollege hat das morgendliche Bad ohne Schaden überstanden. Später haben wir gemeinsam auf seine Kosten einige Biere getrunken und damit die Sache abgeschlossen.

Ein Zusammentreffen der besonderen Art.

An folgende Geschichte, die sich so am Rande in Barcelona abgespielt hat, erinnere ich mich noch recht gut. Wir mussten in Barcelona 2 Tage auf den Tieflader warten mit dem der Transformator zur Baustelle transportiert werden sollte. Zur gleichen Zeit lag eine Flotteneinheit der Bundesmarine, ein Schnellbootgeschwader mit dem dazugehörigen Versorgungsschiff, in Barcelona. Natürlich war Landgang angesagt, so dass wir unweigerlich in den Hafenkneipen auch auf die deutschen Marineleute getroffen sind. Traditionsgemäß ist das Verhältnis zwischen den „normalen Seefahrern" und Marineangehörigen, oder wie der Seefahrer sagt: Den „Marineros", immer sehr spannungsgeladen. Das gilt übrigens für alle Nationalitäten, auch den eigenen Landsleuten gegenüber. In einer der vielen Kneipen sind dann ein paar dieser „Marineros" auf unseren Bootsmann und seine Männer gestoßen. Hier soll dann einer der Marineleute einen unüberhörbaren Lobgesang auf die Marine und speziell auf die Schnellboote, oder das spezielle Schnellbootgeschwader, angestimmt haben. Unserem Bootsmann, ein sehr wortkarger Mann, ging das wohl auf den Wecker und hat den Leuten angedroht, wenn sie nicht bald das Maul halten, dann würde er dafür sorgen, dass das gesamte Schnellbootgeschwader mit nach Indien kommt, und zwar an Deck der BRAUNFELS. Diese Drohung hat wiederum die Jungs von der Marine sehr erzürnt und provoziert. Dank der Anwesenheit eines Marineoffiziers, also einem höheren Vorgesetzten der „Marineros", ist es nicht zu einer Schlägerei gekommen. Seine Leute konnte der Offizier dank seines Dienstgrades zur Ruhe zwingen, den Bootsmann hat er damit beruhigt, dass er gerne am nächsten Tag, wenn denn der Trafo entladen würde, mit einem Teil seiner Männer zuschauen würde. Unser Bootsmann war damit ausreichend gewürdigt und konnte somit ohne Gesichtsverlust seine Männer von einer Schlägerei abhalten.

Und tatsächlich, als der Transformator am nächsten Tag entladen wurde, haben einige Marineleute zugeschaut und mit großem Respekt zur Kenntnis genommen, dass es für uns ein Leichtes gewesen wäre, ein Schnellboot, dass incl. Brennstoff vielleicht so um 60 Tonnen wiegt, an Deck der BRAUNFELS zu setzen. Allerdings hätte der Platz an Deck nicht für die 6 Schnellboote des Geschwaders ausgereicht. Mit etwas Geschick hätte der 1. Offizier vielleicht 3 Boote untergebracht. Von Barcelona ging dann die Reise zunächst nach Genua. Bevor wir uns dann auf den Weg nach Indien gemacht haben, bot sich für den Einen oder Anderen noch einmal eine gute Gelegenheit, ein paar schöne Stunden bei einem Landgang zu verbringen.

Eine unerwartete Beförderung.

Nach etwas mehr als 3 Monaten waren wir zurück in Deutschland. Hier, im Heimathafen Bremen, wurde mir offenbart, dass ich ab sofort mit entsprechender Sondergenehmigung als sog. diensttuender 4. Ing. meinen Job auf der BRAUNFELS machen müsste. Im Gegenzug wurde der geplante Kurzurlaub während der Liegezeit in Bremen gestrichen.

Anfang der 1960er Jahre zeichnete sich ein spürbarer Personalmangel, vor allen Dingen bei dem Personal mit ausreichender technischen Qualifikationen ab. Selbst der Gesetzgeber hat die Reedereien unterstützt in dem junge Männer, die zur See fuhren, vom Wehrdienst befreit waren. Die Personalabteilung der Reederei konnte zu diesem Zeitpunkt keinen entsprechenden „Patentinhaber" zur Verfügung stellen. Lt. Schiffsbesetzungsordnung musste zu dieser Zeit das Maschinenpersonal eines Seeschiffes in „Großer Fahrt", so wie die BRAUNFELS mit ihren 3.800 PS Hauptmaschinen-Leistung, folgende Qualifikation haben: 1. Ingenieur: Patent C5, 2. Ingenieur: Patent C4, 3. Ingenieur: Patent C4, 4. Ingenieur: Patent C3, 1 Bordelektriker, 3 Ing. Assistenten, 1 Storekeeper/Lagerhalter und 3 Reiniger.

Im April 1962, ich war am 9. Januar gerade einmal 20 Jahre alt geworden und hatte insgesamt eine Seefahrtszeit als Ing. Ass. von nur knapp 24 Monaten absolviert. Diese Beförderung kam für mich völlig unerwartet und war schon ein „Hammer". Wenn ich mich recht erinnere, war ich erstmal sprachlos und habe den Umzug von der bisherigen 2-Mann-Kammer in die Einzel-Kammer des 4. Ing. stillschweigend erledigt.

So nach und nach wurde mir klar, dass mir ab sofort die 4 Hilfsdiesel für die gesamte Stromversorgung des Schiffes, die Luftkompressoren zur Versorgung der Maschinenanlage mit Pressluft und auch die Separatoren zur Reinigung von Brennstoff und Schmieröl anvertraut wurden. Die Pressluft wird hauptsächlich zum Starten der Hauptmaschinen und der Hilfsdiesel benötigt.

Vor Auslaufen Bremen mit Ziel Persischer Golf wurden für die anstehende Ausreise die Ingenieur-Assistenten den jeweiligen Wachen zugeteilt. Mein Wachgänger auf der 8-12-Wache war ein bereits 26 Jahre alter Kollege, der mit mir zusammen angemustert hatte. Zwischen uns, d.h. mir, dem jungen Spund und ihm, dem alten Hasen, gab es zu keiner Zeit Probleme, im Gegenteil! Der alte Hase hat mir schnell klar gemacht, dass er nur in Ruhe zur See fahren will und möglichst wenig Verantwortung übernehmen möchte. Erst später wurde mir klar, dass der Chief

und der 2. Ing. den erfahrenen Kollegen auf meine Wache eingeteilt haben, damit er in den ersten Wochen so ein klein wenig den
„Wachhund" spielt und aufpasst, dass mir keine schwerwiegen-
den Fehler unterlaufen.

Ein folgenschwerer Zwischenfall in der Schleuse.

Auf dieser Reise, es war ja nun die 2. Reise mit der BRAUNFELS,
ging die Fahrt zunächst von Bremen über Hamburg nach Antwerpen und dann weiter nach Rotterdam. In Antwerpen mussten
die „HANSA-Schiffe" zum Erreichen der vorgesehenen Liege-
plätze immer eine große Schleuse passieren. An diesem betreffenden Tag war das Wetter sehr schlecht. Sturmböen fegten über
das Hafengebiet, Regen und Hagelschauer haben die Sicht beein-
trächtigt. Die BRAUNFELS wurde von 2 Maschinen mit zusammen nur 3.800 PS oder rd. 2.750 kW angetrieben und war damit,
was die Antriebsleistung angeht, salopp ausgedrückt, für ihre
Größe doch etwas „schwach auf der Brust". Obwohl das Schiff
mit Schlepperhilfe in das Schleusenbecken bugsiert wurde, kam
es zu einem folgenschweren Vorfall. Eine Orkanbö hat das Schiff
extrem nach Steuerbord gedrückt, gleichzeitig ist dem Heck-
schlepper die Schleppleine gebrochen. Und dann ging alles ganz
schnell!

Bei diesem Manöver hatte der 2. Ing. die Verantwortung
im Maschinenraum. Ich war, so wie es die allgemeinen Regeln
vorschrieben, als sog. Manöverwache zusätzlich anwesend. Das
Ruderblatt wurde auf „hart Steuerbord" gelegt, die Maschinenleistung per Maschinentelegraf mit „Voll Voraus" gefordert. So
weit alles noch im Rahmen der Routine. Beide Maschinen wurden zunächst ohne erkennbare Probleme gestartet und die Drehzahl, so wie von der Brücke gefordert, langsam auf 100% Leistung hochgefahren.

Dann jedoch, bei ca. 40 U/min der Propellerwelle, war eine weitere Leistungssteigerung nicht mehr möglich, im Gegenteil, das Schiff hat sich regelrecht „geschüttelt", der 2. Ing. hat die Maschinen wegen der sehr ungewöhnlichen Begleiterscheinungen sofort wieder gestoppt.

Das Telefon schrillte los, von der Brücke die Nachfrage: „Warum kriegt ihr diese verdammte Kiste nicht in Gang"! Erneut der Versuch die Hauptmaschinen zu starten, ohne jeglichen Erfolg. Dann, wieder per Telefon, die Information von der Brücke, dass ein dritter Schlepper helfen würde uns in die Schleuse zu bugsieren. Wir hatten ganz offensichtlich mit der Schiffsschraube, oder in unserer Sprache mit dem Propeller, Kontakt zu irgendwelchen Bauteilen der Schleuse gehabt. Und richtig, später hat man festgestellt, dass wir im Bereich des Schleusentores eine Duckdalbe zerlegt haben.

Nach Beendigung des Schleusenvorganges haben uns die Schlepper, mittlerweile hatten uns ja 3 davon am Haken, zum vorgesehenen Liegeplatz gebracht. Die Hauptmaschinen wurden nur noch sporadisch gefordert und funktionierten augenscheinlich problemlos. Ein Maschinentest bei festgemachtem Schiff an der Pier, liegeplatzbedingt allerdings mit nur sehr geringer Drehzahl, hatte keine Hinweise auf eine Beschädigung ergeben.

Nach 2 Tagen in Antwerpen sind wir wieder ausgelaufen und haben uns auf den Weg nach Rotterdam gemacht. Im Hauptfahrwasser der Schelde, dem Fluss der von Antwerpen seewärts führt, wurde von der Brücke per Maschinentelegraf „Voll Voraus" gefordert. Dieses Manöver fand während meiner Wache statt. Die Maschinenleistung wurde langsam erhöht, die Propellerdrehzahl gesteigert. Bei ca. 60 U/min, das entsprach etwa 60% der vollen Drehzahl, fing das gesamte Schiff an zu schwingen. So etwas hatte ich ja nun noch gar nicht erlebt. Ein Schiff wie die BRAUNFELS, ca. 160 m lang, fängt an sich wie eine Blechdose zu verwinden. Also runter mit der Drehzahl um keine weiteren Schäden am Schiff zu provozieren.

Der Chief kam wie ein geölter Blitz die Treppen runter zum Maschinenleitstand. So schnell habe ich den „alten Herrn", er war deutlich über 50 Jahre alt und für uns jungen Spunde ein alter Mann, vorher noch nicht laufen sehen. Die Propellerdrehzahl hatte die Marke von 50 U/min wieder unterschritten, dass Schiff lag wieder ganz ruhig. Der Chief sagte nur zu mir: „Das haste gut gemacht, aber was ist eigentlich los?" Dann sofort sein Hinweis: „Der Propeller hat in der Schleuse was abbekommen"! Und so war es dann auch!

Übrigens, unseren Chief haben wir alle liebevoll, aber mit großem Respekt, Opa B.... genannt.

Den Hafen von Rotterdam haben wir mit ganz langsamer Fahrt aber ohne Probleme erreicht. Hier wurde ein Taucherteam mit der Untersuchung der Schiffsschraube (Propeller) beauftragt. Ergebnis: Propeller-Totalschaden! Mit diesem Propeller war eine Reise in den Persischen Golf nicht möglich. Ein neuer Propeller musste her, und zwar möglichst schnell. Doch das war nicht so einfach. Derartige Bauteile liegen nun mal nicht so in der Gegend rum, und wenn doch, dann sind diese Teile recht groß, ziemlich schwer und damit mehr als nur unhandlich.

Glücklicherweise gab es auf der Bauwerft, der Bremerhavener Seebeck-Werft, einen passenden Propeller, der als Reserve für die insgesamt 3 baugleichen Schiffe vorgehalten wurde. Dieser Propeller, rund 6 m Durchmesser und einige Tonnen schwer, musste erstmal von Bremerhaven nach Rotterdam geschafft werden. Gleichzeitig wurde ein Platz in einem ausreichend großen Trocken- oder Schwimmdock benötigt, ein Platz für das nahezu voll beladene Schiff, denn üblicherweise werden Schiffe ohne jegliche Ladung eingedockt. Man hat die BRAUNFELS dann in einem riesigen Schwimmdock für Supertanker untergebracht. In diesem sehr großen Dock wäre Platz für mindestens 2 Schiffe von der Größe der BRAUNFELS Platz gewesen. Wir kamen uns da schon recht klein vor!

Die ganze Aktion hat länger als eine Woche gedauert. In dieser Zeit haben wir uns dann den einen oder anderen Landgang gegönnt und sind durch das Vergnügungsviertel von Katendrecht, einem Stadtteil von Rotterdam, gezogen. In den 1960er Jahren konnte man hier alles haben was man mochte und bereit war zu bezahlen. Allerdings waren wir Deutschen wegen des Krieges noch nicht so gut angesehen. Wir ganz jungen Burschen haben das allerdings nicht wirklich zu spüren bekommen.

Eine ungewöhnliche Fracht für ein Schwergutschiff.

Nach erfolgter Reparatur ging die Reise dann mit rd. 14 Tagen Verspätung ab in den Persischen Golf. Auf der Heimreise aus dem Golf wurde das Schiff nach Djibouti (Somalia) beordert, um hier Schlachtvieh (Ziegen u. Schafe) zu laden und nach Djidda (Saudi Arabien) zu bringen. Die Tiere wurden in großen Netzen an Bord gehievt und hier in provisorischen Arealen an Deck, also nicht im Laderaum, eingesperrt. Das Laden hat ca. 24 Stunden gedauert und der Umgang mit den Tieren war schlimm anzuschauen. Die Überfahrt nach Djidda, dem Zielhafen, hat rd. 2 Tage gedauert. Während dieser Überfahrt, die Tiere standen ja alle ohne jeglichen Sonnenschutz an Deck, hat sich die Besatzung sehr bemüht, den Tieren durch regelmäßiges Besprühen mit Süßwasser die restlichen Tage ihres Lebens etwas angenehmer zu gestalten.

Die Hafeneinfahrt von Djidda ist wegen der Korallenriffe ausgesprochen kompliziert, ohne Lotsen geht hier nichts. Die BRAUNFELS war, wie bereits erwähnt, für die damaligen Verhältnisse mit ihren knapp 160 m Länge ein großes Schiff aber mit nur 3.800 PS Maschinenleistung nicht so einfach zu manövrieren.

Na ja, jedenfalls kommt uns bei der Durchfahrt durch die Riffe, aus dem Hafen von Djidda ein anderes Schiff entgegen. Der Lotse hat mit dem Typhon Signal gegeben und damit uneingeschränktes Wegerecht beansprucht.

Dieses laute Dröhnen, das Typhon der BRAUNFELS hatte einen einmalig tiefen Sound, war unverwechselbar und hätte den Vergleich mit dem Typhon der heutigen Queen Mary 2 durchaus bestanden, hat dann die Tiere, vor allem die Ziegen, die Treppen hinauf bis auf die Kommandobrücke und das Peildeck getrieben. Dieser Anblick, ich konnte mit ein paar Kollegen von den hinteren Aufbauten alles gut verfolgen, war wirklich einmalig. Wild gewordenen Ziegen zwischen Lotsen, Kapitän und Rudergänger. Welch ein seltener Anblick, vor allen Dingen haben uns die ratlosen Nautiker so richtig in Entzücken versetzt. Hinterher war viel Arbeit nötig um die ganzen Hinterlassenschaften der Viecher zu entfernen. Vor Schreck und in Panik hatten die Ziegen und Schafe die gesamten vorderen Aufbauten bis hinauf zum Peildeck mit Kot verdreckt. Dafür haben die Nautiker inklusive der kompletten Deckbesetzung von uns, den Maschinenleuten, die man auch boshafter Weise „Bilgenkrebse" nannte, viel Hohn und Spott einstecken müssen.

Eine Reise außergewöhnlicher Ereignisse.

Meine 3. und damit auch letzte Reise auf der BRAUNFELS war eine wirklich außergewöhnliche Reise, zumindest bis zu diesem Zeitpunkt meiner Seefahrtzeit. Zunächst wurden, so wie fast immer, die Nordeuropäischen Häfen wie Bremen, Hamburg, Antwerpen und Rotterdam bedient. Von Rotterdam ging es dann über den Nordatlantik nach Quebec in Kanada. Auf der Überfahrt von Europa nach Kanada und auch auf der Fahrt von Kanada in Richtung Mittelmeer hat mich die Seekrankheit mal wieder so richtig erwischt. Das Wetter im nördlichen Atlantik war ausgesprochen schlecht. Auf beiden Überfahrten hatten wir mit schwerem Seegang und einer zusätzlichen extrem hohen Nordwest-Dünung zu tun. Die Überfahrt von Kanada zum Mittelmeer war besonders schlimm, zumindest für mich!

In Quebec wurden 2 Schnellboote für Saigon (Süd-Vietnam) als Deckladung übernommen. Diese Schnellboote waren etwas kleiner als die Schnellboote der Bundesmarine. Die Boote hatten keine Torpedorohre und die vorgesehene Bewaffnung war nicht montiert, es gab nur entsprechende Vorrichtungen an Deck für die spätere Montage. Mit diesen beiden Booten im Huckepack war die BRAUNFELS natürlich etwas „kopflastiger" als normal und damit besonders anfällig für die schräg von achtern auflaufende Dünung, die wir auf der Überfahrt zum Mittelmeer abreiten mussten.

Ich habe wieder gekotzt ohne Ende, fast so schlimm wie auf meinem ersten Schiff, der kleinen MARIAECK, nur über mehrere Tage hinweg, Denn die Überfahrten über den Nordatlantik hin nach Kanada und wieder zurück in Richtung Gibraltar haben doch deutlich länger gedauert als die Fahrten mit der MARIAECK durch die Biskaya.

Die Überfahrt von Quebec ins Mittelmeer war seemännisch für die Nautiker wohl eine richtige Herausforderung. Vom 2. und auch 3. Offizier haben wir gehört, dass der Kapitän, oder wie im allgemeinen Sprachgebrauch üblich, der „Alte", kaum von der Brücke gekommen ist. Große Sorgen hat ihm die immer wieder von achtern auflaufende Dünung gemacht. Man muss sich das so vorstellen, dass die meterhohen, von hinten anrollenden Wellen etwas schneller als das Schiff sind und somit über einen gefährlich langen Zeitraum das Schiff von hinten überspülen.

Das sind Risiken für ein Schiff die in einer Katastrophe enden können. Wegen der geringen Maschinenleistung war es nicht möglich, dieser Situation durch eine höhere Geschwindigkeit zu entkommen. Ein weiteres Gefahrenpotential hat sich durch die an Deck geladenen Schnellboote ergeben. Diese beiden kleinen Schiffe waren diagonal an Deck abgesetzt, natürlich sehr robust befestigt, und ragten auf jeder Seite einige Meter über die Bordwand der BRAUNFELS hinaus. Bei der anhaltenden schweren See wurden die über die Seiten herausragenden Schnellboote permanent von den anrollenden Wellen schwer belastete. Wenn das über Stunden und Tage in einem sehr engen Zeittakt passiert, dehnen sich zwangsläufig die Befestigungsketten und Laschen. Die Deckbesatzung, d.h. der Bootsmann mit seinen Männern hat hier sehr hart und unter extremen Bedingungen arbeiten müssen, um die Laschen ausreichend straff zu halten. Eine derartige Reise möchte ich nicht nochmal absolvieren müssen.

Der bisher längste Seetörn ohne Hafenliegezeit.

Wegen der Schnellboote an Deck war die Ladung in den Laderäumen 3, 4 und 5 nicht zugänglich. Aus diesem Grund ging die Reise ohne Zwischenstopp von Quebec nach Saigon. Nur in Port Said haben wir geankert und auf den nächsten Konvoi zur Passage des Suez-Kanals gewartet. Diese Seereise hat sehr lange gedauert. Die BRAUNFELS hat im Schnitt so ihre 13 Knoten gemacht. Der Seeweg von Quebec nach Saigon, heute Ho Chi Minh Stadt, also vom 71ten Längengrad West zum 105ten Längengrad Ost, führt fast um die halbe Erdkugel und macht wohl eine Strecke von ca. 11.000 Seemeilen aus. Diese Seereise muss so um die 5 Wochen gedauert haben. 5 Wochen ohne Landgang, für mich auf der 08:12 Wache bedeutete das, 35 Tage lang um 07:15 Uhr geweckt werden, um 07:30 Uhr zum Frühstück, von 08:00 bis 12:00 Wache im Maschinenraum, Duschen und um 12:15 Uhr Mittagessen, danach ins Bett bis 15:00 Uhr, Kaffee und Freizeit bis 17:30 Uhr. 17:30 bis 18:00 Uhr zur Abendbrot-Vertretung des 2. Ing. in den Maschinenraum, 18:00 Abendbrot, danach bis 20:00 Freizeit. Während dieser 1 ½ bis 2 Stunden vielleicht mal ein Skatspiel mit Kollegen, oder eine Schachpartie, vielleicht auch mal ein Bier, natürlich wurde auch mal ein Buch gelesen. Dann von 20:00 Uhr bis 24:00 Uhr Wache im Maschinenraum und anschließend Duschen und dann so um 01.00 Uhr ab in die Koje. Neubeginn des nächsten Tageszyklus wieder um 07:15 Uhr usw. usw.

Die Maschinenanlage der BRAUNFELS war sehr solide gebaut, sehr gut in Schuss und es gab kaum Störungen bei denen wir in der „Freizeit" zum Einsatz mussten. Zur Eindämmung von Eintönigkeit oder Langeweile war die Maschinenanlage der BRAUNFELS also nicht geeignet, im Gegenteil. Bis auf die erste Woche der Atlantik-Querung, wo mich die Seekrankheit doch arg gebeutelt hat, war die extrem lange Überfahrt nach Saigon wohl mehr von Eintönigkeit als von Hektik geprägt.

Flusspiraten und andere Besucher an Bord.

Mit Einlaufen in Saigon sollte sich die Situation aber schlagartig ändern. Vom Südchinesischen Meer kommend, müssen die Seeschiffe durch das Delta des Mekong mehrere Stunden flussaufwärts in Richtung Saigon fahren. Auf dem Fluss gab es dann ganz unverhofft den ersten Besuch. Mit mehreren kleinen Booten kamen Männer längsseits der BRAUNFELS, warfen Wurfanker an Deck und hatten innerhalb von Minuten das Schiff geentert. Alles was nicht niet- und nagelfest war wurde außenbords geworfen.

Die Beute der „Piraten" war für den weiteren Schiffsbetrieb eher unerheblich und der Überfall für die Besatzung absolut ungefährlich. Nach Verlassen der offenen See hatte der 1. Offizier den Bootsmann angewiesen die Laschen von den zu löschenden Schnellbooten zu lösen und entsprechend zur Seite zu schaffen. Abgebaut war inzwischen fast alles, das Material lag jedoch noch an Deck. Die Beute der „Piraten" bestand hauptsächlich aus Tauwerk, Stauholz und Abdeckplanen, sog. Persenning. Die noch an Deck arbeitende Besatzung hat Minuten gebraucht um zu verstehen was da eigentlich abgeht. Dann jedoch sind sie gemeinsam und mit wütendem Gebrüll auf die diebischen Fremdlinge los. Die wiederum haben sofort und ohne jegliche Gegenwehr die Flucht ergriffen und sind über Bord gesprungen. Hier haben ihre eigenen Leute sie aufgenommen und sind mit der bereits aus dem Wasser gefischten Beute auf und davon. Später wurde uns berichtet, dass der vietnamesische Lotse diesen Vorfall mit einem Lächeln registrierte und den Kapitän gebeten hat doch bitte ruhig zu bleiben. Bei den „Piraten" handele es sich um extrem arme Leute die niemals auf ein Besatzungsmitglied losgehen oder Gewalt anwenden würden. Also hat der Alte es so laufen lassen wie es gelaufen ist. Es war sicherlich kein Fehler!

Das „Wunder" von Saigon.

Ein oder zwei Stunden nach dieser ersten Attacke wurde das Schiff im Hafenbereich festgemacht, vorne durch ausbringen beider Anker und hinten an einer Festmacherboje. Ein Liegeplatz an der Pier war nicht vorgesehen. Was für eine Enttäuschung! Seit Wochen hatten wir jungen Leute uns gegenseitig vorgeschwärmt, wie es denn wohl sein würde, wenn wir endlich mal wieder zum Friseur könnten, etwas Weibliches unter den Händen spüren oder mal wieder etwas von einer fremden Kultur einatmen dürften. Alles Schnee von gestern! Das war es dann wohl! Kein Landgang! Welch ungerechte Welt und diese Scheißseefahrt!

Doch dann oh Wunder! Noch bevor das Schiff richtig fest war und noch vor den Offiziellen von Immigration, Zoll und Hafenbehörde, kamen wieder Boote und machten per Wurfanker an der Bordwand fest. Diesmal jedoch keine Piraten in den Booten, sondern eine Vielzahl von Frauen, die ersten von ihnen kamen ebenso schnell und geschickt die Bordwand hoch wie vorher die diebischen Männer. Sobald die Gangway klar war, ging die „Besetzung" des Schiffes durch die vietnamesischen Frauen weiter. War das ein Ereignis! Die gesamte Besatzung war kaum noch zu halten. Natürlich war jedem von uns klar, dass diese Frauen, die immer in Gruppen zusammen mit ihrer „Mama Sun" (Puffmutter) an Bord kamen, nicht nur zum Kaffeetrinken oder Geschichten vorlesen gekommen waren.

Seltsamerweise haben sich die Behördenvertreter überhaupt nicht für diese Frauen interessiert, es war wohl eher so, dass man derartige Abläufe in diesem Hafen schon als „Normalität" einstufte. Ich erinnere mich noch sehr gut an die zeitlichen Abläufe. Den Lotsen haben wir so gegen 09:00 Uhr Ortszeit übernommen, das Festmachen und die Invasion der Frauen begann so gegen 14:00 Uhr. Das gesamte Schiff wimmelte von Frauen, einige der Kammern waren bereits abgeschlossen und zwar von innen! Innerhalb weniger Minuten war die BRAUNFELS, das derzeitig einzige Schiff weltweit, das Maschinen oder Maschinenteile bis 205 Tonnen verladen konnte, zum größten schwimmenden Bordell mutiert.

Nachdem das Schiff offiziell einklariert war, wurde bekannt, dass die beiden Schnellboote erst am nächsten Tag entladen werden sollten. Es gab also doch noch einen Hauch von Gerechtigkeit und Zeus war uns gnädig gestimmt! Die dann kommenden Stunden waren sehr turbulent. Dem Bordelektriker, der zunächst einen Fehler an der Ankerwinde beheben musste, wurden von 4 oder 5 Frauen die Werkzeuge gereicht. Die Männer der Besatzung, die keine unverzichtbaren Arbeiten erledigen mussten, wurden gegen angemessenes Honorar versteht sich, in jeder gewünschten Form „bespaßt". Selbst der Kapitän hatte seine Mühe, die Mädchen davon zu überzeugen, dass er nun für derartige Spaßorgien wohl nicht mehr der Richtige sei.

Vom 3. Offizier hörten wir später, dass der „Alte" einen gravierenden Fehler gemacht hat. Die ersten Frauen hat er mit einpaar Stücken Seife „abgewimmelt" ohne eine Gegenleistung zu verlangen. Die nächste Gruppe mit anderen Naturalien. Diese Freizügigkeit hat sich natürlich verbreitet wie ein Lauffeuer. Das Ergebnis war letztendlich, dass die Wohnräume des Kapitäns permanent von einer Horde junger, attraktiver Frauen belagert wurden, die Bestände an Seife und anderer Dinge jedoch zur Neige gingen und er sich wohl extrem bedrängt fühlte.

Generell hat der Kapitän sich in plattdeutscher Sprache mit seinen Leuten an Bord unterhalten. Als nun all seine Seifenvorräte und weitere Gaben an die Mädchen nicht dazu führten, dass man ihn in Ruhe ließ, rief er laut nach dem wachhabenden Offizier: "Stürmann, verdammt noch mol, Stürmann, schmiet de Fronslüte hier rut, ik kann de doch blos up'n mors kloppen un April, April seggen"! Mit großer Mühe und mit Hilfe der zuständigen „Mama Sun" ist es dann dem 3. Offizier gelungen, den Kapitän aus der für ihn misslichen Lage zu befreien und die Frauen zum Rückzug zu bewegen.

Um die Mittagszeit des nächsten Tages waren die beiden Schnellboote ins Wasser gesetzt, alle Formalitäten erledigt, die „Mama Sun's" hatten ihre Frauen von Bord geschafft und die Besatzung war mehr als zufrieden. Der 3. Offizier hat beim Rückzug der Frauen fein säuberlich mitgezählt und ist zu dem Ergebnis gekommen, dass mehr als 80 junge Frauen an Bord der BRAUN-FELS ihren Dienst versehen haben und das bei nur 50 Mann Besatzung. Der Lotse kam an Bord, die Maschine waren klar zum Manöver, jetzt nur noch die Achterleinen los, beide Anker hieven und ab in Richtung Rangoon und Kalkutta. Na ja, einpaar Stunden hätten wir es in Saigon schon noch ausgehalten. In Rangoon und Kalkutta sollte die komplette Ladung gelöscht und neue Dinge für Europa geladen werden. Als dritter Indischer Hafen ist noch Madras hinzu gekommen.

Jetzt wird der Kapitän zum Problem.

Etwa 2 Stunden nach Auslaufen Saigon, es muss so gegen 15:00 Uhr gewesen sein, ich stand mit dem Chief auf dem Bootsdeck und habe die Flusslandschaft genossen, da kam der 1. Offizier von der Brücke zu uns nach achtern, recht unruhig und sehr nervös. „Der Alte ist total besoffen und ich kriege den nicht von der Brücke: „Chief, was soll ich tun?" war seine Frage. Was die beiden dann besprochen haben ist mir entgangen, ich sollte das auch wohl nicht hören.

Kurze Zeit später, der 1. Offizier war nicht mehr dabei, haben wir gesehen, dass der Lotse über die Außentreppen die Brücke verließ. Er war auf dem Weg zur Gangway um in das Lotsenboot überzusteigen. Leider hatte der Kapitän die Geschwindigkeit des Schiffes nicht reduziert, die BRAUNFELS lief mit voller Fahrt seewärts. Der Lotse hat die Situation mit großer Ungläubigkeit registriert und ist erstmal völlig verdattert an der Gangway stehen geblieben. „Jetzt wird es schwierig", so der Chief und weiter „Geh mal rum und bring alle unsere Leute auf Manöverstation, „ALLE"!

An die jetzt folgenden 2 Stunden kann ich mich noch gut erinnern. Der Kapitän ist mit dem Lotsen, der wieder auf die Brücke zurück gegangen ist, noch eine halbe Stunde weiter seewärts gedampft, hat dort mit voller Fahrt einen großen Bogen gemacht und ist auf Gegenkurs Richtung Lotsenstation gegangen. Glücklicherweise hat er dort keines der zahlreichen Schiffswracks erwischt die dort vor der Mündung des Mekong liegen. Von diesen Wracks hat uns später der 2. Offizier erzählt.

Wieder an der Lotsenstation, leider in der falschen Richtung, das war dann so gegen 16:30 Uhr, hat er den Lotsen abgesetzt und ist noch 1 oder 2 Meilen flussaufwärts gelaufen. Danach folgte das unmöglichste Wendemanöver auf dem Mekong. Ein Schiff, 160 m lang, mit sehr geringer Maschinenleistung und das in einer Fahrrinne, die kaum doppelt so breit ist, als das Schiff lang.

Als wir merkten, was der Alte vor hat, war die gesamte Maschinencrew im Maschinenraum versammelt, um alle Manpower bei einer technischen Störung, welcher Art auch immer, zur Verfügung zu haben. Die Maschinen- und Rudermanöver waren extrem. Im Minutentakt folgten die Manöver „Voll Voraus" auf „Voll Zurück" und Ruderlage von „Hart Steuerbord" auf „Hart Backbord". Die Kompressoren bekamen die Pressluftflaschen zum Starten der Maschinen nicht mehr geladen. Der Druck kam schon in einen kritischen Bereich. Mit dem letzen Hauch aus den Luftflaschen lag der Kurs wieder auf seewärts. Mann oh Mann, hatten wir Glück gehabt. Ob der Alte überhaupt realisierte was er da für ein Ding abgezogen hat? Gab es ein Nachspiel? Ich habe nichts Derartiges gehört, war ja auch nicht mein Ding, nicht das Ding eines niedrigrangigen diensttuenden 4. Maschinisten.

Auch der 1. Offizier macht mal Fehler.

Auf der Heimreise, von Madras kommend, bekamen wir noch Order, Port Sudan im Roten Meer anzulaufen. Im Hafen liegend, hat der 1. Offizier ein fälliges Bootsmanöver, das so alle 5-6 Wochen zu trainieren ist, angeordnet. Dem 4. Ingenieur obliegt es, den technischen Part bei einer Bootsfahrt zu übernehmen, das ist sein Job! Das Steuerbord-Boot, eine etwas größere Barkasse mit einer kleinen Schleppeinrichtung und kräftigem Motor wurde zu Wasser gelassen. Der 1. Offizier hatte vorher rumgefragt, wer denn wohl Lust hätte, eine kleine Bootsfahrt zu unternehmen. Als das Boot zu Wasser gelassen wurde, waren wir nur zu dritt im Boot, der 1. Offizier, der Schiffszimmermann und ich als Maschinist. Das Manöver hat reibungslos funktioniert, wie fast immer. Das war gut so und der 1. Offizier zufrieden. Dann sind noch ein paar Männer, der Einfachheit halber von einem geeigneten Platz an der Pier, zugestiegen und ab ging die Reise. Erst durch den Hafen, dann durch die Hafeneinfahrt in Richtung See.

Ungefähr 1 Seemeile vor dem Hafen lagen, und liegen wohl auch immer noch, zwei Wracks auf den Korallenriffen. Diesen Wracks konnten wir uns bis auf ungefähr 100 m nähern. Noch dichter ran war wegen der Korallenriffe nicht möglich. Das waren schon interessante Szenen die wir dort registriert haben. Das Wasser war absolut „glasklar". Einer der Matrosen hatte einen Eimer mit einem durchsichtigen Boden versehen. Mit diesem Gerät waren wunderschöne Unterwasserbilder zu sehen, das war schon beeindruckend. Auf der Rückfahrt hat dann der 1. Offizier seine schlechte Phase. Er wollte uns unbedingt noch mal zeigen, wie schön es sein kann, mit einem Boot so haarscharf an einem Korallenriff entlang zu fahren. Das hat dann nicht mehr so gut funktioniert. Das Boot ist den Korallen zu nahe gekommen. Ein heftiger Ruck und schon war die schöne Barkasse ca. 2 m lang aufgeschlitzt. Die letzte Meile, zurück zum Schiff, haben wir knietief im Wasser gestanden. Absaufen konnte die Barkasse wegen der separaten Schwimmkörper nicht. Von den 12 Schwimmkörpern waren nur 2 beschädigt, also kein Grund zur Panik.

Erstmal zurück zur Pier, die Leute aussteigen lassen. Dann zurück zum Schiff, das Boot in die Haken der Davids hängen und etwas aus dem Wasser heben. Dann warten bis ein Teil des Wassers aus dem Boot gelaufen ist. Mit Wasser war das Boot zu schwer zum aufhieven. Dann wieder etwas anheben und wieder warten. Nach einer Stunde hing das Boot wieder an seinem Platz und am Tag darauf war die aufgeschlitzte Außenhaut, die aus 2 mm Stahlblech gefertigt war, wieder in einem absolut einwandfreien Zustand. Eine gute Maschinencrew macht es möglich.

Eine gut vorbereitete Wette.

Eine Geschichte gibt es noch, die sich auf der BRAUNFELS zugetragen hat. Um die eine oder andere Abwechslung in den Alltag zu bringen, wurde mal eine runde Skat gespielt oder bei Gelegenheit auch mal eine Party Schach. Es wurde gezippelt, geschachtelt und wie die kleinen Spiele auch immer genannt wurden. Der Verlierer hat in der Regel eine Runde Bier an die Mitspieler spendiert. Trotz dieser Spielregeln war der Alkoholkonsum auf einem Seetörn für die Wachgänger, das waren mehr als die Hälfte der Besatzung, eher gering. Bei Antritt der Wache, also zum Arbeitsbeginn, hatte man nüchtern zu sein und damit war eigentlich alles geregelt.

Auf der BRAUNFELS wurden mit ausgeprägter Leidenschaft die absurdesten Wetten abgeschlossen. Das hatte ich in dem Ausmaß bisher auf keinem Schiff erlebt. Es ging dabei nicht um große Einsätze, wie man vielleicht hätte denken könnte, nein, in der Regel wurde um eine Flasche Bier, eine Runde Bier oder maximal einen Karton Bier gewettet. Einen Kollegen zu einer Wette zu überreden wurde allerdings immer schwieriger. Man kannte sich einfach zu lange und neue Wettpartner kamen erst an Bord wenn ein Teil der Besatzung in Urlaub ging. Vor allen Dingen gingen die „Wettthemen" aus. An eine außergewöhnliche Wette kann ich mich noch sehr gut erinnern. Außergewöhnlich deshalb, weil diese Wette sorgfältig vorbereitet werden musste. Diese Geschichte hat sich dann so abgespielt:

Zwei oder drei Tage vor Erreichen des nächsten planmäßigen Hafens kam der Schiffselektriker mit einem, na ja, man kann schon sagen: "Irren Wettvorschlag" zu mir. Er hatte sich folgenden Ablauf ausgedacht und erklärte mir die Einzelheiten, die ich versuche in wenigen Worten zu schildern.

Ab nächsten Morgen beim Frühstück hätte ich über Kopfschmerzen und Unwohlsein zu klagen. Am Samstag, also 3 Tage später, wenn wir im Hafen liegen, wollte er ein paar Kollegen zu sich einladen, um ein Bier zu spendieren. Zunächst würde ich wegen „Unwohlsein und Kopfschmerzen" nicht an diesem Umtrunk teilnehmen. Er würde mich später dazu bitten, wenn er die nötigen Vorbereitungen getroffen hätte.

Zur Vorbereitung hat er dann nach dem Abendessen 4 oder 5 Kollegen zum Bier in seine Kammer gebeten. Dort hat er den Leuten klargemacht, dass meine „Unpässlichkeit" die Gelegenheit bieten würde, eine raffinierte Wette zu placieren. Man müsse diese Gelegenheit unbedingt nutzen um dem „Langen", also mir, einen Karton Bier (24 Flaschen) aus dem „Kreuz zu leiern". Folgendes sei zu tun:

Er würde mich zu der Runde hinzubitten. Ich würde hoffentlich der Einladung folgen. Einer aus der Runde würde ein altes Rezept gegen Unwohlsein ansprechen und mir empfehlen, dieses Rezept doch einmal auszuprobieren. Das Rezept bestand darin, dass 2 unbenutzte Streichhölzer in eine Alufolie eingewickelt werden und man mich überreden müsste, diese eingewickelten Streichhölzer intensiv über meine Stirn zu streichen.

Bei passender Gelegenheit sollte dann einer der Kollegen diese in Alufolie eingewickelten Streichhölzer verschwinden lassen und gegen Streichhölzer, bei denen der Schwefelkopf abgekratzt war, ersetzen. Danach sollte mir dann einer der Kollegen die Wette anbieten, dass der Schwefel nunmehr in meinen Kopf eingedrungen sei und er, wenn ich denn zweifeln würde, eine entsprechende Wette um einen Karton Bier anzubieten hätte. Ich würde diese Wette sicherlich wegen der augenscheinlichen Absurdität annehmen, in die Alufolie schauen und feststellen müssen, dass der Schwefel tatsächlich weg war. Die Wette wäre also für mich verloren, der Karton Bier stände zum Umtrunk bereit.

Mit mir hat der Elektriker allerdings etwas anderes abgesprochen. Mir gab er zunächst ebenfalls in Alufolie eingewickelte Streichhölzer mit komplettem Schwefelkopf, also unbenutzt und unbeschädigte Streichhölzer, die in gleicher Alufolie eingewickelt waren. Wenn Du zu unserer Runde dazugekommen bist, wird man dir dieses Rezept zur Linderung deines Unwohlseins vorschlagen. Erstmals lehnst du so einen Quatsch ab. Dann fängst du an, wenn auch zunächst sehr zögerlich, dir die Stirn mit den eingewickelten Streichhölzern zu bearbeiten und verabschiedest dich nach ca. 10 Minuten, um auf die Toilette zu gehen. Die eingewickelten Streichhölzer lässt du auf dem Tisch liegen. Sobald du den Raum verlassen hast, werden die Kollegen die Streichhölzer austauschen, nun liegen die Streichhölzer ohne Schwefel, eingewickelt in der gleichen Alufolie, auf dem Tisch. Du kommst zurück, vertauscht wiederum die Streichhölzer und hast wieder Streichhölzer mit Schwefel in der Hand. Mit ein bisschen Geschicklichkeit wird keiner der Leute etwas merken. Jetzt wird man Dir die Wette anbieten, dass der Schwefel in deinen Kopf gewandert sei. Erstmal musst du eine solch bescheuerte Wette ablehnen, dann den Preis hochschrauben, Minimum 1 Karton Bier, und dann die Wette annehmen.

Shorty, der jüngste Kollege hat den Wurm gefressen. Er konnte überhaupt nicht verstehen, wieso die Streichhölzer wieder komplett waren, hatte er doch persönlich den Schwefel abgekratzt und die Streichhölzer ohne Schwefel eingewickelt. Als das Bier geordert war und die erste Flasche geleert, hat der Elektriker ihn aufgeklärt. Er hat nur mit dem Kopf geschüttelt und vor sich hingemurmelt „Ich hätte das wissen müssen, ich hätte das ahnen müssen, verdammt".

Abgemustert bin ich am 30.10.1962 in Bremen und habe erstmal für ein paar Wochen Urlaub gemacht. Für den folgenden Januar, d.h. in 1963, hatte ich mich für den Seemaschinisten-Lehrgang zum C3 angemeldet. Derartige Lehrgänge dauern 1 Semester und werden 2 mal im Jahr angeboten. Diese Ausbildung sollte mir die Befähigung geben, als Wachingenieur oder Wachmaschinist ohne Sondergenehmigung weiterhin zur See zu fahren.

Meine zweite Zeit auf FRAUENFELS.

Im Januar 1963 habe ich mich nach mehr als 8 Wochen Urlaub auf den Weg nach Bremerhaven gemacht. Der Besuch der hier ansässigen Seemaschinistenschule war angesagt. Gemeinsam mit „Alfredo" aus Emden, einem Fahrenskollegen, habe ich für die kommenden 5 Monate mein Quartier in einer Pension bezogen. Hier wurden wir mit allem versorgt, was zum Leben nötig ist, na ja, mit fast allem! Den Rest haben wir uns auf gemeinsamen Streifzügen durch die Kneipenwelt von Bremerhaven erarbeitet.

Die Ausbildung zum Seemaschinisten II dauerte 1 Semester und wurde von uns Beiden mit einer erfolgreichen Prüfung und dem Erwerb des Patentes C3, auch Befähigungszeugnis genannt, abgeschlossen. Dieser erste „Schulbesuch" nach Abschluss der Volksschule und Beendigung meiner Lehre zum Maschinenbauer, hat mir in den Bereichen Mathematik und Physik spürbare Mängel aufgezeigt. Ohne die Unterstützung von „Alfredo", der ein Gymnasium besucht hat, wäre ich wohl in ernsthafte Schwierigkeiten geraten. Ein Studium zum Ingenieur für Schiffsbetriebstechnik, dem damaligen Patent C6, war mir zu dieser Zeit mangels Abitur ohnehin nicht möglich. Diesbezüglich hat mich die Vergangenheit eingeholt. Damals, während meiner Schulzeit auf der Dorfschule in Ohrwege, habe ich mich ja geweigert auf das Gymnasium zu wechseln.

Für mich war klar, dass ich nach der Ausbildung zum Seemaschinisten II zu meiner Reederei, der DDG HANSA in Bremen, zurückkehren würde. Bei dieser Reederei kannte ich mich schon ein wenig mit den personellen Geflogenheiten aus und hatte keinen Bock auf erneute Veränderungen. Das Fahrtgebiet der „HANSA", in der Regel der Persische Golf, Indien und Burma, waren sicher nicht vergleichbar mit der Karibik und Südamerika. Im Persischen Golf durfte man regelmäßig einen Sandsturm über sich ergehen lassen und im Sommer bei mehr als 45 °C im Maschinenraum seinen Job machen. Die damaligen Schiffe waren selten klimatisiert, so dass auch während der Freizeit die Lebensumstände nicht gerade komfortabel waren. Besonders in den Sommermonaten war es manchmal kaum zu ertragen.

Wenn man den Erzählungen der Fahrensleute Glauben schenken darf, die die Häfen in der Karibik und auch in Südamerika besucht haben, dann lagen einem dort die schönsten Frauen zu Füßen und man verbrachte seine Freizeit an den weitläufigen Stränden dieser Region. Na ja, so ein bisschen Wahrheit könnte dran sein, an diesen träumerischen Vorstellungen.

Übrigens, noch während der Ausbildung in Bremerhaven hat mich die Reederei darüber informiert, dass sie mich sofort nach Ende dieser Ausbildung als 4. Ing. auf der FRAUENFELS einsetzen möchte.

Das Scheitern der ersten festen Beziehung.

Zu den Geschichten aus der Seefahrt gehören auch ein paar Episoden die etwas mehr in das persönlichen Empfinden eintauchen. Nach etwas mehr als 3 Jahren bei der Seefahrt stelle ich fest, dass die Bindungen und Freundschaften zu meinem bisherigen heimatlichen Umfeld stark in Mitleidenschaft gezogen wurden. Sicher war es für viele Gleichaltrige aus meinem damaligen Umfeld interessant, so alle 3 bis 4 Monate, manchmal auch etwas länger, Geschichten aus einer für sie völlig fremden Arbeitswelt oder aus den bereisten fernen Hafenstädten und Ländern zu hören. Die persönlichen Bindungen wurden allerdings spürbar verwässert!

Zu Beginn meiner Seefahrtszeit, also so Mitte 1960, habe ich während meiner Urlaubszeiten zu Hause im Ammerland, bei einem der Dorffeste oder auf einer der regelmäßig stattfindenden

Tanzveranstaltungen, die damals noch auf den Dörfern abgehalten wurden, eine äußerst attraktive Frau kennengelernt. An ihr war alles dran was ein junger Mann sich so vorstellt. Sie war absolut unkompliziert, in fast allen Situationen angenehm gelassen, nur geringfügig jünger als ich, 180 cm groß, was für eine Frau schon außergewöhnlich war, sie passte damit allerdings gut zu meinen 189 cm Körperlänge. Wenn ich nach Hause kam, habe ich gespürt, dass sie mich gerne gesehen hat und ich ihr nicht unsympathisch war.

Sie war immer ein Blickfang wenn wir irgendwo zusammen aufgetreten sind. Aus meiner Sicht war sie die Frau fürs Leben! Ihre Sicht war allerdings eine andere, mit anderen Worten: Ich muss etwas Grundlegendes falsch gemacht haben.

Nach fast 3 Jahren Bekanntschaft, Freundschaft und beginnender Liebschaft, hat sie mir dann nach der Abschlussfeier in Bremerhaven, natürlich war sie bei dieser Feier dabei, klargemacht, dass sie sich ein Leben mit mir, einem Mann der nur hin und wieder zu Hause ist, nicht vorstellen kann. Ich habe ein paar Stunden, nein Tage gebraucht, diese Entwicklung überhaupt annähernd zu verstehen und deutlich länger, um dass zu akzeptieren. In den darauf folgenden Tagen habe ich mich richtig schlecht gefühlt und zum ersten Mal die Seefahrt in Frage gestellt. Das hatte bisher nicht einmal die immer wieder auftretende Seekrankheit oder die vielen andere Unzulänglichkeiten, die mein Job so mit sich brachte, geschafft.

Nur wenige Tage nach Überreichen des Patentes C3 und nach dem Ende meiner ersten festen Beziehung, bin ich am 31.Mai 1963 in Bremen an Bord gegangen. Die Reise führte, wie bereits einige Male vorher, über Hamburg, Rotterdam, Antwerpen und Le Havre, verschiedene Häfen im Mittelmeer, in den Persischen Golf.

Ich bin wieder bei „MAX" an Bord.

Mir war klar, dass ich hier wieder auf den Chief treffen würde, dem ich einst fälschlicherweise den Vornamen MAX verpasst hatte obwohl er ERICH hieß. Auf der FRAUENFELS kannte ich mich aus, bin also rauf zum Bootsdeck, hier lagen auf der Backbordseite die Kammern der Ingenieure, habe mein Gepäck in der Kammer des 4. Ing. abgestellt und bin dann 2 Türen weiter zum 2. Ing.. Habe mich dort kurz vorgestellt und hier erfahren, dass der Chief, dem ich den falschen Namen verpasst habe, noch bis Auslaufen Antwerpen in Urlaub ist und derzeitig eine Vertretung für ihn die Hafenrundfahrt in Europa, so wie wir das Anlaufen der Häfen von Rotterdam, Bremen, Hamburg, Antwerpen und Le Havre intern nannten, abwickelte. Diese Information sorgte dafür, dass ich meinen Dienstantritt, ohne flaues Gefühl im Magen, bei diesem mir persönlich unbekannten Chief melden konnte. Ich hatte erstmal ein paar Tage Zeit gewonnen und konnte mich auf die kommende Begegnung besser einstellen.

Zur damaligen Zeit war es bei der Reederei noch üblich, dass der Kapitän und der „Chief" ihr „eigenes" Schiff hatten. Auf diesem Schiff sind dann beide, der Kapitän und der Chief, über mehrere Jahre im Einsatz gewesen, nur unterbrochen von entsprechenden Urlaubszeiten. In der Regel wurden diese Urlaubszeiten so eingeplant, dass z.B. auf der Heimreise von Indien oder dem persischen Golf in Genua eine Urlaubsvertretung oder auch Ablösung erfolgte und bis zur nächsten Ausreise, wieder in Richtung Indien oder Burma, diese Vertretung bis Genua oder einem anderen Mittelmeerhafen an Bord blieb. Durch diese Verfahrensweise kam in der Regel ein zusammenhängender Urlaub von 4 Wochen, oder auch mehr, zusammen. So ähnlich war es diesmal auch auf der FRAUENFELS. In Le Havre kam dann, so wie vorgesehen, der Stamm-Chief zurück an Bord der FRAUENFELS.

Gleich beim ersten persönlichen Zusammentreffen hat er mir klargemacht, nicht verbal sondern mit seiner Gestik: „Du kriegst hier kein Bein an Deck"! Natürlich hat ein Teil der Maschinencrew gespürt, dass das Verhältnis zwischen dem Chief und mir, dem neuen 4. Ing., nicht gerade der Norm entsprach. Nach wenigen Tagen auf See, auf dem Weg nach Marseille, hat mich der 2. Ing. angesprochen, um zu erfahren, was denn zwischen mir und dem Chief vorgefallen sei. Die Geschichte mit der Namensverwechslung war schnell erzählt und hat mit Hilfe des 2. Ing. fast ebenso schnell die Runde gemacht. Alle waren mehr oder weniger amüsiert und unter dem Strich war das Ergebnis so, dass sich der Chief keinen Gefallen getan hat, diese Geschichte von vor mehr als 2 Jahren so einzuordnen wie er es getan hat. Endresultat aus der Geschichte: Der Chief wurde in Abwesenheit wieder „MAX" genannt.

Der Fahrenskollege Alfredo sorgt für weiteren Ärger.

Mein Verhältnis zum Chief hat sich in Marseille nochmals verschlechtert. Eigentlich war ich dabei nur eine Randfigur, für ihn aber augenscheinlich der Hauptübeltäter. Was ist passiert?

Einlaufen im Hafen von Marseille an einem Freitagnachmittag. Einige Stunden später macht ein weiteres Schiff der HANSA an der gleichen Pier fest, direkt vor uns. Das Schiff, ich meine es wäre die KANDELFELS gewesen, war auf dem Weg nach Indien und Burma. Der 4. Ing. an Bord, welch Überraschung und auch Freude, war mein Studienkollege „Alfredo" mit dem ich den Lehrgang zum C3 in Bremerhaven absolviert hatte. Am Samstagmittag kam „Alfredo" zu mir auf die FRAUENFELS zum Austausch von Neuigkeiten und einem Plausch über vergangene Zeiten. Man muss wissen, dass damals in den 1960er Jahren die Liegezeiten in den Häfen deutlich länger waren als sie es mehr als 50 Jahre später sind. Die Liegezeiten wurden damals in Tagen und nicht wie heute üblich, in Stunden kalkuliert.

Also, der Kollege kommt zu Besuch, man setzt sich in die Kammer, serviert ein Bier, genehmigt sich ein weiteres Bier, hinzu gesellt sich zunächst der 3. Ing., dann der Schiffszimmermann und zu guter Letzt auch noch der Funker. Nach der dritten oder vierten Flasche Bier wird nach Weinbrand, Wodka oder derartigen Getränken gefragt. Auf den Tisch kommt eine Flasche Hennessy, getrunken wird, wie in der Seefahrt üblich, aus den allgemein zur Ausstattung gehörenden Wassergläsern. Die Stimmung steigt, die Unterhaltung wird lauter, der Alkoholkonsum zeigt deutliche Wirkung, aber alles ist noch im grünen Bereich.

Die Kammern bzw. Wohnräume der Ingenieure sind auf der FRAUENFELS auf dem Bootsdeck angeordnet. Zur damaligen Zeit gab es noch nicht den Komfort für Jedermann, so wie Heute, da alle Unterkünfte mit einem eigenen Bad ausgestattet sind. Dieses Privileg hatten nur der Kapitän und der Chief. Es gab einen gemeinsamen Waschraum für die 3 Ingenieure, die 4 Ing.-Ass und den Elektriker sowie eine gemeinsame Toilette. Die Toilette lag im hinteren Bereich des Bootsdecks und der Weg dorthin führte direkt an der Bank vorbei, die der Chief generell für sich beanspruchte. Das war sein Stammplatz, wenn er seine Zeit an der frischen Luft verbringen wollte. So gegen 16:00 Uhr, die Sonne hat noch so richtig vom Himmel gelacht, der Chief saß auf „seiner" Bank auf dem Bootsdeck, genießt die Sonne und schaut dem Treiben im Hafen zu. So, oder so ähnlich war wohl die Situation.

Mein Kollege „Alfredo" wurde plötzlich ganz ruhig und still auf seinem Platz auf dem Sofa, schluckte das eine oder andere Mal, stand auf, drückte sich am Zimmermann vorbei und verschwand nach draußen. Einige Sekunden später war ein wütender Protest zu hören und dann stand der Chief auch schon vor der offenen Tür zu meiner Kammer, rot vor Zorn und zeternd wie ein „Rohrspatz, nur deutlich lauter. Zunächst haben wir gar nicht gerafft, was denn in den Chief gefahren sein könnte. Der Grund seines Zorn war schnell aufgeklärt.

„Alfredo", volltrunken und dem Kotzen nahe, hat auf dem Weg zur Toilette dem Chief, der friedlich in der Sonne saß, die Füße und einen Teil des Bootsdecks vollgereiert. Den Rest des Mageninhaltes hat er dann bis auf die Toilette bei sich behalten können. Nun stand der Chief bei mir vor der Kammer, mit den Resten des Mageninhaltes von „Alfredo", unseres Saufkumpanen, auf den Schuhen. Er war wie von Sinnen, es hat wohl nicht viel gefehlt und er hätte Schaum vor dem Mund gehabt. Er hat mich nach „Strich und Faden" zusammengeschissen, und das vor versammelter Mannschaft, was in Seefahrerkreisen als Höchststrafe eingeordnet wird. Am liebsten hätte ich mich verkrochen, gab leider keine Möglichkeit!

Vor der Bank waren noch deutlich die Umrisse der Schuhe zu erkennen die von „Alfredo" in einer sehr unappetitlichen Art markiert worden sind. Als der Übeltäter von der Toilette zurück kam, war bereits auf Order des 3. Ing. die Feuerlöschleitung unter Druck. In wenigen Minuten waren die Hinterlassenschaften weggespült und alle diesbezüglichen Spuren beseitigt. Mir war die Geschichte natürlich mehr als unangenehm und hat mein Verhältnis zum Chief nochmals hochgradig belastet. Wie soll das bloß weitergehen, das habe ich mich ernsthaft gefragt.

Von Marseille ging die Reise nach Genua, von hier weiter in Richtung Port Said, durch den Suez Kanal, Rotes Meer mit Zwischenstopp in Djibouti, das damals noch sehr stark französisch geprägt war. Anschließend ging die Reise mit Kurs in Richtung Persischer Golf weiter. Hier wurden Häfen wie Basrah und Khorramshahr, beides Häfen am Shatt-al-Arab, angelaufen.

Ein Anker geht verloren.

Im letzten Golf-Hafen, in Khorramshahr, hat die FRAUENFELS dann ihren Steuerbordanker zurück lassen müssen. Zur letzten Abfertigung lagen wir auf dem Fluss am Anker und haben auf den Lotsen gewartet. Dann war alles klar zum Auslaufen, das Schiff wurde unter Maschinenhilfe in Richtung flussabwärts gedreht und dann der Anker gehievt, zumindest hat die Crew unter Leitung des 1. Offz. versucht den Anker vom Grund zu bekommen, aber ohne Erfolg. Mehr als eine Stunde hat der Kapitän versucht den Anker unter Mithilfe der Maschine frei zu ziehen, es hat nicht sollen sein. Irgendein Teufelchen hat den tonnenschweren Kollos auf dem Grund des Flusses festgehalten. Jetzt war guter Rat gefragt! Was tun sprach Zeus, die Götter sind uns nicht gnädig, das war der Spruch des 1. Offz.!

Zunächst haben wir versucht ein sog. Kettenschloss zu öffnen. Damit hätten wir das Schiff vom festsitzenden Anker befreien können. Der Kapitän hatte sich zu diesem Zeitpunkt schon vom Anker verabschiedet und als verloren registriert. Auch dieses Vorhaben ist gescheitert. Mit normalen Bordmitteln war diese Nuss nicht zu knacken! Der Vorschlag vom Chief, er hatte mal wieder getrunken, die Ankerkette doch durchzusägen, wurde mit einem mitleidigen Wimpernzucken des 2. Ing. kommentiert und als nicht praktikabel eingeordnet. Wir hätten bei diesem Lösungsvorschlag mit einer Handeisensäge zwei jeweils ungefähr 10 cm dicke Teile eines Kettengliedes durchtrennen müssen. Ein kaum praktikables Vorgehen! Leistungsstarke Winkelschleifer hatten wir damals nicht zur Verfügung.

Dann ein Blick des Schiffszimmermannes zu mir, wir verstanden uns gut und wussten was wir von einander zu halten hatten. Seine Aufforderung an mich; „Los Langer, lass die Gas- und Sauerstoffflaschen auf das Vorschiff bringen und sorge für die nötigen Gerätschaften. Das Ding regeln wir jetzt auf unsere Weise"! Der 2. Ing. nickt zustimmend mit dem Kopf, der Chief ist zwischenzeitlich nicht mehr anwesend und die Sache wird angegangen. In kurzer Zeit hat die pakistanische Maschinencrew die nötige Ausrüstung heran geschafft und wir können loslegen. Das Durchtrennen der Ankerkette mit Hilfe des Schneidbrenners verlief letztlich erfolgreich. Allerdings hat dieses Vorhaben deutlich länger gedauert als wir zu Beginn geglaubt haben. Zwischenzeitlich hatte der Shatt-al-Arab, ein Fluss mit Einfluss von Ebbe und Flut, seine Strömungsrichtung wieder in Richtung Meer geändert. Die Strömung nahm deutlich zu und der Zug auf die Ankerkette wurde immer stärker.

Uns war klar, wenn wir die Kette unter dieser Spannung trennen, dann müsste der Mann direkt vor Ort sehr aufmerksam sein. Herumschleudernde Kettenteile konnten zu schwersten Verletzungen führen. Nach einer kurzen Risikoabwägung war klar, die Gas- u. Sauerstoffflaschen bleiben aus Sicherheitsgründen unten auf dem Hauptdeck, der Zimmermann bleibt bei den Flaschen. Damit war sichergestellt, dass im Notfall die Ventile an den Gas- und Sauerstoffflaschen schnell geschlossen werden konnten. Nur der Mann, der mit dem Schneidbrenner die Arbeit macht, ist direkt vor Ort. Diesen Job habe ich übernommen. Ich glaubte, mit dem Gerät am besten umgehen zu können. Es gab auch keine Widersprüche!

In den ersten Minuten ging die Arbeit gut voran. So etwa die Hälfte des ersten Kettenschenkels war durchtrennt, als ich aus Unachtsamkeit den Schneidbrenner zu tief in den herausgeschnittenen Keil gehalten habe und die Verbindungen zum Schneidkopf durch die zurückschlagende Gasflamme zusammenschmolzen. Gas und Sauerstoff waren nicht mehr zu regulieren. Also weg mit dem Gerät, und weg vom Ankerspill. Der Zimmermann hat die Flaschen sofort geschlossen und alles war unter Kontrolle. Nur die Ankerkette hielt und der Schneidbrenner war hinüber.

Mit Bordmitteln konnten wir den Schneidbrenner reparieren und funktionsfähig herrichten. Das Gerät sah nicht gut aus, funktionierte aber. Also wieder an die Arbeit. Diesmal war ich deutlich vorsichtiger. Nach einer gefühlten Ewigkeit hat sich dann die abgetrennte Ankerkette völlig unspektakulär und ohne Getöse durch die Ankerklüse verabschiedet. Das Schiff war frei! Mir hat man nach dieser Aktion den Spitznamen „Katastrophen Hinnerk" verpasst. Und was noch interessant ist, den Anker mit der restlichen Kette hat man irgendwann geborgen und wieder zum Einsatz gebracht nicht auf der FRAUENFELS aber auf einem anderen Schiff der Reederei.

Im September 1963 waren wir wieder zurück in Bremen und ich hatte die Gelegenheit für ein Wochenende nach Hause zu fahren. Während dieses Kurzurlaubes hat meine „Verflossene" das Gespräch mit mir gesucht und wir haben dabei für die Zukunft unseren Frieden geschlossen, sind dann aber unsere eigenen Wege gegangen. Natürlich sind wir uns später immer wieder einmal über den Weg gelaufen, dass lässt sich auf dem platten Land nicht vermeiden. Das waren aber eher angenehme Begegnungen, die wir Beiden trotz der Trennung mehr oder weniger genossen haben. Mit jedem Monat bei der Seefahrt haben sich die Kontakte zu meinem ursprünglichen Freundeskreis immer weiter ausgedünnt, eine richtige Beziehung zu einer Frau aus dem damaligen engeren Umfeld ist auch nicht mehr zu Stande gekommen.

Die verhinderte Beförderung zum 3. Ingenieur.

Wenige Stunden vor meinem Kurztrip in die Heimat hat mich die Reederei darüber informiert, dass ich ab sofort die Heuer eines 3. Ing. bekommen würde, meinen Job als 4. Ing. auf der FRAUEN-FELS aber weiter zu machen hätte. Das war für mich überhaupt kein Problem, da doch die Arbeitszeit des 4. Ing., Wachdienst auf Seetörn täglich von 08:00 bis 12:00 Uhr und 20:00 bis 24:00 Uhr, deutlich angenehmer war als die des 3. Ing. der die sog. Hundewache zwischen 00:00 und 04:00 Uhr sowie von 12:00 bis 16:00 Uhr zu leisten hatte.

Zurück von meinem kurzen Besuch zu Hause, hat mich noch in Bremen der Chief zu sich beordert um mir mitzuteilen, dass ich keinerlei Aussicht auf eine Beförderung hätte, also den ausscheidenden 3. Ing. nicht ersetzen würde, so wie es in der Regel gehandhabt worden wäre.

Für mich war dieser Sachverhalt ja nicht mehr neu. So konnte ich ihm locker und flockig bestätigen, dass es für mich deutlich angenehmer sei für die Heuer eines 3. Ing. den Job des 4. Ing. zu machen, alleine schon wegen der Arbeitszeiten. Es war deutlich spürbar, dass dem Chief meine Reaktion nicht gefallen hat. Damit war wohl endgültig klar, dass wir keine „Freunde" mehr werden würden.

Eine lange Liegezeit in Colombo/Ceylon.

Die anstehende Reise sollte etwa 14 Wochen dauern und führte uns nach Indien und Ceylon (jetzt Sri Lanka). Der Aufenthalt in Colombo, Colombo sollte der letzte Hafen dieser Reise sein, wurde dann zu einem richtigen Abenteuer. Wegen anhaltender Streiks haben wir fast 3 Monate im Hafen von Colombo oder auf Colombo-Reede verbracht. In diesen Wochen und Monaten gab es sehr viel Langeweile und Frust aber auch tolle und weniger tolle Erlebnisse.

Die ursprünglich mit 14 bis 15 Wochen geplante Reise hat sich dann auf mehr als 6 Monate verlängert.

In der letzten Novemberwoche des Jahres 1963, also rd. 4 Wochen vor Weihnachten, sind wir in Colombo eingelaufen. Nach wenigen Tagen an der Pier hat man uns dann wieder aus dem Hafen geschickt und auf Reede warten lassen. Dieses „Liegeplatzwechseldich" hat sich mehrfach wiederholt.

Ein Bootsausflug mit Hindernissen.

An einem Wochenende, es war auf jeden Fall vor Weihnachten, lagen wir wieder einmal auf Reede und Langeweile machte sicht breit. Am Samstag beim Frühstück schlug der 2. Offz. vor, am kommenden Sonntag ein ausführliches Bootsmanöver abzuhalten und dabei einen Ausflug mit dem Boot auf dem Kelani-River, der etwas nördlich von Colombo ins Meer fließt, zu unternehmen. Der Vorschlag wurde dankend angenommen und das Steuerbord Rettungsboot entsprechend klargemacht. Zusätzlicher Dieselkraftstoff für den Motor sowie Trinkwasser und anderweitige Verpflegung wurden schon am Samstag im Boot verstaut.

Nach dem sonntäglichen Frühstück lief das Unternehmen dann an. Das Boot wurde zu Wasser gelassen, der Motor von mir, dem zuständigen Maschinisten, ohne Probleme gestartet, ganz so wie es sein sollte. Der 2. Offz. hat das Boot an die Gangway manövriert, damit dort noch einige Kollegen einsteigen konnten. Aus Sicherheitsgründen waren nur die erforderlichen Personen bei der Wasserung des Bootes an Bord. 2 Mann um die Haken vorne und hinten auszuklinken und ich als Maschinist für die Bedienung des Motors. Die Fahrt konnte beginnen. Das Wetter war optimal, kaum Wind, leichte Bewölkung und eine fast glatte See.

Wir sind einige Stunden flussaufwärts gefahren, haben an der einen oder anderen Stelle angehalten und sind ans Ufer gegangen. Bei einer dieser Landgänge waren unsere nackten Beine plötzlich voller Blutegel die nur mühsam wieder entfernt werden konnten. Auf der Rückfahrt, am Nachmittag so gegen 14:00 Uhr wurde die Flussmündung bei Negombo erreicht und wir mussten wieder raus auf das offene Meer. 4 Seemeilen bis zu unserem Schiff lagen nun noch vor uns.

Das Wetter hatte sich verschlechtert, es regnete kräftig und die See war sehr rau geworden. Das Boot wurde kräftig geschüttelt und nahm regelmäßig Wasser über. In wenigen Minuten waren wir alle völlig durchnässt, was bei den Temperaturen allerdings kein Problem war. Für mich war das Problem die Seekrankheit. Nach wenigen Minuten ging es mir gar nicht mehr so gut. Aber so lange der Motor lief wie ein Uhrwerk, der 2. Offz. seinen seemännischen Job gut machte, konnte uns nichts passieren. Wir kamen der FRAUENFELS ja immer näher. Also Augen zu und durch! Aber das „Dicke Ende" kam noch.

Das Schiff, unser sicherer Liegeplatz, war erreicht und das Boot im Bereich der Gangway. Auf der Gangway steht der 1. Offz. und teilt uns mit, dass der Kapitän vor Stunden mit dem Backbord-Boot einen Segeltörn unternommen hat und in Begleitung von 2 pakistanischen Deckleuten davon gesegelt ist. Der 1. Offz. hat das Boot des Kapitäns vor Stunden hinter einer Landzunge verschwinden sehen. Also gab es die Order vom 1. Offz. den Kapitän zu suchen und, wenn nötig, abzuschleppen.

Der Motor fällt aus und wir haben ein Problem.

Alle nicht benötigten Leute raus aus dem Boot, nur der 2. Offz. der Schiffszimmermann und ich als Maschinist, sollten die Aktion durchführen. Bevor wir wieder losgefahren sind, habe ich sicherheitshalber aus dem mitgeführten Reservekanister Dieselkraftstoff nachgefüllt. Dann den Leistungshebel auf VOLL gelegt und ab ging die Fahrt in Richtung Colombo-Hafen. Nach wenigen Minuten lief der Motor nicht mehr rund, die Leistung wurde weniger und weniger. Es dauerte vielleicht weitere 2 Minuten bis der Motor stand. Es ist mir nicht gelungen diesen, unerklärlicherweise streikenden Motor wieder in Gang zu bringen. Alle Versuche scheiterten und wir trieben nun absolut manövrierunfähig bei diesen miesen Wetterverhältnissen in eine von uns nicht zu bestimmende Richtung. Es gab richtig Stress und welch Wunder, die Seekrankheit war nicht mehr präsent.

Mit großem Glück sind wir direkt auf ein ebenfalls auf Reede liegendes Schiff, dass unter griechischer Flagge fuhr, zugetrieben und konnten uns zunächst an der Ankerkette festhalten. Die Besatzung des „Griechen" hatte unser Problem bereits erfasst und uns mit Erfolg eine Leine zugeworfen. Mit dieser Leine wurden wird längsseits geholt und konnten über die herabgelassenen Lotsenleiter an Deck klettern. Damit war erst mal die akute Gefahr gebannt.

Wir Drei wurden auf die Brücke gebeten und vom Kapitän begrüßt, der uns in ironisch angehauchter Tonlage fragte was er denn für uns tun könne. Unseren Besuch habe er so nicht erwartet, der Kaffee sei jedoch serviert. Der 2. Offz. hat um die Benutzung des UKW-Gerätes gebeten und über Kanal 16 den 1. Offz. auf der FRAUENFELS gerufen. Von Bord der FRAUENFELS kam nun die Information, dass der Kapitän mit seinem Boot bereits am Haken eines Hafenschleppers hing und auf dem Weg zur FRAUENFELS sei. Unser Missgeschick war auf der FRAUENFELS ebenfalls erkannt worden, noch bevor der Funkkontakt zustande kam. Der Schlepperkapitän hatte bereits Order bekommen, uns mit dem „Alten" am Haken, vom „Griechen" abzuholen und zur FRAUENFELS zu schleppen. Nach ca. 30 Minuten kam der Schlepper in Sicht, wir haben uns nochmals bei der Griechischen Besatzung bedankt, sind die Lotsenleiter wieder runter und haben im Boot auf die nahende Hilfe gewartet. Die See war noch rauer geworden und das antriebslose Boot hat schwer gedümpelt, was wiederum nahezu zwangsläufig dazu führte, dass mich die Seekrankheit wieder gepackt hat. Der vor Seekrankheit schützende Stress war weg und schon hatte ich wieder mit großer Übelkeit zu tun.

Das Aufnehmen der Schleppleine klappte auf Anhieb, die letzten 2 Meilen des Heimweges konnten damit in Angriff genommen werden. Mit einsetzender Abenddämmerung hat der Schlepper beide Boote der FRAUENFELS ohne weitere Komplikationen ans Ziel gebracht. Jetzt stellte sich die Frage, was mit den Booten passieren sollte. Entweder sofort zurück in die Davids, was bei diesem Wellengang sehr schwierig sein würde aber auch der sicherste Platz für die Boote bedeutete oder die beiden Boote am Schiff vertäuen, den kommenden Tag und besseres Wetter abwarten. Auf Colombo-Reede bestand immer die Gefahr, wie auf anderen Ankerplätzen auch, dass im Schutz der Dunkelheit außen am Schiff vertäute Boote geklaut würden.

Das Einhängen des Bootes auf der Backbordseite, also das Einhängen des vom Kapitän benutzten Bootes, hat unter großen Schwierigkeiten gerade noch so funktioniert. Um Laib und Leben zu schützen wurde entschieden, das Motorboot zu vertäuen und es am nächsten Morgen, bei Tageslicht und hoffentlich ruhigerer See, wieder in die Davids zu bekommen. Am kommenden Morgen, noch vor dem Frühstück, hat die Deckbesatzung das Boot ohne Schwierigkeiten eingeholt und wieder in den Davids platziert. Noch am Abend der Bootstour, die mit großen Schwierigkeiten endete, haben wir Techniker zu ergründen versucht, warum der Bootsmotor den Geist aufgegeben hat. An dem Abend sind wir zu keinem Ergebnis gekommen.

Wasser in den Brennstofftank des Rettungsbootes.

Kurz nach dem das Boot am Montag wieder in den Davids hing habe ich mir das Boot und hier natürlich insbesondere den Motor und die Treibstoffversorgung angeschaut. Vorgefunden habe ich eine erhebliche Menge Wasser im Treibstofftank. Wasser im Dieseltank, das geht natürlich gar nicht. Aber wie kommt dieses Wasser in den Tank? Das war jetzt doch die alles entscheidende Frage. Eine derartig große Menge konnte unmöglich während des Nachtankens in den Füllstutzen des Tanks geraten sein. Die wildesten Theorien wurden diskutiert, alle mit einem negativen Ergebnis.

Der Schiffszimmermann hat mit seiner ausgeprägten Beobachtungsgabe maßgeblich zur Aufklärung beigetragen. Als Behälter für die Treibstoffreserve, die wir vor dem Start zu unserer Bootstour an Bord genommen haben, hatte ich einen leeren Ölkanister mit 25 Liter Fassungsvermögen ausgewählt. Der Ölkanister hatte ursprünglich ein Spezialöl für Kältekompressoren enthalten und nichts sprach gegen eine Nutzung als Reservekanister für Dieseltreibstoff. Soll ein derartiger Ölkanister entleert werden, wird in kleines Loch in den Deckel gestoßen damit beim Ausschütten die Luft besser in den Behälter strömen kann und ein lästiges „Gluckern" vermieden wird. Der Reservekanister, der nicht zur Ausrüstung des Bootes gehörte, wurde nach dem Einhängen des Bootes achtlos an Deck gestellt. Am gleichen Tag hat es mehrfach geregnet.

Am nächsten Tag, oder vielleicht noch einen Tag später, ist dem Zimmermann aufgefallen, dass sich auf dem Deckel des Kanisters kein Wasser gesammelt hatte, obwohl er einige Stunden vorher dort noch Wasser bemerkt hat. Das Wasser war jetzt im Kanister! Das kleine Loch im Deckel der das „Gluckern" des Öles beim Entleeren verhindert hat, war letztlich der Auslöser unserer großen Schwierigkeiten. Während unserer Bootsfahrt hatte der Kanister immer offen im Boot gestanden und war zunächst dem einsetzenden Regen und dann später auch dem überkommenden Spritzwasser ausgesetzt. Also ganz einfach! Das Wasser sickert durch das Loch in den Kanister und im Gegenzug wird der Dieseltreibstoff, der ja leichter ist als Wasser, aus diesem Loch aus dem Behälter gedrängt. Damit hat sich über Stunden eine ausreichende Menge Wasser im Kanister gesammelt, das dann von mir in den Dieseltank des Bootes geschüttet wurde, nur weil ich sicher gehen wollte, dass der Treibstoff für unsere Suchaktion ausreicht. Meinen Titel als „Katastrophen Hinnerk" hatte ich damit, wenn auch ungewollt, bestätigt.

Ein nicht alltägliches Zusammentreffen.

Kurz vor Weihnachten 1963 wurde die FRAUENFELS wieder in den Hafen beordert. Die Streiklage hatte sich verändert, die Hafenarbeiter wollten wieder Arbeiten. An folgende Geschichte erinnere ich mich noch recht genau. Am Montag den 23. Dezember 1963, nach dem Abendessen und einen Tag vor Heiligabend, stand ich mit dem Schiffselektriker auf dem Bootsdeck und rauchte eine Zigarette.

Der Monsunregen hatte, so wie fast jeden Tag um diese Jahreszeit zum Sonnenuntergang, mit aller Macht eingesetzt. Die Regensegel waren über die offenen Ladeluken gespannt, der Ladebetrieb witterungsbedingt eingestellt. Wir standen regengeschützt auf der Leeseite und schauten uns den Betrieb im Hafenbecken an. Viel war nicht los im Hafen von Colombo. Dann sahen wir, man konnte es kaum glauben, wie eine Yacht von einem kleinen Schlepper zu uns an die Pier bugsiert wurde und hinter der FRAUENFELS festmachte. In der Dunkelheit konnten wir die Yacht allerdings nur schemenhaft erkennen. Nähere Einzelheiten sollten wir allerdings bald erfahren. So etwa 1 bis 2 Stunden später kam der Skipper der Yacht mit seiner Crew zu uns an Bord und bat um etwas warme Verpflegung für diesen Abend. Die gesamte Truppe machte einen sehr abgekämpften Eindruck.

Unser Purser, der Mann der für das Wohlergehen der Schiffsbesatzung zuständig war und somit das Kommando über die pakistanische Koch- und Stewardcrew hatte, sorgte für die erbetene Bewirtung. Es hatte sich schnell herumgesprochen, dass sich außergewöhnlicher Besuch an Bord befand, zumal auch eine junge Frau, die Partnerin des Skippers, zu den Besuchern gehörte. In den 1960ger Jahren war der Besuch einer weiblichen Person an

Bord eines Frachtschiffes noch nicht so alltäglich. An diesem ersten Abend haben wir erfahren, dass die Yacht auf den Namen MELISANDE getauft war und es sich um ein aus Holz gebautes Schiff handelte das schon viele Jahrzehnte auf dem Wasser verbracht hatte. Die MELISANDE war rd. 20 m lang, ursprünglich als reine Segelyacht gebaut und wurde später mit einem 6 Zylinder-Dieselmotor als Zusatzantrieb nachgerüstet.

Auf der Überfahrt vom Roten Meer nach Colombo ist die MELISANDE vom Monsun gebeutelt worden. Die ersten 200 bis 300 Seemeilen nach Passieren der Insel Socotra wurden noch unter Segel zurück gelegt. Dann hat der Skipper entschieden, wegen des schlechten Wetters aus Sicherheitsgründen die Segel zu streichen und die Überfahrt nach Colombo unter Motorkraft fortzusetzen. Bis etwa 150 Meilen vor dem Ziel, dem Hafen von Colombo, ging alles mehr oder weniger gut. Dann gab es einen Totalausfall der Maschine. Notgedrungen wurden Segel gesetzt und mit einer Minimalbesegelung nach weiteren 3 Tagen endlich der Hafen von Colombo erreicht. Wegen der schwierigen Wettersituation und der starken Einschränkung der Manövrierfähigkeit, hat der Skipper für das Einlaufmanöver in den Hafen von Colombo per Funk um Schlepperassistenz gebeten und natürlich erhalten.

Mindestens eine Woche lang hatte die gesamte Crew nicht mehr richtig gegessen, was nicht an den Vorräten sondern an den Wetterverhältnissen lag. So richtig geschlafen hat in dieser Zeit wohl auch keiner der Besatzung. Auf jeden Fall waren die Leute total erschöpft und haben mit sichtlichem Genuss zunächst ein oder zwei Bier und dann die erste warme Malzeit, nach über einer Woche Kampf mit den Naturgewalten, genossen. Nach diesem ersten Abend ist der Skipper mit seiner Crew noch vor Mitternacht zurück auf die MELISANDE. Die Leute waren sichtlich erleichtert aber körperlich am Ende. Seemännisch hatte die Crew ganz sicher eine sehr gute Leistung abgeliefert.

Am nächsten Tag haben wir Kontakt aufgenommen, uns den Schaden an der Maschine angesehen, den ersten verbalen Dank für die Gastfreundschaft entgegengenommen und dem Skipper angeboten, die Technik wieder in Ordnung zu bringen, wenn wir denn dazu in der Lage wären. Und wir waren es! Am 2. Weihnachtstag bin ich mit einem Kollegen und dem Maschinisten der MELISANDE ans Werk gegangen.

Drei Tage später war der Schaden behoben und wir konnten mit Erlaubnis der Hafenbehörde eine Probfahrt außerhalb des Hafens absolvieren. Die Maschine hat 2 Stunden Volllastbetrieb ohne Probleme durchgestanden. Parallel zu den Reparaturen an der Maschine hat der Schiffszimmermann mit Hilfe der MELISANDE-Crew die ebenfalls beschädigte Takelage und Besegelung repariert. Der Weiterreise in die Südsee zu den Fidschi-Inseln und nach Tonga, dem Ziel der MELISANDE, stand technisch gesehen nichts mehr im Wege.

Unsere Gastfreundschaft und tatkräftige Hilfe wurde uns vom Skipper und der gesamten Crew dadurch „entlohnt", als dass wir während der Liegezeit der MELISANDE, die bis zum 13. Januar 1964 dauerte, ausgiebig verwöhnt worden sind. Zu jeder Party an Bord der MELISANDE, zu jedem Landausflug der Crew der MELISANDE und zu welchen Anlässen auch immer, wir wurden immer eingeladen. Das waren so richtig tolle Tage!

Am 13. Januar 1964 so gegen 11:00 Uhr Ortszeit ist die MELISANDE in Richtung Straße von Malakka ausgelaufen um Ihre nächste Zwischenstation, den Hafen von Singapur, anzusteuern. Von dort sollte die Reise weitergehen in Richtung Fidschi-Inseln und Tonga. Die MELISANDE wurde von uns mit etwas Wehmut im Herzen aber standesgemäß mit 3 x lang des Typhons, es dröhnte durch das gesamte Hafenbecken, verabschiedet. Von Deck der MELISANDE hat uns die Crew ein letztes Mal zugewinkt und dann war diese kurze aber sehr intensive Episode beendet. Einige Wochen später hat der Skipper uns per

Telegramm über Norddeich-Radio noch eine Nachricht übermitteln lassen, dass alles nach Plan liefe, die Besatzung wohlauf sei und die Maschine, wenn diese denn benötigt würde, nach wie vor klaglos ihre Arbeit mache. Danach war die Verbindung zu Ende, es gab keinerlei Kontakt mehr.

Ein Wiedersehen mit dem Kollegen „Alfredo".

Eine kleine Geschichte gibt es noch, die die Unzulänglichkeit junger Männer widerspiegelt und auch die Anwesenheit von Schutzengeln, zumindest an diesem Tag, nicht ausschließt.

Am 28.12.1963, die Reparaturen auf der MELISANDE waren abgeschlossen, lief die KANDELFELS, wie bereits einmal erwähnt, ein Schiff der gleichen Reederei, in Colombo ein und machte vor der FRAUENFELS an der Pier fest. Auf der KANDELFELS ist doch vor mehreren Monaten mein Studienkollege „Alfredo" noch als 4. Ing. gefahren, ob der noch an Bord ist? Nach dem Abendbrot also runter von Bord und hin zur KANDELFELS. Dem Wachmann an der Gangway habe ich kurz erklärt wer ich bin und zu wem ich möchte. Dann rauf zur Kammer des 4. Ing.! Mein Freund „Alfredo" ist noch an Bord, die Wiedersehensfreude ist groß und wird standesgemäß mit dem einen oder anderen Bier gefeiert.

Nachdem ein paar Flaschen Bier getrunken, die wichtigsten Neuigkeiten ausgetauscht und die Stimmung nach wie vor gut ist, bemerkte ich einen Gegenstand, der Ähnlichkeit mit einem Feuerwerkskörper hat. Auf meine Nachfrage gab mein Freund mir die Auskunft, dass es sich um einen sog. Goldregen handelt, den Kollegen von ihm für die anstehende Sylvesterpartie im letzten Hafen eingekauft hätten. Nach einer weiteren Flasche Bier wollte „Alfredo" mir unbedingt den Goldregen vorführen und zündete die Zündschnur an. In dem Moment schaute der 2. Ing. in die Kammer, erfasste die Situation und drückte die glimmende Zündschnur wieder aus. Mit dem Hinweis, dass wir wohl nicht alle Tassen im Schrank hätten, nahm er den Feuerwerkskörper und verstaute ihn in einer Kommodenschublade. Dann ging er wieder, der 2. Ing.!

Noch ein Bier später und einer weiteren Zigarette oder auch zwei, kam von meinem Freund die Bitte: „Mensch Langer, hol das Ding aus der Schublade und lass mich den Goldregen sehen"! Na ja, wieso eigentlich nicht! So ein Goldregen kann doch nicht schaden, oder? Gesagt, getan! Das Ding aus der Schublade geholt, die Zündschnur war schon recht kurz, das Feuerzeug an den Rest der Zündschnur gehalten, ein kurzes Aufsprühen, dass von uns kurzzeitig als Goldregen bewertet wurde, dann ein ohrenbetäubender Knall. Ich spürte einen heftigen Schlag auf dem Oberschenkel und dann war das Chaos perfekt, gefühlsmäßig hatte der Weltuntergang begonnen.

Rote und grüne Leuchtkugeln tanzten durch den Raum, der Kojenvorhang fing Feuer, der Raum war total verqualmt und der Feueralarm wurde ausgelöst. Der 2. Ing., der 3. Ing. und wer weis wer noch alles, drängten vom Gang in die Kammer meines Freundes, rissen das Fenster auf, brachten die glimmenden Bettvorhänge nach draußen und löschten die noch glühenden Leuchtkugeln. „Alfredo" saß in der Sofaecke, körperlich völlig unbeschadet, lachte und stellte fest „Na Langer, das war wohl doch kein Goldregen". Ich befand mich in einer Art Schockzustand. Ich verspürte zunächst auch keinerlei Schmerzen. Irgendwann in diesem Chaos habe ich dann alle mein Gliedmaßen auf Funktion überprüft und keine generellen Einschränkungen festgestellt.

Die von mir vermuteten Schutzengel, es müssen mehrere gewesen sein, haben wohl dafür gesorgt, dass diese beiden jungen Kerle ohne bleibende körperliche Schäden geblieben sind. Mein Freund „Alfredo" war absolut unversehrt, bei mir hat sich nach einigen Stunden ein großer dunkelblauer Fleck auf dem rechten Oberschenkel abgezeichnet, ein extremer Bluterguss, etwa 15 cm im Durchmesser und sehr schmerzhaft. Ansonsten sind wir unverletzt davon gekommen, welch ein Glück! Wie ein Wunder, so kann man es wohl bezeichnen, ist meine linke Hand in der dieser Feuerwerkkörper explodierte, ohne jegliche Verletzungen geblieben. Die Schmerzen im rechten Oberschenkel haben allerdings einige Tage angehalten.

Der materielle Schaden hat sich bei mir in Grenzen gehalten. Nur meine Kaki-Hose war hin. Im oberen rechten Hosenbein war ein großes Loch gebrannt. „Alfredo" musste seine Kammer mit eigenen Mitteln renovieren, was sicherlich nicht so billig gewesen ist. Ob dieser Vorfall der Reederei zur Kenntnis gebracht wurde ist mir nicht bekannt. Ich glaube eher nicht! Derartige Vorkommnisse werden bei der Seefahrt möglichst intern geregelt.

Wir kommen von Colombo nicht weg.

Unveränderte Streiksituation, auch im Januar 1964. Eine sichere Zeitplanung ist nach wie vor ausgeschlossen. Die KANDELFELS mit meinem Freund „Alfredo" an Bord hat nach ca. 14 Tagen den Hafen von Colombo verlassen, ohne die Ladung zu löschen oder neue Ladung aufzunehmen. Das Schiff ist weiter nach Indien beordert worden und kehrte später nach Colombo zurück. Wir auf der FRAUENFELS wurden zum Bleiben verurteilt. Mal wurden wir auf Reede geschickt, mal lagen wir an der Pier. Auf jeden Fall war die Langeweile mehr und mehr präsent, der Frust unter der Besatzung deutlich spürbar.

Während dieser extrem langen Liegezeit in Colombo haben wir versucht, mit den uns zur Verfügung stehenden Möglichkeiten, die Wochen und Monate abzureiten, so wie man draußen auf offener See ein schlechtes Wetter abreitet. Es wird alles probiert um keinen „Lagerkoller" einzufangen! Sobald das Schiff mal im Hafen an der Pier lag, haben wir die Kontakte zu Leuten aus dem Bereich der Schiffsmakler, Schiffsausrüster, Zollbehörden usw. gepflegt. Hin und wieder gab es denn auch schon mal Besuche in den einschlägigen Lokalitäten, die allerdings aus finanziellen Gründen nicht so oft möglich waren. Warum? Der Besuch in den von Normalbürgern Colombos frequentierten „Häusern" war für uns aus vielerlei Gründen nicht opportun. Wir mussten also auf die „Edelclubs" ausweichen, in denen man zwar stets willkommen war, hervorragend betreut wurde aber auch entsprechende finanzielle Aufwendungen hatte. Mit anderen Worten: „Diese Lokalitäten waren für uns einfach zu teuer".

Ein richtiger Geldsegen macht das Leben leichter.

In einem dieser „Edelbordelle" gab es sogar Spieltische für Roulett oder für Poker und anderer Kartenspiele. Bei einem dieser Besuche, mit ein paar Kollegen haben wir uns mal ausnahmsweise eine Menge Geld eingesteckt, gab es ein sehr angenehmes Ereignis. Nach dem ersten Getränk an der Bar habe ich einen 100 Rupieschein am Rouletttisch auf schwarz gesetzt. Fast zeitgleich hat sich eine hübsche junge Frau zu mir gesellt und meine ganze Aufmerksamkeit auf sich gezogen. Na ja, so ein junger Kerl, 189 cm lang und auch noch blond, das war für diese Frau, neben den „geschäftlichen" Interessen an mir, sicherlich auch nicht ohne Reiz. Den Einsatz meiner 100 Rupien habe ich völlig aus dem Auge verloren, meine Gedanken waren bereits in einer ganz anderen Richtung unterwegs. Nach vielleicht 15 oder 20 Minuten wurde mir dann von einem Kollegen signalisiert, dass ich mich doch mal kurz um den Rouletttisch kümmern möge.

An dem Tisch war es sehr ruhig geworden. Mein Geldschein, die 100 Rupien, hatte Gesellschaft von vielen weiteren Scheinen und auch Jetons bekommen. In der kurzen Zeit, in der mich die schöne Singhalesin in ihren Bann gezogen hat, ist die Kugel am Rouletttisch ununterbrochen auf eine schwarze Zahl gefallen, der Einsatz hat sich jedes Mal verdoppelt. Eine richtig große Menge Geld, jedenfalls für mich und meine Kollegen, lag dort auf dem Rouletttisch, für mich auf diesem Rouletttisch, was für ein Anblick!

Die Scheine und Jetons zusammengerafft, ja so kann man das sagen, dann ein Blick auf das nächste laufende Spiel, wohin fällt die Kugel? Auf rot! Ist das möglich? Anscheinend ja! Wie hoch der tatsächliche Gewinn war, dass habe ich nicht wirklich nachgezählt. Das Personal am Spieltisch hat ein fürstliches Trinkgeld bekommen und die Zeche meiner Kollegen nebst deren „anderer" Ausgaben habe ich auch aus dem Gewinn bezahlt. Einer der Kollegen hat den Gewinn später auf 50.000 Rupien oder mehr geschätzt. Für mich gab es an diesem Abend, na ja gedauert hat das Vergnügen bis zum nächsten Morgen, ein paar wunderschöne Stunden mit der sehr attraktiven Singhalesin. An Geld hat es ja nicht mehr gemangelt. Ein paar Tage später haben wir dann im gleichen Etablissement nochmals eine ausgelassene Sause veranstaltet und ein paar zusätzliche amüsante Stunden verbracht. Bis auf einen kleinen Rest haben wir gemeinsam den Gewinn unter das Volk gebracht. Wir haben unseren Spaß gehabt und der Betreiber des Lokals hatte den größten Teil seines Geldes, das Geld aus meinem Spielgewinn, auch wieder in seiner Kasse.

Ein Badeausflug mit Folgen.

In Bombay haben wir unsere Freizeit gerne im Breach Candy Club verbracht. Während der Aufenthalte in Colombo war dafür der Strand von Mount Lavinia mit dem dortigen Mount Lavinia Hotel bestens geeignet. Hier konnte man, etwa 15 km südlich von Colombo, immer ein paar unbeschwerte Stunden in angenehmer Umgebung verbringen. Bei den Liegezeiten in Colombo haben wir uns, wenn es die Zeit zuließ, mit dem Taxi nach Mount Lavinia fahren lassen und am dortigen Naturstrand die wunderschöne Umgebung genossen. Bei einem dieser Freizeiten wäre fast ein schlimmes Unglück passiert. Aber auch in diesem Fall könnte der oder könnten die Schutzengel entsprechend aufgepasst haben. Was ist da abgelaufen? Vor der Küste, in fast unmittelbarer Nähe zum Strand, vielleicht in 1.000 m Abstand, ragen ein paar riesige glattgeschliffene Felsbrocken aus dem Wasser. Das ist doch ein Ziel für ein paar junge Männer die anfangen sich am Strand zu langweilen.

Der Schiffszimmermann, der Bordelektriker und ich rein ins Wasser des Indischen Ozeans und ab ging die Post mit strammen Schwimmzügen in Richtung Felsen. Das Ziel kam relativ schnell näher, was zumindest mir nicht zu denken gegeben hat. Der Zimmermann war wohl cleverer, er hat sich abgemeldet und ist zurück an den Strand. Nach Erreichen der Felsen haben wir uns hier ein paar Minuten aufgehalten, ein Hinaufklettern war nicht möglich, zu glatt und teilweise mit Muscheln bewachsen, d.h. die Verletzungsgefahr war zu groß. Also antreten zum Rückmarsch! Nach wenigen Minuten merkten wir, dass unser Vorankommen doch sehr begrenzt war. Die Schlagzahl wurde erhöht, die Entfernung zum Felsen wurde etwas größer. Also hatten wir die Sache doch unter Kontrolle. Dann etwas ausgeruht, man spürte zwischenzeitlich die Armmuskeln, aber oh Schreck, die Felsen waren wieder ganz nahe. Jetzt war mir und auch dem Elektriker klar, dass wir bis zum Hals, und das sogar wörtlich genommen, in Schwierigkeiten steckten. Eine ablandige Strömung wollte uns nicht wieder an Land lassen. Nach kurzer Beratung waren wir uns einig, dass wir wohl keine Hilfe erwarten konnten. Rettungsschwimmer oder eine allgemeine Aufsicht gab es damals an diesen Stränden nicht. Gemeinsam sind wir dann wieder los, mit möglichst Kräfte sparenden Schwimmzügen, aber schnell genug, dem rettenden Strand näher zu kommen. Wir haben lange gekämpft, die letzten Schwimmzüge vor dem Ziel habe ich nur noch im Unterbewusstsein fertig bekommen. Mehrere Leute haben mich dann aus dem knietiefen Wasser geborgen und auf den Strand gezogen. Hier habe ich dann erstmal gelegen und erbärmlich gekotzt. Ich war fix und fertig! Dem Elektriker ist es ähnlich ergangen. Aber egal, wir beide waren zurück! Nach diesem Erlebnis bin ich nie mehr ein unkalkulierbares Risiko in offener See eingegangen.

Im Jahre 2005, also rd. 40 Jahre später, bin ich für ein paar Tage an den Ort dieses Geschehens zurück gekommen. Die Felsen liegen noch an der gleichen Stelle, der Strand ist auf der Nordseite des Mount Lavinia Hotels nicht mehr so gepflegt, so zumindest mein Eindruck, das Mount Lavinia Hotel wurde jedoch deutlich ausgebaut und nach wie vor absolut hochklassig.

Ein Jagdausflug in das Landesinnere von Ceylon.

Draußen auf Reede, Landgang war ausgeschlossen, war die Langeweile extrem und wir haben irgendwie die Zeit mit Kartenspiel und Sauferei totgeschlagen. Die Wartungsarbeiten an der Hauptmaschine und dem kompletten Hilfsbetrieb waren längst erledigt, es gab nichts sinnvolles mehr zu tun.

So Mitte Februar durften wir wieder einmal in den Hafen an die Pier. Dem 2. Offizier wurde von einem der Ladungsagenten angeboten, für ein paar Tage einen Jagdausflug ins Innere des Landes zu unternehmen. Er hat dieses Angebot sehr gerne angenommen und ist dann zusammen mit dem Offizieranwärter (O.A.), dem Schiffszimmermann und mir, in Begleitung eines ortskundigen Mitarbeiters der Agentur, Richtung Nordosten, grobe Richtung Trincomalee, aufgebrochen. Unsere Ausrüstung bestand aus robuster Kleidung, entsprechendem Schuhwerk und etwas Verpflegung. Als Jagdwaffen wurden uns einläufige Schrotflinten Kaliber 12 mit zugehöriger Munition übergeben. Die Fahrt mit dem PKW hat so um die 10 Stunden gedauert und war nicht sehr bequem. Fünf erwachsene Männer in einem PKW der Mittelklasse, das war schon sehr beengt.

Nach dieser langen Anfahrt haben wir in der Nähe eines Dorfes eine kleine Hütte bezogen. Die Hütte, sehr spartanisch eingerichtet, schön gelegen an einem kleinen See, der uns ausreichend Waschmöglichkeiten geboten hat. Am Ziel angekommen, wurden uns 2 Jagdaufseher oder Wildhüter, jedenfalls trugen sie eine Art Uniform, vorgestellt.

Diese beiden ortskundigen Männer wohnten in dem kleinen Dorf nebenan und waren die nächsten 3 Tage unsere ständigen Begleiter. Eine umfassende verbale Verständigung war mangels Sprachkenntnissen, sie sprachen kaum englisch und wir beherrschten die Landessprache nicht, sehr begrenzt.

Nach unserer Ankunft haben wir uns erstmal eingerichtet, uns ein Bad im See gegönnt, um danach müde, aber durchaus zufrieden, zur Ruhe zu kommen. Geschlafen haben wir auf einer Art Holzgestell mit einer Matte aus Kokosfasern. Eine Decke und einen Bettbezug, den wir auf die Bettmatten gelegt haben, hatte jeder als Grundausstattung von Bord mitgenommen. Am nächsten Morgen wurden die Zähne geputzt und ein erfrischendes Bad im See genommen. Das war Abwechslung und Seelenmassage pur. Unser erstes Frühstück haben wir versucht, aus den mitgenommenen Lebensmitteln, wie Brot und Eiern, zu bereiten. Der Versuch ist nicht besonders gut gelungen. Es ist schon gewöhnungsbedürftig ein offenes Feuer zu machen und darüber in einem Topf Eier zu kochen.

Natürlich haben wir permanent den einen oder anderen Bewohner des Dorfes, dass nur einige hundert Meter, maximal 1 km entfernt war, um uns herum gehabt, auch die Kinder, die sehr neugierig waren. Zu unserem ersten selbstgemachten Frühstück hat man uns Tee aus dem Dorf gebracht. In den dann folgenden Tagen haben uns Frauen des Dorfes bekocht. Das Essen war sehr gewöhnungsbedürftig, außergewöhnlich scharf gewürzt, mit anderen Worten beschrieben, für eine mitteleuropäische Zunge schwer bekömmlich. Sehr gut haben uns der extrem gesüßte Tee, das immer frisch bereitete Fladenbrot und die frischen Früchte geschmeckt. Der Reisbrei war nicht so nach unserem Geschmack, hat aber die nötigen Kalorien geliefert.

Am ersten Tag, so um die Mittagszeit, eher etwas später, haben uns dann die beiden ortskundigen Begleiter aufgefordert ihnen zu folgen und natürlich die Schrotflinten nicht zu vergessen. Wir haben uns in zwei Gruppen geteilt. Eine Gruppe mit dem 2. Offizier, dem Offizieranwärter und einem der Führer, die zweite Gruppe mit dem Schiffszimmermann, mich und dem anderen Scout. Die beiden Ortskundigen Begleiter waren nur mit einem großen Messer, ähnlich einer Machete, ausgerüstet. Schusswaffen hatten die Beiden nicht. Für unsere Schrotflinten hatten wir 2 Sorten Munition. Eine Sorte für normales Kleinwild, also Schrotpatronen, die andere Sorte für Großwild, sog. Brenneke Flintenlaufgeschosse. Der Scout hat uns geraten, für den Fall der Fälle die Flinte generell mit dem Brenneke Flintenlaufgeschoss zu laden und nötigenfalls bei kleinerem Wild die Munition zu wechseln.

Wir sind im Gänsemarsch stundenlang durch die Wildnis gestreift. Das Land war saftig grün, der Bewuchs bestand eher aus einer lockeren Bewaldung mit recht dichtem Unterholz. Also kein Urwald oder Dschungel, so wie wir ihn aus Filmen kannten. Unser Scout hat uns regelmäßig auf Wildspuren aufmerksam gemacht. Es gab große Haufen Elefantenkot, wir wurden von Affen beäugt und haben leere Schildkrötenpanzer gefunden. In der Regel haben wir uns im Gänsemarsch, vorweg der Scout, dann ich und hinter mir der Schiffzimmermann, durch die Wildnis bewegt. Um uns herum tat sich eine völlig fremde Welt auf. Wir waren zwar zu einem Jagdausflug eingeladen, an die Jägerei habe ich aber nicht wirklich ernsthaft geglaubt. Es gab so viele interessante Dinge zu sehen, eine völlig fremde Umgebung.

Jetzt wird es ernst auf dem Jagdausflug.

Wir waren vielleicht 2 Stunden oder länger unterwegs, als der Zimmermann hinter mir, der Abstand war vielleicht 5 m, mich mit den Worten: „He Langer, da oben auf 12 Uhr, da sitzt einer", auf etwas aufmerksam machte. Mein Blick ging nach oben und was sehe ich? Ich sehe einen Leoparden, einen ausgewachsenen Leoparden, der in ungefähr 5 m vor mir in etwa 4 m Höhe auf einem Ast direkt über dem Trampelpfad liegt. Der Scout war bereits unter dem Leoparden hindurch. Jetzt ging alles rasend schnell!

Den aus Sicherheitsgründen aufgeklappten Lauf der Flinte schließen, das Gewehr an die Schulter, anvisieren des Körpers hinter dem Kopf des Leoparden, abdrücken, den extremen Rückschlag des Gewehres spüren und dann mit einem Sprung in die seitliche Dornenbüsche. Man konnte ja nicht wissen was so passiert, wir hatten doch keine Ahnung von der Jägerei. Das lief innerhalb weniger Sekunden ab. Dann noch ein Schuss, ein Schuss aus der Flinte des Zimmermanns, dann war Totenstille, nach meinem Empfinden für einige Minuten. Noch in den Büschen liegend habe ich das Gewehr neu geladen, die Patronen hatte ich in der Brusttasche meines Hemdes. Meine Finger haben ganz schön geflattert. Nachfrage beim Zimmermann ob alles OK ist. Kurze Zeit später war ich aus den Dornenbüschen raus und stand neben dem Zimmermann. Er bestätigt mir, dass er noch auf den fallenden Leoparden geschossen hat, so als reinen Reflex.

Da lag er nun vor uns, in etwa 5 m Entfernung, der Leopard und wir wussten nicht was wir als nächstes tun sollten. Der Scout war in diesem Augenblick auch nicht zu sehen. Ich nehme an, dass er erstmal die Lage aus sicherer Entfernung abgeschätzt hat. Was sollte er auch Anderes machen.

Dem nun folgenden Dialog, den ich nahezu wörtlich wiedergeben kann und den ich mein Leben lang nicht vergessen werde, kann man unsere absolute Blauäugigkeit bzw. Unerfahrenheit bezüglich der Jägerei erkennen.

Der Zimmermann: "Langer, was meinst du, ist der tot?".

Ich: „Vielleicht markiert der nur und geht gleich auf uns los".

Der Zimmermann: „Was machen wir jetzt?"

Ich: „Wo ist unser Mann abgeblieben?"

Zimmermann: „Keine Ahnung."

Ich: „Pass auf, ich nehme mein Gewehr, wir gehen ganz ruhig an ihn ran."

Zimmermann: „Und dann?"

Ich: „Ich halte ihm den Gewehrlauf an den Kopf und du ziehst ihn am Schwanz."

Zimmermann: „Wieso das denn?"

Ich: „Du ziehst ihn am Schwanz und wenn er auch nur zuckt, dann bekommte er einen sauberen Kopfschuss."

Gesagt, getan! Der Zimmermann hat am Schwanz des Leoparden gezogen, er hat nicht gezuckt, er war mausetot. Die ganze Situation war mehr als surreal!

Jetzt haben wir den Scout wieder wahrgenommen. Der starte mit großen Augen auf den toten Leoparden und war sichtlich beeindruckt. Ich hatte das Gefühl, dass auch ihm der Schreck gehörig in die Glieder gefahren ist. Nachdem sich unser Pulsschlag wieder auf normale Frequenz eingependelt hatte, haben wir beraten was zu tun ist. Für uns war klar, diese, wenn auch ungewollte, so doch außergewöhnliche Jagdbeute, muss fotografiert werden, aber wie? Der Fotoapparat lag in unserer Hütte am See, wir hatten außer der Jagdausrüstung nur etwas Trinkwasser mitgenommen.

Ein Ast wurde gesucht und gefunden, so um die 3 m lang und armdick, von Zweigen befreit, etwas mit dem Messer des Scouts geglättet und den erlegten Leoparden mit den Beinen an diesem Tragegestellt festgezurrt, so wie wir es als Jugendliche in früheren Tarzanfilmen oft gesehen haben. Dann haben sich der Scout und der Zimmermann die Last auf die Schulter gelegt, der Heimmarsch zu unserer Hütte konnte beginnen. Den Transport der Gewehre und andere Gegenstände habe ich übernommen.

Unterwegs haben der Zimmermann und ich uns regelmäßig mit dem Tragen der Jagdbeute abgelöst. Der Scout hat die gesamte Strecke, der Heimweg kam uns unendlich lang vor, die Last auf der Schulter gehabt, der war schon gut trainiert der Mann, alle Achtung! Der Zimmermann und ich haben abwechselnd die Last oder die Jagdausrüstung mit den beiden Gewehren, der Munition und dem restlichen Trinkwasser geschleppt. Der Heimweg ist mir unendlich mühsam vorgekommen.

Wie lang die Strecke tatsächlich gewesen ist kann ich nicht mehr nachvollziehen. Sicher ist, dass wir erst nach Sonnenuntergang an der Hütte waren und mehr als 2 Stunden zurück marschiert sind. Das dürften dann wohl so um die 10 km gewesen sein.

Über eine lange Wegstrecke hinweg sind wir von einer Horde keifender Affen begleitet worden. Die ersten Kilometer hat uns die Begleitung der Affen sehr genervt und extrem beunruhigt. Der jeweilige Gewehrträger hielt eines der Gewehre immer schussbereit und war damit permanent in höchster Anspannung. Während einer der eingelegten Marschpausen hat uns der Scout dann über das Verhalten der Affen aufgeklärt. Es hat etwas gedauert bis wir ihn verstanden haben, aber dann war auch uns klar, die Affen haben sich gefreut weil einer ihrer hauptsächlichen Fressfeinde nicht mehr lebte. Nach dieser Aufklärung haben wir den Rückmarsch etwas lockerer genommen.

Endlich an der Hütte angekommen, das Tageslicht war weg, ein akzeptables Fotografieren also nicht mehr möglich. Einer der Scouts hat eindringlich davor gewarnt, den erlegten Leoparden draußen vor der Hütte liegen zu lassen. Am nächsten Morgen wäre die zum fotografieren mitgeschleppte Beute nicht mehr vorhanden oder von Aasfressern zumindest stark zerfleddert. Doch was tun? Die Zwischenlagerung der Jagdbeute in unserer Hütte wurde von uns als einzig mögliche Lösung ausgemacht. Diese Entscheidung war sicherlich richtig, hatte aber Folgen.

Eine unruhige Nacht steht uns bevor.

Bevor wir uns schlafen gelegt haben wurde die Beute zum Schutz vor Aasfressern in die Hütte geholt und dort in einer Ecke abgelegt. Nach kurzer Zeit haben wir feststellen müssen, dass von diesem toten Vieh ein bestialischer Gestank ausging. Der Kadaver hat aus allen „Knopflöchern" gestunken. Deutlich hörbar entwichen die stinkenden Gase dem Maul und anderen, natürlichen Körperöffnungen. Dieser Gestank war richtig heftig und nur schwer zu ertragen. Den Kopf des toten Leoparden haben wir in eine Plastiktüte gesteckt und um den Hals mit einer Schnur zugebunden. Das hat nicht wirklich geholfen. Der Geruch hat sich ganz sicher weit in der Umgebung verbreitet. Um unsere Hütte herum wurde es immer lauter. Unzählige Tiere schlichen herum, fauchten, grunzten und gaben Laute von sich die für uns Seefahrer so völlig fremd waren. Wenn man mit der Taschenlampe durch das Fenster nach draußen leuchtete konnte man eine Vielzahl von Augenpaaren wahrnehmen. In dieser Situation haben wir uns wie „Belagert" gefühlt, waren unsicher, da wir diese Lage nicht beurteilen oder einordnen konnten. Wir befanden uns in der Wildnis und nicht auf der Brücke oder im Maschinenraum eines Schiffes.

So gegen Mitternacht, wir hatten alle noch keine Minute geschlafen, fing der O.A. an die Nerven zu verlieren und rastete völlig aus. Er hat eines der Gewehre an sich genommen, das Gewehr geladen, sich weitere Munition eingesteckt und wollte raus nach draußen, in die stockfinstere Nacht, um diese „Mistviecher" wie er es nannte, abzuschießen. Es hat uns große Mühe gekostet, diese Situation zu entschärfen. Er hatte eine geladene Schrotflinte in der Hand, seine Nerven lagen blank, die ganze Geschichte drohte zu eskalieren. Alles ist gut gegangen, er hat sich wieder eingekriegt und beruhigt. In der restlichen Nacht haben wir kaum geschlafen und mit dem Sonnenaufgang die stinkende Hütte verlassen.

Nach dem morgendlichen Bad im nahen See fühlten wir uns wieder richtig gut, zwar etwas müde aber ansonsten richtig gut! Als wir vom See zurück kamen, hatten sich dort schon die ersten neugierigen Dorfbewohner eingefunden und uns Tee, Fladenbrot und Früchte zum Frühstück mitgebracht. Mit großer Neugier haben sie sich die Jagdbeute, den von uns erlegten Leoparden, angeschaut. Ob sie vorher mit gleicher Intensität die 4 nackend badenden jungen Männer betrachtet haben ist ungewiss. Zur Vermeidung von Konflikten haben wir sicherheitshalber die Badegänge an den folgenden Tagen aber in Unterhosen, Badehosen hatten wir nicht mitgenommen, absolviert.

Nach dem Frühstück wurden dann die Fotos gemacht die wir unbedingt machen wollten. Danach hat einer aus dem Dorf den toten Leoparden mitgenommen und im Dorf das Fell fachgerecht abgezogen. Dieses Fell wurde in Colombo bearbeitet und später von meinem Kollegen „Alfredo" dem 4. Ing. der KANDELFELS, mit nach Deutschland genommen. Heute hängt dieses Fell, zusammen mit einigen Bildern dieser Episode, an einer Wand in meinem Büro.

Auch 50 Jahre später habe ich nicht das Empfinden, eine große Tat mit dem Abschuss vollbracht zu haben. Nach wie vor bin ich mir sicher, dass, wenn der Leopard mir hätte damals signalisieren können, dass er uns nicht als potentielle Beute einordnet, dann wäre er damals am Leben geblieben, ganz sicher!

Am 2. Tag unseres Aufenthaltes, so gegen Mittag, sind wir dann wieder los, ab in die Wildnis. Die Gruppen haben sich allerdings neu gebildet. Warum kann ich heute nicht mehr sagen.

Diesmal ist der Scout vom Vortag, der den Abschuss des Leoparden direkt miterlebt hat, zusammen mit dem 2. Offizier und dem Zimmermann losgezogen. Der O.A. und ich, in Begleitung des anderen Scouts, sind einen anderen Weg gegangen. Unangenehm aufgefallen ist mir an diesem Tag die anhaltende Nervosität des O.A. Er ist Anfangs mit schussbereiter Flinte, d.h. Gewehr geladen, Lauf geschlossen und Waffe entsichert, hinter mir hergelaufen. Er hätte nur stolpern brauchen und schon wäre der Jagdunfall mit unabsehbaren Folgen Tagesthema geworden. Nach ca. 30 Minuten habe ich ihn überzeugt, dass es besser wäre die Flinte zu entladen und somit für den Moment ungefährlich zu machen. Der Scout hat diese Situation ganz sicher mitbekommen und für sich die nötigen Schlüsse daraus gezogen.

Im Laufe des Tages haben wir noch viele interessante Dinge gesehen aber keinen einzigen Schuss abgegeben. Einmal mussten wir für eine längere Zeit auf Zeichen des einheimischen Begleiters mucksmäuschenstill in Deckung eines umgefallenen Baumes verharren. Ich habe nur Geräusche von irgendeinem Lebewesen, das sich in unmittelbarer Nähe aufhielt, wahrgenommen. Der Scout hat wiederholt den Zeigefinger an die Lippen gelegt, um uns ruhig zu halten.

Auf dem Heimweg zu unserer Hütte, wir waren deutlich vor Sonnenuntergang zurück, hat der Scout versucht uns zu erklären, warum wir uns hinter dem Baumstamm so verhalten sollten wie er es uns vorgemacht hat. Es soll sich in der Nähe ein großes Wildtier mit Nachwuchs aufgehalten haben. Es soll ein Bär mit Nachwuchs gewesen sein. Ich bin mir allerdings überhaupt nicht sicher, ob wir ihn überhaupt richtig verstanden haben, von Bären auf Sri Lanka, damals noch Ceylon, habe ich bisher nichts gehört. Oder war es ein Wasserbüffel mit Kalb? Die sollen ja auch sehr aggressiv sein. Ist ja auch egal, die ganze Geschichte hat sich vor mehr als 50 Jahren abgespielt.

Die andere Gruppe hat an diesem zweiten Tag im Busch einen kleineren Waran und ein schönes großes, sehr farbenträchtiges Dschungelhuhn erlegt. Den Waran und auch das erlegte Federvieh haben wir mit Hilfe von Dorfbewohnern zubereitet und anschließend mit ihnen gemeinsam verspeist. Das Fleisch des Waran hat sehr gut geschmeckt, wir waren alle überrascht. Zu dieser Malzeit hat man uns auch noch etwas von dem zubereiteten Fleisch des zerlegten Leoparden angeboten. Für uns war dieses Fleisch nicht genießbar, hätte vielleicht geschmeckt, wären wir ausgehungert gewesen, waren wir aber nicht. So sind die Portionen für die Einheimischen größer ausgefallen. Proteste hat es diesbezüglich nicht gegeben.

Ein Missverständnis wird aufgeklärt.

Am gleichen Abend wurde uns per Boten eine Nachricht vom Dorfvorsteher überbracht. Er wünschte, so haben wir die mündliche Nachricht verstanden, dass wir am nächsten Tag ins Dorf kommen sollten, um einen wilden Elefanten zu erschießen. Nach kurzer Diskussion haben wir uns entschieden, diesem Ansinnen auf keinen Fall nachzukommen. Trotzdem sind wir nach dem Frühstück ins nahe gelegene Dorf gegangen, allerdings demonstrativ ohne die Jagdgewehre.

Wir wurden zum Dorfvorsteher geführt, bekamen Tee angeboten und haben versucht uns mit ihm zu verständigen. Der Landesprache waren wir nicht mächtig, nicht mal ein Wort davon. Sein Englisch mehr als gewöhnungsbedürftig. Nach einer Weile wurde uns allerdings klar, dass wir bezüglich des Abschusses eines Elefanten völlig falsch lagen. Er hatte uns die Nachricht überbringen lassen, dass es im Dorf Arbeitselefanten gab, die wir doch bitteschön unbehelligt lassen sollten. Der Abschuss des Leoparden hatte ihn wohl nervös gemacht und angenommen, dass hier ein paar schießwütige Europäer seine Umgebung unsicher machen. Er hat uns dann die 3 Elefanten gezeigt, mit denen seine Leute im Busch arbeiten gingen. Alle drei Elefanten riesig und schön anzuschauen. Wir waren mehr als zufrieden, der Abschussauftrag war kein Auftrag, sondern ein Missverständnis und die Rückreise nach Colombo war für den nächsten Tag vorgesehen.

Den Rest des 3. Tages in der Wildnis haben wir dann nur noch im näheren Umfeld der Jagdhütte verbracht und im nahen See gebadet, Die beiden Scouts waren nur noch kurz bei uns, wurden von uns mit einer guten Entlohnung bedacht und haben sich danach verabschiedet. Auch die Frauen des Dorfes, die uns nach bestem Wissen bekocht haben, sind nicht leer ausgegangen. Wenn ich deren Gestik richtig gedeutet habe, waren auch sie zufrieden. Nur für die Kinder hatten wir nichts Greifbares wie Spielzeug oder ähnliches zur Hand. Ihnen haben wir ein paar Kugelschreiber geschenkt.

Am Tag darauf wurden wir abgeholt und sind wieder zurück nach Colombo gefahren worden. Am späten Nachmittag im Hafen angekommen, aber noch auf der Pier, unten an der Gangway des Schiffes, wurden wir von den deutschen Kollegen der Besatzung mit dem Lied „Ein Jäger aus Kurpfalz" standesgemäß und freudig begrüßt. An Bord hatte sich die Nachricht über den Abschuss des Leoparden schon herumgesprochen.

Nach der Rückkehr von dieser mit ursprünglich rd. 15 Wochen geplanten Reise, die dann unplanmäßig länger als 6 Monate gedauert hat, bin ich nur für ein paar Tage nach Hause ins Ammerland gefahren. Nach kurzer Zeit ging es zurück an Bord der FRAUENFELS, bereit für eine weitere Reise mit diesem Schiff. Mitte September 1964 bin ich dann abgemustert und durfte einige Wochen Urlaub machen.

Die WACHTFELS.

Reisen zwischen dem Persischen Golf und den USA.

Es geht wieder los, weitere Reisen stehen bevor. Im Oktober 1964, diesmal war Zeit für einen mehrwöchigen Urlaub zu Hause im Ammerland, schickte mich die Reederei, wieder als 4. Ing., auf die WACHTFELS. Die WACHTFELS, damals eines der modernsten und schnellsten Schiffe der Reederei, verließ am 29.10.1964 den Hafen von Bremen mit dem Ziel Persischer Golf. Anschließend war das Schiff für einen längeren Einsatz im Pendelverkehr zwischen den Häfen im Persischen Golf und den Häfen an der US-Amerikanischen Ost- und Südküste eingeplant. Auf dem Weg in die Golfregion gab es noch Zwischenstopps in Rotterdam, Antwerpen, Marseille, Genua und den Suezkanal.

Es ging nach Amerika, das war wieder einmal ein neues Ziel, dass es zu erkunden gab. In den USA sollten Häfen wie New York, Philadelphia, Baltimore, Wilmington und im Süden die Häfen von New Orleans, Houston usw. bedient werden. Die eingeplante Abwesenheit von Europa war mit 12 Monaten oder länger überhaupt kein Problem für mich. Es ging nach Amerika, das war wieder einmal ein neues Ziel, dass es zu erkunden gab.

Die heutigen Containerschiffe, im Vergleich zur WACHTFELS wahre Riesen, fahren mit einer Crew von 22 bis 24 Mann zur See.

Auf der WACHTFELS waren, so wie auf der FRAUENFELS oder BRAUNFELS auch, 50 Mann oder mehr als Besatzung angemustert. Angefangen beim Kapitän, dann 3 Offiziere (Nautiker), 4 Ingenieure (Maschinisten), 1 Elektriker, 4 Ing. Ass., 1 Funker, 1 Offizieranwärter, 1 Verwalter (Purser) und den Schiffszimmermann. Diese Positionen waren alle von Deutschen Seeleuten besetzt.

Die restliche Besatzung kam aus Pakistan und arbeitete teilweise schon seit Jahren für die gleiche Reederei. Im Einzelnen waren 3 Stewards und 2 Köche für uns Deutsche zuständig. Als Deckbesatzung gab es den Serang (Vormann/Bootsmann)) und ca. 15 weitere Seeleute verschiedener Qualifikation. Die Maschinenanlage wurde vom Maschinen-Serang und 8 weiteren Leuten, ebenfalls mit unterschiedlichen Qualifikationen, in Schuss gehalten. Hinzu kamen nochmals 3 Köche für die Versorgung der Pakistani-Crew.

Eine alte Holzpier und der schwere Trafo.

Die Ausreise von Bremen in den Persischen Golf verlief ohne besondere Ereignisse. Mittlerweile war für mich die Seefahrt schon zur Routine geworden. Noch nicht zur Routine gehörte das Laden eines Transformators, den wir in Marseille übernommen haben. Es ist schon beeindruckend, wenn sich ein so großes Schiff beim Anheben eines derart schweren Stückes, das Gewicht des Trafos lag so bei 120 Tonnen, langsam etwas zur Seite neigt. Das hat schon fast etwas Majestätisches an sich und ist immer wieder faszinierend.

Wir von der Maschinencrew hatten mit den Ladevorgängen eigentlich wenig zu tun. Wir mussten nur dafür sorgen, dass die Stromversorgung für die Winden des Schwergutgeschirrs gewährleistet war und alle Winden störungsfrei liefen. Bei derartigen Lademanövern wurden immer alle 4 Stromaggregate, mit je etwa 600 kW Leistung, in Betrieb gehalten. Der Bordelektriker war auf „Stand by", um bei Störungen, welcher Art auch immer, schnell eingreifen zu können.

Der Bestimmungshafen des Transformators war mit Bandar Abbas angegeben. Bandar Abbas war Mitte der 1960er Jahre ein kleinerer, fast unbedeutender Hafen in der Nähe der Straße von Hormus. Einlaufen Bandar Abbas wurde die WACHTFELS an einer alten Holzpier festgemacht. Eine neue Pier war in Bau aber noch lange nicht fertig. Auf Nachfragen wurde dem 1. Offizier bestätigt, dass der Trafo an dieser alten Holzpier abgesetzt werden sollte. Später sollte dann ein Schwertransporter den weiteren Weg zu dem vorgesehenen Einsatzort übernehmen.

Diese alte Holzpier bestand aus einer großen Anzahl in den Seegrund gerammter Baumstämme, die mit Holzplanken als Transport- und Lagerfläche abgedeckt waren. Der Hinweis des 1. Offiziers, dass der Trafo mehr als 100 Tonnen wiegen würde und diese Holzpier das Gewicht nicht tragen könnte, wurde zwar von den für den Hafen Verantwortlichen angehört aber als nicht relevant abgetan. Und so nahmen die Dinge ihren Lauf.

Das Schwergutgeschirr wurde klar gemacht, der Trafo an den Haken genommen, angehievt und außenbords über die Pier geschwenkt. Hier hatte man zwischenzeitlich noch einen zusätzlichen Unterbau aus massiven Holzbalken aufgeschichtet, wohl in der Hoffnung, das Gewicht des Trafos besser zu verteilen. Als die Last in der richtigen Position schwebt, gibt der 1. Offizier das Kommando zum Absenken. Ganz langsam und behutsam, so Zentimeter für Zentimeter näherten sich der Kollos den aufgestapelten Holzbohlen. Vor dem ersten Bodenkontakt wurde die Last noch einmal ausgerichtet und dann versucht abzusetzen.

Es kam so wie es kommen musste! Der Trafo kommt in Kontakt mit dem Unterbau, die Last wird weiter um einige Zentimeter gefiert, kommt aber nicht aus den Seilen, dafür wird die

Pier ohne Erbarmen nach unten gedrückt. Als die Pier an dieser Stelle mehr als 20 cm abgesackt ist und die Last immer noch komplett im Haken hängt, wird das Vorhaben abgebrochen und der Trafo wandert zurück an Deck der WACHTFELS. Von Bandar Abbas wurde das Schiff nach Aden beordert und der Trafo hier vorübergehend abgestellt. Aden stand nicht auf dem Fahrplan der WACHTFELS und hat uns natürlich ein paar zusätzliche Tage Zeitverlust eingebracht. In den 1960er Jahren waren die Fahrpläne allerdings auch noch nicht so eng „gestrickt" wie in der heutigen Containerschifffahrt, die Verzögerung war also kein wirkliches Problem. Während der Rundreise durch die Häfen des Persischen Golfes hätte der Trafo, wäre er an Deck geblieben, die Lade- und Löschvorgänge doch eklatant behindert. Durch ein anderes Schiff der Reederei, ca. 6 Monate später, als die neue Pier fertig war, wurde der Trafo wieder von Aden nach Bandar Abbas transportiert und an der neuen Pier, direkt auf einen Tieflader gesetzt. Das hat dann ohne Komplikationen funktioniert, wie man uns später berichtet hat.

Der blinde Passagier und die Folgen.

Auf meiner ersten Seereise nach Amerika, d.h. aus dem Persischen Golf kommend, nach der Passage des Suezkanals in nördliche Richtung, hatten wir Order den Hafen von Beirut im Libanon anzusteuern. Hier war noch Ladung für die USA zu übernehmen. Beirut war in den sechziger Jahren eine pulsierende Stadt mit einem sehr offenen Flair und vielen Möglichkeiten sich die Zeit zu vertreiben. Das hat sich in den vergangenen 50 Jahren leider gravierend geändert.

Unsere Liegezeit war relativ kurz bemessen und es gab für mich keine Gelegenheit auf einem Landgang etwas „Zerstreuung" zu suchen. Diesbezüglich gab es in den Häfen des Persischen Golfes leider ein sehr eingeschränktes Angebot. Na ja, wir kamen ja noch in andere Häfen, mal schauen was dort so möglich war.

Nach etwa 36 Stunden hat die WACHTFELS so gegen 22:00 Uhr, also zu meiner 20:00 – 24:00 Uhr-Wache, den Hafen verlassen. Alles verlief normal, reine Routine, so dass ich um ca. 00:30 Uhr im Bett gelegen habe. So gegen 02:00 Uhr werde ich vom 1. Offizier mit den Worten: "Aufstehen, Ausflug mit dem Motorboot, wir sehen uns in 10 Minuten auf dem Bootsdeck" geweckt und weg ist er wieder.

Nach kurzem Dahindämmern und dem erfolgreichen Versuch wach zu werden, bin ich aus dem Bett, rein in die Klamotten und raus zum Bootsdeck. Zwischenzeitlich war die Maschine gestoppt und das Schiff lag etwa 10 Meilen vor dem Hafen von Beirut, die hellen Lichter der Stadt waren sehr gut zu erkennen. Wegen der Nähe zum Hafen war klar, die WACHTFELS hatte gedreht und war dem Hafen von Beirut wieder ziemlich nahe gerückt.

Auf dem Bootsdeck, der Schiffszimmermann und einige andere Kollegen waren schon dort, gab es die Information, dass wir einen Blinden Passagier an Bord haben, der sich in Beirut an Bord geschlichen hatte.

Die Entscheidung das Kapitäns war klar und unmissverständlich. Der gute Mann muss zurück nach Beirut. Wenn das nicht gelingt, feiert der seine nächsten 10 Geburtstage an Bord dieses Schiffes. Klar war natürlich auch, dass der arme Teufel nicht an Land schwimmen konnte und wir ihn also direkt, aber heimlich, mit unserem Boot in den Hafen bringen mussten. Nicht erlaubt dieses Vorhaben, aber auch nicht wirklich gefährlich, nicht in den 1960er Jahren.

Die minimale Bootsbesatzung des Steuerbord-Motorbootes besteht nach den Regeln der Bootsrolle aus dem 1. Offizier als Bootsführer, dem 4. Ing. als Maschinisten, also war ich zuständig, und dem Schiffszimmermann als helfende Hand. Wir Drei sind zurück in unsere Kammern, haben uns entsprechend warm angezogen und die Rettungswesten angelegt. Nach etwa 15 weiteren Minuten waren wir zurück auf dem Bootsdeck. Dort hatte ein Teil der Besatzung die Barkasse bereits klar gemacht zum Aussetzen.

Jetzt bekamen wir unseren „Passagier" für die nächtliche Bootsfahrt zurück nach Beirut zu Gesicht. Es war ein dunkelhäutiger Mann, etwa 20 bis 25 Jahre alt und ohne Papiere. Er hatte einen kleinen Rucksack bei sich und war nicht besonders warm gekleidet. Unsere Besatzung hat noch dafür gesorgt, dass dieser Mann eine Arbeitskombi, festes Schuhwerk und ausreichend Essen und Getränken bekam, bevor er ins Boot steigen musste. Seine Angst vor diesem Boot, man konnte den panischen Ausdruck in den Augen sehen, haben wir versucht etwas zu mildern, indem wir ihm möglichst freundlich zugelächelt haben. Eine verbale Verständigung war nicht möglich. Der gute Mann sprach absolut kein Englisch und Deutsch natürlich auch nicht. Von uns war keiner der französischen Sprache mächtig, die er so wie wir glaubten, zumindest in Ansätzen beherrschte. Mit seiner Muttersprache konnten wir natürlich auch nicht aufwarten.

Alle 4 Personen rein ins Boot, unser Passagier als Letzter, einen festen Halt suchen und dann das Kommando zum fieren des Bootes. Sanft gleitet das Boot abwärts und nach etwa 12 Metern klatscht das Boot ins Wasser. Das Lösen der beiden Haken gelingt problemlos, der Motor springt ohne Mucken an und schon geht die Reise ab in Richtung Beirut-Hafen. Nach knapp 1 Stunde passieren wir die Hafeneinfahrt, versuchen immer in dunklen Bereichen zu operieren und suchen nach einem geeigneten Platz an dem wir unseren „Freund" sicher an Land setzen können. Eine geeignete Stelle für das Ausbooten unseres Passagiers ist bald gefunden, unserem „Freund" geht es auch wieder deutlich besser, scheint zumindest so. Als er aus dem Boot stieg, hat er sogar ganz leicht gelächelt, wenn ich mich nicht irre, mit etwas Optimismus könnte man meinen, er habe sich artig bei uns bedankt.

Unbehelligt verlassen wir den Hafen von Beirut, passieren die Mole etwa 2 Stunden nachdem wir die WACHTFELS verlassen haben. Wir nehmen Kurs auf unsere WACHTFELS, die wir so gerade an den hell erleuchteten Aufbauten erkennen können. Die See ist sehr kabbelig geworden und nach einer halben Stunde bricht die Seekrankheit über mich herein. Mir ist kotzübel und während der restlichen Überfahrt zurück zum Schiff hat's mich dann wieder so richtig erwischt. Auf den letzten 5 Seemeilen wurden die Fische von mir mit allem gefüttert was sich in meinem Magen befunden hat. Mit Beginn der Morgendämmerung erreichten wir, ohne Zwischenfall und absolut problemlos, wenn man mal von meiner Unpässlichkeit absieht, unser Schiff. Jetzt nur noch das Boot in die Haken hängen und die Angelegenheit ist abgeschlossen.

Das Aufnehmen des Bootes erweist sich wegen der zwischenzeitlich recht rauen See als sehr problematisch. 2 Versuche scheitern, den vorderen und den hinteren Bootshaken gleichzeitig einzuklinken. Das Boot tanzt einfach zu unkontrolliert neben der Bordwand. Die Geschichte wird langsam gefährlich und die beiden Kollegen müssen höllisch aufpassen, dass ihre Hände heil bleiben. Dieser „Scheiß" blinde Passagier, der Teufel mag ihn holen, dass waren jetzt meine Gedanken.

Wegen dem Kerl hänge ich hier im Rettungsboot rd. 12 Meter über mir das Bootsdeck der WACHTFELS, hell erleuchtet und ruhig wie ein Brett, kotze mir die Seele aus dem Laib und würde ohne den vorangegangenen Ausflug in meiner Koje liegen und selig pennen. Mittlerweile zeigte die Uhr die 06:00 Uhr an und das Tageslicht wurde kräftiger.

Auf der Brücke hat der Kapitän sich entschlossen es mit einem „Ententeich" zu versuchen. Was heißt das konkret einen

„Ententeich" zu machen? Kurz erklärt! Das Schiff nimmt leicht Fahrt auf, es wird hart Ruder gelegt und das Schiff fährt im Kreis. Die See in der Innenfläche des Kreises, ca. 500 m Durchmesser, wird deutlich ruhiger und glatt, fast so glatt wie ein Ententeich eben ist.

Wir bewegen uns weg vom Schiff, bleiben aber auf der Steuerbordseite in einem Abstand von etwa 200 m von der Bordwand. Der Alte bringt das Schiff auf „langsam voraus" und legt das Ruder hart Steuerbord. Nach 2 Runden ist die See innerhalb des Kreises, also in unserem Bereich, deutlich ruhiger geworden. Die Fahrt wird aus dem Schiff genommen und wir gehen wieder längsseits. Jetzt klappt das Einhaken sofort und ohne Probleme. Das Boot wird angehievt und wir nähern uns langsam, nach meinem Geschmack viel zu langsam, dem Bootsdeck. Von der Konstruktion her sind die Davids, also die Aufhängevorrichtungen, nicht dafür konstruiert, ein Rettungsboot unter schwierigen Bedingungen wieder aufzunehmen. Die Hubgeschwindigkeit der Seilwinden ist hierfür viel zu gering. Außerdem ist der Hakenmechanismus zum Einhaken des Bootes dafür nicht besonders gut geeignet.

Als wir so ungefähr 2 m aus dem Wasser sind, fängt das Boot an zu pendeln. Erst nur wenige cm aber dann mit immer größeren Ausschlägen. Den ersten Aufprall auf die Bordwand können wir noch abfedern, doch dann heißt es nur noch festhalten, Augen zu und hoffen auf ein möglichst schadenfreies Gelingen. Gefühlt vergeht eine Ewigkeit bis das verdammte Boot zusammen mit uns, ruhig unter den Davids hängt. Wir sind unverletzt, das Boot leicht beschädigt und wir haben uns das nun angesagte Frühstück sauer verdient.

Warum das Boot so angefangen hat zu pendeln? Die WACHTFELS hat in der leichten Dünung angefangen zu rollen, wenn auch nur sehr wenig, auf dem Schiff wohl nicht zu spüren. Diese wenigen Zentimeter, die sich das Schiff um seine Längsachse gedreht hat, reichten aus, um das Boot, das wie ein Pendel an den beiden mehr als 10 m langen Seilen hing, so in Bewegung zu bringen.

Als das Boot wieder sicher in den Davids hing hieß es „Maschine voll voraus" und mit westlichem Kurs Richtung Gibraltar. Von dort dann Kurs auf NEW York, also ab über den großen Teich. Nach dem Frühstück durfte ich meine Wache um 08:00 Uhr antreten, um bis 12:00 Uhr meinen Job im Maschinenraum zu machen. Alles war wieder gut, die Maschinen liefen, alles ging seinen Gang, der Stress vorbei. Die 8-Zylinder-Hauptmaschine mit einer Leistung von rd. 8.000 kW (rd. 11.000 PS) tat ihren Dienst genauso wie die 2 der insgesamt 4 Dieselaggregate, die den Schiffsbetrieb mit ausreichend Strom versorgten. Der Propeller drehte die gewünschten 110 Umdrehungen in der Minute und hielt die WACHTFELS auf der gewünschten Reisegeschwindigkeit. Damit näherte ich mich mit knapp 19 Knoten den Häfen der USA. Was hatte ich doch für ein interessantes Leben.

Ein schlimmer Unfall auf den Bermudas.

Wir hatten Gibraltar passiert, waren also weniger als 1 Woche von New York entfernt, da gab es die Order der Reederei nicht direkt nach New York, sondern vorher die Bermudas, d.h den Hafen Hamilton, anzusteuern. Diese erste Reise in die USA verzögerte sich also schon wieder. Erst die Affäre mit dem Trafo in Bandar Abbas, dann die Geschichte mit dem blinden Passagier in Beirut und nun noch der Abstecher auf die Bermudas. Doch warum die Bermudas? Wir waren doch kein Schiff mit Touristen.

Zu dieser Zeit wurde in den amerikanischen Häfen der Ostküste, insbesondere New York, Philadelphia, Baltimore und Wilmington heftig gestreikt, dadurch waren für die Reederei die Liegenzeiten der Schiffe in den USA nicht mehr zu kalkulieren.

Der Schaden für die Reederei sollte möglichst in Grenzen gehalten werden.

Die WACHTFELS bekam also die Order in Hamilton auf ein anderes Schiff der Reederei zu warten, hier die Ladung dieses Schiffes, die für die bestreikten Häfen bestimmt war, zu übernehmen, damit dieses Schiff wieder gewinnbringend eingesetzt werden konnte. Diese ganze Prozedur hat dazu geführt, dass wir mit der WACHTFELS einige Tage, es waren wohl 4 oder 5 an der Zahl, in Hamilton gelegen haben. Meine erste Ankunft in den USA hat sich damit nochmals verzögert.

Nach einem oder vielleicht auch zwei Tagen Wartezeit in Hamilton hat endlich das erwartetet Schiff am Abend längsseits der WACHTFELS festgemacht. Bei uns in den Laderäumen war während der Wartezeit bereits Platz für die zusätzliche Ladung geschaffen worden. Am nächsten Tag ab Sonnenaufgang wurde begonnen die Teile der Ladung umzuladen, die wir für das andere Schiff, der Name ist mir nicht mehr geläufig, ich meine es wäre ein Schiff der Picassoklasse gewesen, nach Amerika bringen sollten. Sicher ist, dass dieses Schiff eine rein deutsche Besatzung hatte. Warum ist das erwähnenswert? Es gab einen ganz schlimmen Unfall auf diesem Schiff der etwas mit der Struktur der Mannschaft zu tun hatte. Doch dazu erstmal ein paar Hintergrundinformationen.

Mittlerweile fuhr ich fast 5 Jahre zur See. Meine ersten Schiffe, die MARIAECK, die FRAUENFELS (zu meiner 1. Einsatzzeit) und auch die BRAUNFELS, hatten eine rein deutsche Besatzung. Danach bin ich nur noch mit pakistanischer Besatzung gefahren und habe mich insgesamt deutlich wohler gefühlt als auf den Schiffen mit rein deutscher Crew. Auf den Schiffen mit pakistanischer Crew kamen Alkoholexzesse und damit oft verbundene Schlägereien zwischen den Besatzungsmitgliedern, nicht vor. Aus Glaubensgründen hat die pakistanische Crew weitesgehend auf Alkohol verzichtet. Am Ende des ersten Tages an dem die Ladung umgeladen wurde, haben die Jungs an Bord des anderen Schiffes wohl eine wilde Sause, natürlich mit einem extrem hohen Alkoholkonsum, veranstaltet. Im Laufe dieser Sauferei hat es dann, so konnte man die Aussagen von einigen Männern der Besatzung deuten, Wetten unter den Leuten gegeben, wer sich denn wohl trauen würde aus dem Mast, d.h. von der Saling aus ins Hafenbecken zu springen.

Es gab natürlich so einen „Bescheuerten" der sich das zugetraut hat, der Alkohol macht es möglich. Nur, dieser arme Teufel hat es nicht geschafft. Der Abstand vom Ende der Saling zur Bordwand war zu groß. Er ist mit voller Wucht aus rd. 15 m Höhe auf das Deck geschlagen und war sofort tot! Was für eine Tragödie, wohl nicht für ihn, aber für seine Familie!

Der Kollege wird in Hamilton zu Grabe getragen.

Die Angehörigen haben entschieden, dass dieser tödlich verunglückte junge Mann, vielleicht war er so um die 20 Jahre alt, auf den Bermudas, also auf einem Friedhof in Hamilton, seine letzte und endgültige Ruhe finden sollte. Wegen der begrenzten Liegezeit beider Schiffe hat es die zuständige Behörde auf den Bermudas ermöglicht, dass diese Beisetzung bereits 2 Tage später erfolgen konnte. Der Trauerzug hat sich im Hafen formiert, außer der nahezu kompletten Besatzung beider Schiffe haben sich eine überwältigende Anzahl anderer Menschen dem Trauerzug angeschlossen. Eine Abordnung der Marine, 6 Mann mit Musikinstrumenten, viele Leute aus der Hafenverwaltung, ebenfalls fast alle in Uniform, natürlich auch Leute in ziviler Kleidung, haben uns auf den Weg zum Friedhof begleitet. Seine letzte Ruhestätte hat der Seemann auf einem wunderschön gelegenen Friedhof, mit freiem Blick auf das Meer, gefunden.

Der Zeitpunkt seines Todes kam natürlich viel zu früh und viel zu überraschend. Für die Familie des Verunglückten ein großes Unglück. Die wunderschöne Lage seines Grabes mit dem uneingeschränkten Blick auf den Atlantik, möge der Familie und allen Menschen, die diesen jungen Mann vermissen, ein klein wenig Trost spenden.

Eine Beerdigung und keine passenden Schuhe.

Zu dieser sehr traurigen Geschichte gehört aber auch noch ein Erlebnis, dass ich im Zusammenhang dieses Vorfalles unbedingt schildern muss. Natürlich war klar, dass alle Besatzungsmitglieder, die zu bestimmten Anlässen eine Uniform zu tragen hatten, zur Bestattung des Fahrensmannes selbstverständlich in Uniform zu erscheinen hatten. Zu eben dieser Uniform gehören natürlich auch schwarze Schuhe. Diese schwarzen Schuhe hatte ich nicht. Ich hatte sie schlichtweg bei meiner letzten Abreise von zu Hause vergessen und derartiges Schuhwerk bisher auf der WACHTFELS auch noch nicht gebraucht. Also bin ich am Tag vor der Bestattung in die Stadt, um mir schwarze Schuhe zu kaufen. Im ersten Geschäft, im zweiten Geschäft und auch im Dritten wurde bedauernd mit den Schultern gezuckt. Schwarze Schuhe ja, aber doch nicht in Größe 45/46.

Man hat mich teilweise gemustert als wenn ich von einem anderen Stern sei. Im vierten, fünften oder vielleicht auch erst im sechsten Geschäft hatte ich richtig Glück. Die Chefin, eine Dame so um die 50 Jahre, wurde zu Rate gezogen. Ein musternder Blick auf meine Füße, dann verschwand sie durch eine Tür. Einige Minuten später kommt sie mit einem großen Karton zurück. In diesem Karton, liegen stark verstaubt, so um die 15 Paar Schuhe. Ein Paar davon ist schwarz, hat die richtige Größe und sie passen. Mit großer Erleichterung bin ich an Bord zurück, alles war im Lot, auch ich konnte jetzt in angemessenem Outfit den Kollegen auf seinem letzten Weg begleiten.

Endlich in Amerika und ein unerwarteter Besuch.

Von den Bermudas ging dann die Reise, so wie ursprünglich geplant, nach New York, wo ich nun erstmals die Freiheitsstatue passierte. In New York haben wir mindestens 3 Tage gelegen bevor es weiterging nach Wilmington und New Orleans. Am zweiten Tag gab es einen wirklich unerwarteten Besuch an Bord. Eine junge Amerikanerin, in Begleitung Ihrer Freundin, kam zusammen mit einem jungen Mann an Bord der WACHTFELS. Zur damaligen Zeit, d.h. in den 1960er Jahren gab es kaum Schwierigkeiten in den Hafen zu kommen. Der Zugang zu einem der dort liegenden Schiffe wurde ausschließlich von der Besatzung des jeweiligen Schiffes zugelassen oder verweigert. Diese Art der Freizügigkeit war in fast allen Häfen der Welt gegeben. Heute, mehr als 50 Jahre später, werden die Häfen abgesichert wie Hochsicherheitstrakte. Ein Zutritt für unbefugte Personen ist ausgeschlossen.

Die beiden Frauen, die nun in New York an Bord kamen, waren bereits im Hafen von Hamilton, d.h. auf den Bermudas an Bord gewesen und hatten sich das Schiff angesehen. Eine der Beiden, Laura Cassens, eine Frau mit deutschen Vorfahren, hat mir von ihrer Art her und ihrem Aussehen, gut gefallen. Leider waren meine Möglichkeiten der sprachlichen Verständigung sehr begrenzt und eingeschränkt. Meine damaligen Fähigkeiten, mich der englischen Sprache zu bedienen, waren sehr vorsichtig ausgedrückt, ungenügend bis mangelhaft. Na ja, auf der Volksschule in Ohrwege, die ich vor etwa 8 Jahren verlassen hatte, wurden nun mal keine Fremdsprachen vermittelt. Allerdings, und darauf bin ich stolz, dass ich mit der plattdeutschen Sprache als zweite Muttersprache aufgewachsen bin. Das sollte noch von sehr großem Nutzen sein, aber dazu später!

Im Hafen von Hamilton hatte die WACHTFELS mit ihren riesigen V-Masten, ihrem grauen Rumpfanstrich, die Aufbauten waren weiß und die klotzigen V-Masten wiederum grau, wohl für großes Aufsehen gesorgt. Ein Zeitungsartikel in der HAMIL-TON NEWS über den tödlichen Unfall hat sicherlich zusätzlich für Aufmerksamkeit gesorgt. Während der wenigen Tage unseres Aufenthaltes haben regelmäßig amerikanische Touristen, die zur damaligen Zeit gerne für einen Kurztrip auf die Bermudas flogen, um Erlaubnis gebeten, sich das Schiff ansehen zu dürfen.

Unter diesen Besuchern war auch Laura in Begleitung einer Freundin, beide in New York lebend. Die Beiden haben sich etwas länger an Bord aufgehalten und noch ein Bier mit uns getrunken. Unser nächster Hafen war New York, die beiden Frauen fanden uns wohl ausreichend interessant, fragten nach der Möglichkeit eines Kontaktes eben dort, in unserem nächsten Hafen, also NEW YORK. Einer meiner Kollegen hat die Kontaktadresse des Reedereiagenten in NEW York notiert und den Beiden mitgegeben.

Jetzt waren sie wieder an Bord und haben uns besucht, dass war schon etwas prickelndes, auf jeden Fall für mich, der sich so unterschwellig in die Laura verknallt hatte. Nach ein paar Stunden sind die Drei wieder von Bord und haben versprochen, wenn wir denn wieder in der Stadt wären, uns erneut auf der WACHTFELS zu besuchen.

In dieser Situation war es mehr als hilfreich, dass die Schwester des Bordelektrikers in der Nähe von New York lebte. Sie war mit einem Amerikaner verheiratet, und auf Bitten des Elektrikers ab diesem Zeitpunkt den Kontakt zu den beiden Frauen gepflegt hat.

Übrigens, der amerikanische Ehemann der erwähnten Schwester des Elektrikers, also sein Schwager, fuhr ebenfalls zur See und zwar als Ingenieur auf der UNITED STATES, dem legendären Passagierliner mit rd. 250.000 PS Antriebsleistung und einer Höchstgeschwindigkeit von mehr als 38 Knoten. Diese Maschinenanlage hätte ich gerne einmal besichtigt, hat sich leider nicht ergeben.

Eine überraschende Briefflut und deren Folgen.

Nach diesem, meinem ersten Besuch in New York, haben wir anschließend die eingeplanten Häfen in den USA bedient und sind anschließend wieder zurück in den Persischen Golf. In Port Said gab es für mich dann die große Überraschung.

Das Briefeschreiben hat mir bis dahin nie so richtig gelegen. Der Kontakt mit der Familie wurde per sporadischen Postkartengrüßen, na ja, manchmal auch ein Brief, aufrechterhalten. Später, natürlich viel zu spät, habe ich erfahren, dass meine Mutter darunter sehr gelitten hat. Jetzt, wo ich diese Zeilen schreibe, habe ich wieder ein trauriges Gefühl in mir. Das hätte ich besser machen müssen!

Zur Maschinencrew gehörten auf der WACHTFELS auch 4 Ingenieur-Assistenten, junge Männer, alle gerade einmal 20 Jahre alt. Diese Burschen haben wohl sehr fleißig geschrieben und somit auch immer reichlich Post in den Häfen bekommen. Bei der Postverteilung nach der Ankunft in einem Hafen stand ich meistens mit leeren Händen da. Das hat mir nicht immer gefallen, den Grund dafür jedoch in meiner Schreibfaulheit zu suchen, auf die Idee bin ich nicht gekommen. Bei irgendeinem Anlass, es wurden dabei sicherlich auch ein paar Biere konsumiert, habe ich dann wohl großspurig kundgetan, dass eines Tages die Post für mich in Säcken an Bord kommen würde.

Nach Rückkehr von meiner ersten USA-Reise, bei der Einfahrt in den Suez Kanal in Richtung Süden, hat der Funker mich um ca. 03:00 Uhr in der Nacht geweckt, mir einen Riesenstapel Briefe auf den Tisch gelegt und ist wieder verschwunden. Meine erste Reaktion war: „Mit dieser Verarsche kriegen die mich nicht aus der Koje". Gut eine Stunde vorher war ich erst ins Bett gekommen, da meine Manöverwache bis 02:00 Uhr in der Nacht gedauert hatte. Um Mitternacht war der Anker gehievt und so gegen 01:00 Uhr in der Nacht passierten wir Port Said um in Richtung Süden den Suezkanal zu passieren. Bei der langsamen Vorbeifahrt an Port Said ist dann die für uns bestimmte Post vom zuständigen Agenten an Bord gebracht worden. Eine Prozedur die immer gleich ablief.

Wenige Minuten nach dem Besuch des Funkers stand der Schiffszimmermann, der eigentlich Ankerwache auf der Back hatte, bei mir vor der Koje und fragte nach den Briefen. So langsam dämmerte es mir, dass die Briefe echt sein könnten. Also raus aus dem Bett, an Schlaf war ohnehin nicht mehr zu denken, der Haufen Post musste gesichtet werden. Wenn ich es richtig in Erinnerung habe, waren es mehr als 70 Briefe, alle von verschiedenen Absendern, alle Absender weiblich, alle Briefe mit deutschen Briefmarken.

In mindestens der Hälfte der Briefe fand ich Bilder von jungen Frauen, teilweise sehr hübschen jungen Frauen! Mich übermannte eine gewisse Ratlosigkeit und es gab Anzeichen von mentaler Überforderung. Was ging hier vor? Wer wollte mich vorführen? Die BRAUNFELS mit den dort üblichen, sehr oft abartigen Wetten, war gedanklich wieder präsent. War das alles ein großer Irrtum??? Irrtum konnte nicht sein! Die Briefe waren real, die Handschriften alle verschieden und die Absender kamen aus allen Ecken Deutschlands. Was mache ich denn jetzt? In dieser Situation hätte ich sicherlich lieber ein Problem im Bereich der Maschinenanlage zur Lösung vor der Brust gehabt.

Die Nachricht, dass der 4. Ing. wahnsinnig viele Briefe bekommen hat, ist natürlich innerhalb kürzester Zeit bei der gesamten Besatzung angekommen. Der Elektriker, ein gestandener Mann, so um die 35 Jahre, also im Vergleich zur Gesamtbesatzung doch schon in einem reifen Alter, hat mir wenige Stunden nach eintreffen der Briefe dringend geraten, den jeweiligen Briefumschlag, den zugehörigen Brief und das eventuell beigefügte Bild unverwechselbar, man kann auch sagen fälschungssicher, zu nummerieren, um dadurch Verwechselungen vorzubeugen. Der Ratschlag war gut, die Kennzeichnung ist erfolgt.

Eine planvolle Erstdurchsicht incl. Nummerierung, habe ich auf der folgenden Manöverwache von 06:00 Uhr bis 08:00 Uhr, noch vor dem Beginn meiner regulären Wache, die von 08:00 Uhr bis 12:00 Uhr folgen würde, erledigt. Mit anderen Worten, noch während der Kanalpassage habe ich mir einen groben Überblick über die eingegangenen Briefe und deren Inhalt machen können.

Der Inhalt der Briefe ließ folgende Erkenntnisse zu:

Es hat in Deutschland eine Kontaktanzeige in der Zeitung „Bild am Sonntag" gegeben. Leider ist mir das Erscheinungsdatum nicht mehr gegenwärtig. In dieser Kontaktanzeige muss von einem jungen Mann die Rede gewesen sein, der mit 189 cm Körpergröße, blonden Haaren, blauen Augen, im Rang eines Offiziers, tätig bei der Seefahrt, beschrieben wurde. Im Großen und Ganzen stimmten diese Angaben, die Augenfarbe war etwas geschönt, passte aber wohl besser zum Seemann.

Eine Frau hatte bereits einen zweiten Brief geschrieben und mit einem Anwalt gedroht, wenn sie nicht unverzüglich das Bild aus dem ersten Brief zurück erhalte. Die WACHTFELS war wegen der Streiks in einigen amerikanischen Häfen mit rd. 3 Wochen Verspätung gegenüber dem ursprünglichen Fahrplan in Port Said angekommen, die Briefe lagen also schon 4 Wochen, oder auch länger, bei der dortigen Agentur.

Was sollte ich jetzt mit den vielen Zuschriften machen, wie sollte ich das Problem anpacken und vor allen Dingen, wie konnte ich den angedrohten Streit mit einem Rechtsanwalt vermeiden. Für einige Stunden war ich doch ganz schön von der Rolle, so wie es der Seemann zu sagen pflegt. Auf Anraten des Elektrikers habe ich noch während der Kanalpassage die beiden Briefe incl. des Bildes in einen Umschlag gesteckt, ein paar erklärende Worte dazu geschrieben und noch vor Verlassen der Kanalzone diesen Brief dem Reederei-Agenten in Suez mitgegeben. So, jetzt hatte ich Zeit, mindestens bis Einlaufen Kuwait, das war unser nächster Hafen und bis dorthin brauchten wir wohl 6 Tage.

Auf dem Seetörn mit Zielhafen Kuwait habe ich versucht in Erfahrung zu bringen, wer denn die Kontaktanzeige aufgegeben hat. Es konnte nur ein Insider sein, denn wer sollte sonst die Agenturadresse von Port Said wissen und detailliert über den Fahrplan des Schiffes informiert sein. Leider oder Neptun sei es gedankt, ich habe nie erfahren wer diesen Trubel ausgelöst hat und damit auch nie erfahren, wer schließlich seine Hände im Spiel hatte damit ich meine spätere Frau und die Mutter meiner beiden Kinder kennenlernen konnte. Wenn es einer von der Besatzung war, und das ist die wahrscheinlichere Lösung, dann muss er als „Einzeltäter" gearbeitet haben. Bei einem zusätzlichen Mitwisser ist eine Geheimhaltung, bei einem so engen Zusammenleben, wie es an Bord eines Schiffes abläuft, unrealistisch.

Auf der Fahrt durch den Golf von Suez, das Rote Meer, den Golf von Aden, der Straße von Hormus, dem Persischen Golf bis nach Kuwait, hatte ich ausreichend Zeit mir zu überlegen, wie denn nun mit dieser außergewöhnlichen Situation umzugehen sei. Wie sollte ich denn mehr als 70 Briefkontakte herstellen, ohne in eine Einheitsbeantwortung der Zuschriften abzudriften. Das konnte man doch nicht machen, oder? Das alle Zuschriften beantwortet werden mussten, dass war von Anfang an klar, das war Ehrensache!

Nach intensiver Lektüre aller Briefe und Begutachtung der beigefügten Bilder, so weit denn welche dabei waren, habe ich 8 Briefe heraus gesucht, jeweils einen ausführlichen Brief dazu geschrieben, den weiteren voraussichtlichen Fahrplan incl. einiger Agentur-Adressen beigefügt, in Kuwait ein paar Bilder von mir entwickeln lassen und dann ging die Post ab an diese auserwählten 8 Mädels.

Der Rest der Briefe wurde auf interessierte Kollegen nach dem Muster: 2 „Gute" und 5-7 „Schlechte", verteilt. Ich bin mir sicher, dass auf diesem Wege alle Zuschriften beantwortet wurden. Sicher bin ich mir auch, dass es zumindest in Ansätzen, vorübergehende Briefkontakte einzelner Frauen mit einigen meiner Kollegen gegeben hat.

Was meine 8 Auserwählten angeht, so sind von mir alle Register gezogen worden, um mich möglichst gut darzustellen. Im Laufe der Zeit, also in den nächsten Monaten, wir sind ja noch einige Male zwischen den Häfen des Persischen Golfes und den USA hin und her gependelt. Von den ursprünglichen 8 Kandidatinnen sind nur 2 übrig geblieben, die Eva aus Düsseldorf und die Erika aus Hamm in Westfalen. Eva schrieb sehr interessante Briefe, Urlaubsberichte mit Bildern usw. wirklich gut zu lesen. Erika war die mit Abstand hübschere, für damalige Verhältnisse allerdings auch noch recht jung, gerade mal 18 Jahre alt. Was mir auch noch im Gedächtnis hängen geblieben ist, dass beide Mädchen ihre Briefe in einer sehr schönen, ausgesprochen ausgeschriebenen Handschrift verfassten und Beide eine Berufsausbildung hinter sich hatten. Zu diesem Thema später noch etwas mehr.

Eine Geburtstagsfeier an Bord der WACHTFELS.

In irgendeinem der Golfhäfen bekam der Elektriker die Information von seiner Schwester, dass Laura, die Frau aus New York, wenn es gut passte, ihren Geburtstag während unseres nächsten Aufenthaltes in New York feiern würde und einige von uns einladen möchte. Für uns war schnell klar, diese Geburtstagsfeier findet an Bord der WACHTFELS statt. Wie und vom wem das alles organisiert wurde, ist mir nach rd. 50 Jahren kaum mehr in Erinnerung. Also lasse ich lieber diesbezügliche Mutmaßungen. Innerhalb der Maschinencrew haben wir uns allerdings überlegt, was wir denn dem Geburtstagskind als besondere Zuwendung überreichen könnten. Nach langem Palaver wurde entschieden, in der Bordwerkstatt, die maschinell gut ausgestattet war, wird ein kleiner Globus aus Messing gebaut und mit dem Schiffsnamen „MS WACHTFELS 1965" beschriftet.

Unvergessen ist der Rahmen der Veranstaltung. Es durfte mit Erlaubnis des Kapitäns im Salon gefeiert werden. Dieser Raum war sehr hochwertig ausgestattet und wurde fast nie genutzt. Als externe Gäste waren so um die 15 Personen eingeladen. Ein Teil dieser externen Gäste kam aus dem Umfeld des Geburtstagskindes, waren also Lauras Freunde u. Bekannte, einige aus dem Bereich der Reedereiagentur, die von Kapitän eingeladen waren und er sich damit eine Begründung für die Ausrichtung der Party geschaffen hat. Natürlich war die Schwester des Elektrikers auch dabei. Wir von der Besatzung hatten uns darauf geeinigt die Kaki-Uniform anzuziehen. Die 3 Stewards sorgten für einen guten Service, man kann sagen, die Amerikaner waren beeindruckt.

Unvergessen ist aber auch, dass für mich die ersten Minuten, vielleicht auch die erste Stunde, eine große Enttäuschung war. Laura hatte einen festen Freund und den hatte sie mitgebracht, natürlich, was auch sonst. Aber, was für eine Enttäuschung und auch Ungerechtigkeit, ich hatte mir in den vielen Wochen vorher die absurdesten Dinge vorgestellt, wie es mit Laura und mir weitergehen könnte. Da hatte ich mir ein riesiges Luftschloss konstruiert, das nun in Bruchteilen von Sekunden zerstört war.

Die Schwester des Elektrikers, sie hatte sicherlich wohl von ihrem Bruder erfahren, dass ich ein Auge auf Laura geworfen hatte, hat mich kurz vor der Begrüßung der Gäste vorgewarnt. Das hat mich wenigstens davor bewahrt, wie ein Depp da zu stehen. Das Geschenk hat unser Chief an Laura übergeben, die sichtlich überrascht und sehr gerührt war. Sie ist von Mann zu

Mann gegangen und hat jeden einmal in den Arm genommen. Also dieser Globus hat sie doch wohl beeindruckt.

Für mich aber war die Veranstaltung eigentlich gelaufen.

Nach einigen Bieren, mein Frust war schon am abklingen, hat Laura mich, so im vorbeigehen, mit einer Frau bekannt gemacht, die mit zu ihrem Umfeld gehörte. Meine damaligen englischen Sprachkenntnisse waren nicht einmal ausreichend um sich so ein bisschen zu unterhalten.

Diese Frau, nicht unbedingt eine Schönheit, aber doch attraktiv in ihrem Auftreten und, wie ich später erfahren habe, auch ein paar Jahre älter als ich, stand nun vor mir. Jetzt, wo ich diese Zeilen schreibe, habe ich sie wieder „vor Augen", die Frau in einem eher schlichten, aber doch eleganten Kleid, etwas kleiner als ich, so um die 1 Meter und 70 cm groß, dunkles, glattes, halblanges Haar und fragende Augen, wenn es denn so etwas gibt.

Dann hörte ich die Worte: „Dag og, moi dat ik di hier drapen dörf"! Übersetzt für alle diejenigen, die der Plattdeutschen Sprache nicht mächtig sind, bedeutet das sinngemäß: „Guten Tag, schön dass ich dich hier treffen darf"!

In New York gab es damals einen Plattdeutschen Club. Clubmitglieder waren in der Regel Amerikaner, die zwar kein Hochdeutsch sprachen aber dafür die plattdeutsche Sprache pflegten. Eben diesem Club gehörte die Frau an. Was gibt es doch für Zufälle!

Nach einer gefühlten endlosen Sprachlosigkeit meinerseits, habe ich zurück gefragt, natürlich auf Deutsch, wo sie denn herkäme und wo sie geboren wäre. Keine Antwort, sondern nur ein fragender Blick von ihr und dann die Worte von ihr, wieder auf Plattdeutsch: „Dütsch kann ik ne, ik snak blos Platt". Also die gleiche Frage von vorher auf Platt und die Antwort folgte prompt: „Beides New York"! Nach anfänglicher Unsicherheit, Unsicherheit auf beiden Seiten, haben wir uns blendend unterhalten. Diese Frau hat dafür gesorgt, dass diese Party in New York für mich ein wirklich unvergessenes Erlebnis wurde.

Im Laufe des Abends, es war wohl so Ende April und schon recht warm in New York, haben wir uns von der Party abgesetzt und ich bin mit ihr über und durch das Schiff gestreift. Von der Brücke bis in den Maschinenraum, von der Kombüse bis auf die Back und von der Offiziermesse auf das Bootsdeck, bis in meine Kammer. Die Frau hat sich alles zeigen lassen und ich war stolz, eine so umfangreiche Schiffsführung machen zu dürfen.

Im Maschinenraum ist ihr eines besonders aufgefallen, die Bezeichnung der Haupt-Antriebsmaschine. Der 8-Zylinder Dieselmotor, ein mehr als haushohes Monstrum, der schon alleine wegen der Größe einen bleibenden Eindruck hinterlässt, trug auf den großen Klappen, die zum Verschluss der mannshohen Kurbelgehäuse diente, je Klappe den Schriftzug MAN für „Maschinenfabrik Augsburg-Nürnberg", für die englischsprachige Frau den Begriff „Man" also Mann.

Ihre Frage warum „Mann" und nicht „Frau" und meine Erklärung dazu, hat große Heiterkeit bei uns Beiden ausgelöst. Während der ganzen Zeit der Besichtigungstour hatte ich das Gefühl, dass sie noch etwas anderes erwartete oder erhoffte? Ich habe mich jedenfalls nicht getraut, diesbezüglich in die Offensive zu gehen. Mir fehlte einfach der Mumm dazu. Ich hatte doch so gut wie keine Erfahrung im Umgang mit dem weiblichen Geschlecht, dass, so wie diese plattdeutsch sprechende, attraktive Frau aus New York, die eben nicht in Hafenkneipen arbeitete, sondern aus einem ganz normalen sozialen Umfeld stammte.

Dem Himmel und auch der weiblichen Weisheit sei es gedankt, dass dieser Punkt doch noch mit einem schönen 2. Kapitel abgeschlossen werden konnte.

So gegen 02:00 Uhr am Morgen wurde diese Party beendet und die Gäste mehr oder weniger herzlich verabschiedet. Sie hat mich zur Seite genommen, einen sehr intensiven Kuss gegeben und mir angeboten, dass sie mich am Nachmittag, so gegen 15:00 Uhr vom Schiff abholen würde, wenn ich denn möchte. Meine Zusage kam prompt und ohne zögern. Mein Herz wäre fast aus dem Tritt gekommen, so habe ich mich gefreut.

Geschlafen habe ich sehr gut, der Bierkonsum hat sicherlich mit für den Tiefschlaf gesorgt. Nach dem Frühstück habe ich für den Nachmittag ein paar freie Stunden organisiert, ja und dann war es vorbei mit meiner Gelassenheit. Was ziehst du an, wie verhältst du dich, wo geht sie mit dir hin, alles diese banalen Dinge rasten durch mein Gehirn. Nahezu pünktlich stand sie an der Pier, ich bin runter vom Schiff, komme auf der Gangway fast ins stolpern, dann stand ich vor ihr und harrte der Dinge die da kommen würden. Sie hat mich geschnappt, mir gesagt dass sie sich sehr freut und ist mit mir zu ihrem Auto, einem VW-Käfer.

Wir fahren jetzt erstmal in den Central-Park, gehen dort spazieren und anschließend zu mir, das war ihre Ansage. Sie wohnte ungefähr 30-Autominuten vom Central-Park entfernt, in einer schicken kleinen Wohnung. Dort angekommen, hat sie uns einen Drink eingeschenkt und verschwand dann in einem Nebenzimmer. Mein Gott war ich aufgeregt, was passiert jetzt, das war die alles entscheidende Frage.

Nach wenigen Minuten steht sie wieder im Zimmer, das gleiche Kleid an wie auf der Party, schaut mich an, lächelt, öffnet den Reißverschluss, eine kurze Bewegung des Oberkörpers, das Kleid rutscht auf den Teppich und sie steht vor mir, nur noch in einem Hauch von Unterwäsche. Die heikle Frage war entschieden, es gab keine offenen Fragen mehr, zumindest jetzt nicht.

Am nächsten Morgen, so gegen 08:00 Uhr, wir haben vorher zusammen nur noch einen Kaffee getrunken, hat sie mich zurück zum Hafen gefahren. Das Schiff sollte um 12:00 Uhr New York in Richtung Wilmington verlassen. Unser nächstes Zusammentreffen, in geschätzt 10 Wochen, war ausgemacht und fest eingeplant, von uns Beiden. Sie mochte mich, ich mochte sie, ja, was will man mehr!

Nachdem alle eingeplanten Häfen in den USA bedient waren, sind wir wieder zurück in den Persischen Golf. Hier dann wieder ein ähnliches Spiel, so wie bereits mehrfach vorher. Die für die Golfregion vorgesehenen Häfen abgeklappert, so wie wir es nannten und schon ging es zurück Richtung USA.

Küchenfertige Shrimps aus dem Golf für Amerika.

Die WACHTFELS hatte, aus den USA kommend, Speiseöl, sog. Süßöl, für Kuwait geladen und dort auch entladen. Dieses Süßöl wird in speziellen Tanks befördert, die beheizt werden können. Wenn die Tanks leer gepumpt sind, müssen sie, bevor erneut Süßöl geladen wird, gereinigt werden. Vor der endgültigen Reinigung wird der Tank oft mit Seewasser geflutet, damit die Ölreste im Tank nicht hart werden. So ist es auch hier passiert. Bis hierher ist auch alles so, wie es sein muss.

Der letzte Golfhafen war diesmal Kuwait. Auslaufen Kuwait bekam der Kapitän die Order, mitten im Persischen Golf, auf einer vorgegebenen Position, also nicht in einem Hafen, mit einem japanischen Schiff, einem Fischereifahrzeug, zusammen zu treffen. Von diesem Fischereifahrzeug haben wir viele Tonnen tiefgekühlte, aber küchenfertige Shrimps für New York übernommen. Diese einmalige Gelegenheit hat unser Purser genutzt, um uns gegen Übergabe von Naturalien, wie Bier und Whisky, mit diesen Köstlichkeiten zu versorgen.

Eine menschliche Tragödie auf dem Atlantik.

Nach dem Treffen mit dem Fischereifahrzeug oder besser dem Fabrikschiff unter japanischer Flagge, ging es direkt nach Suez. Von hier kam eine weitere Wiederholung der Passage durch den Suezkanal in Richtung Mittelmeer, das war schon zur absoluten Routine geworden. Von Port Said dann nach Genua und Marseille, von hier dann in Richtung Gibraltar. Von Gibraltar mit direktem Kurs auf New York. Ich freute mich schon auf das in New York anstehende Zusammensein mit meiner plattdeutsch sprechenden Amerikanerin. Die Gemeinsamkeit der Sprache und noch ein paar andere Dinge wollten wir genießen, so war es ja verabredet.

Doch dann, vor etwa 30 Stunden haben wir, aus Marseille kommend, Gibraltar passiert.

Datum: 09. Juni 1965

Uhrzeit: 07:15 Uhr Bordzeit

Position: 39°10'00''N   17°40'00''W

Vor wenigen Minuten wurde ich geweckt, damit ich nach dem Frühstück um 08:00 Uhr im Maschinenraum die Wache vom 2. Ing. übernehmen kann. Alles noch Routine, wie schon so viele Male!

Wenige Minuten später, die Hauptantriebsmaschine wird auf 50% Leistung heruntergefahren. Man hört das auch außerhalb des Maschinenraumes sehr deutlich. Der helle singende Ton der beiden Abgasturbolader verändert sich. Die Dinge laufen plötzlich nicht mehr so wie sie laufen sollten. Irgendwie fühle ich mich nicht wohl!

Ohne Zögern in die Offiziermesse, ganz schnell einpaar Happen gegessen, man kann nicht wissen, was in den nächsten Minuten passieren wird.

Unser Chief kommt in die Messe, so ein sorgenvolles Gesicht habe ich bei ihm überhaupt noch nicht gesehen. Auffällig ist, dass weder der 3. Offizier, noch der Funker oder der Zimmermann an ihrem Platz am Frühstückstisch sitzen, das hat es so auch noch nicht gegeben.

Der Chief fordert mich auf, das Frühstück zu beenden und unverzüglich den 2. Ing. abzulösen, noch vor dem offiziellen Wachwechsel um 08:00 Uhr. Also schnell noch ein Schluck Kaffee, dann runter in den Maschinenraum. Der 2. Ing. schaut fragend, ich zucke mit den Schultern, schicke ihn schnurstracks zum Chief in die Offiziermesse, so wie angeordnet.

Um in allen Einzelheiten zu schildern, was dann auf dem Schiff passiert ist, dazu bin ich nicht in der Lage. Was jetzt in Stichworten oder kurzen Sätzen niedergeschrieben steht, resultiert aus Informationen, die ich Stunden oder auch erst Tage später bekommen habe.

Spätestens auf dem Seetörn zwischen Marseille und New York musste der Süßöltank gereinigt werden. Auf Order des 1. Offiziers wurde dieser Tank gelenzt, d.h. leer gepumpt. So war es auch im Maschinentagebuch vom 08. Juni 1965, um 14:00 Uhr, dokumentiert.

Am Morgen des 09. Juni 1965, so kurz nach 06:00 Uhr, die Deckcrew will mit den Reinigungsarbeiten fortfahren, die sie am Tag davor begonnen hatte, aber nicht abschließen konnte. Jetzt nimmt die Tragödie ihren Anfang.

Der erste Mann steigt in den Schacht, wie schon am Tag vorher. Der recht enge Schacht führt nahezu senkrecht nach unten und endet nach etwa 6 Metern im darunter gelegenen Tank.

Der oben wartende zweite Mann bekommt keine Rückmeldung, also hinterher, dem Kollegen helfen. Keine Meldung aus dem Tank. Jetzt wird der 1. Offizier auf der Brücke informiert: „2 Männer im Tank, kein Lebenszeichen".

Der Zimmermann hat den Sachverhalt mitbekommen, bindet sich ein Handtuch vor den Mund und steigt ebenfalls in den Schacht. Dann folgt der 1. Offizier als vierter Mann, bisher alle Männer ohne jegliche Eigensicherung. Zwischenzeitlich ist man einer Panik nahe. Der 3. Offizier wird, jetzt allerdings angeleint, als fünfter Mann in den Schacht gelassen. Als er nicht mehr antwortet, will man ihn hochziehen und bergen. Geht aber nicht, er hängt fest und ist nicht zu bergen.

Der Kapitän ist mittlerweile mitten im Geschehen. Er will mit dem Rauchhelm, das ist so was wie der Vorgänger eines Atemschutzgerätes, ebenfalls in den Tank. Der jetzt hinzukommende Chief unterbindet das Vorhaben und stoppt diese wahnsinnige Rettungsaktion. Nach ca. 1 Stunde die erste richtige Handlungsweise, es gibt keine weiteren Opfer, aber die Lage ist unübersichtlich.

Es wird beschlossen, den großen Tankdeckel, der sich unterhalb der Ladeluke 2 befindet, zu öffnen. Das ist umständlich, sehr umständlich! Zunächst muss die Ladung, die auf diesem großen Tankdeckel, also im Zwischendeck der Luke 2 verstaut ist, umgelagert werden. Das ist zeitaufwendig und äußerst arbeitsintensiv.

Nach Stunden schwerer Schufterei, es gibt ja immer noch Hoffnung die Leute lebend zu bergen, ist der Deckel frei. So gegen 12:00 Uhr sind die Schrauben gelöst und der schwere Deckel mit dem Bordkran angehoben und an Deck abgelegt. Alle Hoffnungen auf ein gutes Ende sind begraben.

Der Tank ist voll Wasser, bis zum Rand voll Wasser. Wie kann das sein?

Im Maschinentagebuch ist das erneute Fluten des Tanks nicht vermerkt. Auf der Wache des 2. Ing. ist nur dokumentiert, dass am 08.06. um 18:15 Uhr von der Brücke „Wasser an Deck" bestellt und um 19:35 Uhr die Feuerlöschpumpe wieder abbestellt wurde. Der 1. Offizier hat mittels der Feuerlöschleitung den Tank wieder fluten lassen, das ergaben die Aussagen bei der Befragung der pakistanischen Seeleute. Mit dem Fluten sollte das Antrocknen der noch verbliebenen Ölreste verhindert werden.

Noch auf meiner Wache, d.h. noch vor 12:00 Uhr des Unglückstages, ist der Tank mit der Ballastwasserpumpe gelenzt worden. 15 Minuten später war der Tank leer. Die toten Männer, zumindest 4 von ihnen, lagen gut sichtbar im Ölschlamm auf dem Tankboden.

Die Bergung der Toten.

Hier ein Dialog der so gegen 13:00 Uhr zwischen dem Chief und mir stattfand und den ich auch nach 50 Jahren fast wörtlich wiedergeben kann:

Der Chief: „Langer, traust du dir die Bergung der toten Kollegen zu"

Ich: „Mach ich"

Der Chief: „Danke"

Ich: „Wann und wie"

Der Chief: „Mach dir keine Sorgen, ich regele das mit der Sicherheit! Du wirst noch gebraucht! Wir haben schon zu viele Leute verloren"

Um 15:00 Uhr waren alle Vorbereitungen getroffen. Man hat mich im Sicherheitsgeschirr am Kranhaken in den Tank herabgelassen. Der Elektriker persönlich hat den Kran bedient.

Die Order vom Chief an mich: Ich will dich reden, singen oder pfeifen hören. Wenn ich nichts von dir höre, dann bist du in 30 Sekunden wieder oben, hast du verstanden? Natürlich, hatte ich!

Unten im Tank angekommen, kurz geschaut wie die Männer liegen, immer vor mich hinredend, sonst zieht der Elektriker mich ja wieder hoch. Ich sehe nur vier, wo ist der Fünfte? Ein Blick nach oben gibt mir Gewissheit. Der 3. Offizier hängt unter dem Einstiegsschacht, zusammengeklappt und starrt mich mit offenen Augen an.

Verdammte Scheiße, da lebt noch einer, der hängt unter der Tankdecke am Schacht. So oder so ähnlich habe ich nach oben gebrüllt. Der Chief von oben runter zu mir „Der kann nicht mehr leben, der war stundenlang unter Wasser. Junge, mach jetzt keinen Fehler".

Nach dieser Schrecksekunde habe ich mich zunächst den unten im Tank liegenden Toten zugewandt. Ein Seil wird runter gelassen, der erste Tote angeleint und durch die Männer oben an Deck von Hand herauf gezogen. Unten im Tank befinden sich noch erhebliche Mengen an Ölschlamm und andere Rückstände. Knöcheltief stehe ich im Schlamm und es ist extrem rutschig.

Das Anseilen des nächsten Toten macht Schwierigkeiten. Unbemerkt schiebe ich das Seil unter eine Heizschlange hindurch und befestige so den zu bergenden Leichnam mit der fest am Schiff verankerten Rohrleitung. Die Leute bekommen den Toten nicht mal angelüftet, obwohl oben mit vereinten Kräften gezogen wird. Der tote Körper rührt sich nicht vom Fleck. Jetzt raffe ich was ich falsch gemacht habe. Das verknotete Seil versuche ich zu lösen. Der Knoten ist nicht aufzubekommen, zu festgezogen und zu glatt das Ganze wegen des Ölschlamms. Ich brauche ein Messer!

Nach wenigen Minuten ist das Messer zu mir herab gelassen, das Seil durchtrennt und der tote Kollege oben an Deck. Die Bergung des Dritten und Vierten gelingt innerhalb weniger Minuten. Wie lange bin ich eigentlich schon hier unten, geht es mir durch den Kopf. Die Luft hier ist einwandfrei, es gibt keine Beeinträchtigung beim Atmen. Aber weshalb sind die 5 Leute tot? Eine Antwort darauf gibt es zu der Zeit nicht.

Ich schwitze wie irre, meine Kleidung ist von Schweiß durchnässt. Von oben wirft man mir ein Handtuch zu, damit ich das Gesicht und die Augen trocken wischen kann. Die Arbeit ist zwar schwer, der Hauptgrund für die Schweißausbrüche ist aber wohl der Stress. Dann noch die pausenlos geforderte verbale Abgabe meiner Lebensfähigkeit durch Singen, Pfeifen oder Reden. Wenn das ausbleibt, zieht der Elektriker mich nach oben. Noch bin ich aber nicht fertig! Also wird weiterhin laut und deutlich blödes Zeug geredet. Pfeifen kann ich schon lange nicht mehr.

Den 3. Offizier muss ich noch von der Tankdecke holen, er hängt zusammengeklappt unter dem Einstiegsschacht in rd. 5 m Höhe.

Die beste Vorgehensweise wird mit dem Chief abgestimmt. Vom Kranhaken will er mich nicht lassen. Allerdings gibt man mir genug Lose im Sicherungsseil damit ich an den Steigeisen hoch steigen kann, hoch zum toten Kollegen. Dort unter der Tankdecke kann ich ihn befreien und auf meiner Schulter runter auf den Tankboden bringen. Auch er kann jetzt nach oben, nach oben zu seinen 4 toten Kollegen.

Der letzte Akt der Tragödie.

Wir können nach geltendem Seerecht die 5 Toten nicht mit in den nächsten Bestimmungshafen New York nehmen. Es ist vorgeschrieben, dass ein Toter innerhalb 24 Stunden angelandet werden muss. Ist das nicht möglich, hat eine Seebestattung zu erfolgen. So steht es nüchtern in den betreffenden Büchern geschrieben. Von unserer jetzigen Position aus ist innerhalb der geforderten 24 Stunden kein Hafen zu erreichen. Alle Häfen sind zu weit entfernt. Also Seebestattung.

Die 5 Leichen werden einzeln in Segeltuch eingehüllt und ausreichend beschwert. Noch vor Sonnenuntergang hat sich die Mannschaft an Deck versammelt. Der Kapitän hat etwas aus der Bibel vorgelesen, der pakistanische Bootsmann hat ein paar Worte in der Sprache der toten Pakistani, also auf URDU gesprochen. Dann haben wir die Leichen dem Meer übergeben. Ein sehr schlimmer Moment, nicht nur für mich!

Ermittlungsergebnisse FBI und Seeamt Hamburg.

Die Ölrückstände und das Seewasser, das einige Stunden vor dem Unglück in den Tank gepumpt wurde, haben reagiert und Substanzen freigesetzt die den Sauerstoff verdrängten. Die in den Tank steigenden Männer sind ohnmächtig geworden und in den Tank gestürzt. Im ohnmächtigen Zustand sind die Männer ertrunken.

Der Kapitän, der mit Sicherheit keinerlei Schuld trägt an dem Unfall, hat diesen Vorfall nicht verarbeiten können. Dieser gute Mann, dass meine ich durchaus wörtlich, er war es auch, der mir ein paar Jahre vorher auf der FRAUENFELS die Kochsalztherapie verpasst hat, wurde in New York abgelöst. Er flog von dort nach Hause. Vor dem Seeamt in Hamburg bekam er einen lupenreinen Freispruch. Trotzdem, er ist nicht wieder zur See gefahren. Das Seeamt stellte fest, dass der ebenfalls zu Tode gekommene 1. Offizier die Verantwortung für diesen tragischen Vorfall hätte übernehmen müssen, wenn er überlebt hätte.

Die Weiterfahrt nach New York.

Nach dem Unglück hatten wir noch knapp 5 Tage Seetörn vor uns, dann war New York erreicht. Diese 5 Tage waren allerdings nicht so einfach. Es gab nur noch einen arbeitsfähigen Nautiker, den 2. Offizier und einen Offizieranwärter. Auf Anordnung des Chief wurde der Kapitän nicht mehr aus den Augen gelassen, Selbstmordgefahr.

Der 2. Offizier hat für die nächsten Tage sein Quartier im Kartenhaus eingerichtet. Er musste an Hand der Sterne und der Sonne den Weg nach New York finden. In den 1960er Jahren gab es kein GPS und keine Satellitennavigation, da wurde noch richtig nach alter Methode navigiert. Zur normalen Brückenwache waren der Offizieranwärter und der Bordelektriker eingeteilt. Einlaufen New York wurden wir draußen auf der Lotsenposition schon vom Lotsen und zusätzlichen 3 Hafenschlepper erwartet, die uns sicherheitshalber sofort an den Haken genommen haben. Beim Festmachen des Schiffes hat der Bordelektriker auf der Back und der 2. Ing. auf dem Achterschiff das offizielle Kommando übernommen. Die in der Regel für diese Manöver vorgesehenen Offiziere standen ja in dieser Ausnahmesituation nicht zur Verfügung.

Die anschließende Liegezeit in New York war nicht so unbeschwert wie sie hätten sein können, wenn es diesen Unfall mit den 5 toten Kollegen nicht gegeben hätte. Natürlich gab es ein Wiedersehen mit der so gut plattdeutsch sprechenden Amerikanerin. Bei diesem Zusammentreffen spürte ich Anfangs eine große Unsicherheit bei ihr. In den ersten Stunden wusste sie wohl nicht so richtig wie sie in meiner Gegenwart mit diesem Unfall, der letztlich 5 meiner Kollegen das Leben gekostet hatte, umgehen sollte. Trotzdem haben wir einige schöne Stunden miteinander verbracht. Interessanter Weise wurde nie über eine gemeinsame Zukunft nachgedacht, nicht einmal ansatzweise. Auch das letzte Zusammentreffen, dass wiederum einige Wochen später stattfand, als ich mit der WACHTFELS zum fünften Mal in New York war, wir wussten Beide, dass es wohl das letzte Mal sein würde, lief absolut spannungsfrei und sehr harmonisch ab.

Die Polizei, dein Freund und Helfer, auch in Texas.

Bei einer unserer Liegezeiten im Hafen von Houston (Texas/USA) hat sich eine Geschichte ereignet, die ich zeitlich nicht mehr eindeutig zuordnen kann, von den Geschehnissen her aber noch recht gut in Erinnerung geblieben ist. Die Geschichte hat sich auf jeden Fall nach dem schlimmen Unfall mit den 5 toten Kollegen ereignet. Auf der WACHTFELS hatte bereits der neue Kapitän das Kommando übernommen, das ist sicher.

Zusammen mit einem Kollegen bin ich eines Abends für ein paar Stunden an Land gegangen, um mal andere Gesichter zu sehen, dabei eine Kleinigkeit zu essen und das eine oder andere Bier zu trinken. Am nächsten Morgen sollten wir um 07:00 Uhr Houston in Richtung Jacksonville verlassen, d.h. bis 06:00 Uhr war die Rückkehr an Bord festgeschrieben.

Meine englischen Sprachkenntnisse hatten sich auch verbessert, wenn auch in kleinen Schritten. Auf jeden Fall konnte ich mich in soweit verständigen, als dass auch ein Texaner mit seiner etwas eigenwilligen Auslegung der englischen Sprache verstand, na ja, vielleicht nur erahnen konnte, was ich denn verbal so von mir gab. In einer der Kneipen in der Hafengegend kamen wir mit ein paar jungen Amerikanern ins Gespräch. Irgendwie ergab sich eine Situation, in der diese Jungs uns einluden, doch noch die eine oder andere Kneipe zu besuchen. Gesagt, getan!

Wir sind in ein Auto eingestiegen und haben es uns gut gehen lassen. Es gab hier ein Bier, in der nächsten Kneipe wieder ein Bier, man wurde vielen Leuten vorgestellt, mit anderen Worten, die Zeit verging wie im Fluge. Irgendwann habe ich den Überblick verloren. Mein Kumpel war weg, die mir bekannten

Amerikaner nicht mehr auffindbar und die Uhr zeigte bereits nach Mitternacht an. Mit anderen Worten: „Houston, ich habe ein Problem!"

Zu diesem Zeitpunkt ging ich noch davon aus, dass ich mich zu Fuß auf den Weg machen konnte und sicherlich rechtzeitig bis 06:00 Uhr an Bord sein würde. Das hatte bisher ja immer funktioniert!

Also, raus aus der Kneipe, eine kurze rundum Orientierung, dann strammen Schrittes ab in die von mir festgelegte Richtung. Wie lange ich bereits unterwegs war, ist mir nicht mehr in Erinnerung. Ich befand mich auf einer Brücke, einer recht langen Brücke, mitten in der Nacht in Houston, und das zu Fuß! Neben mir hält ein Streifenwagen der Polizei. Einer der Polizisten steigt aus, fragt mich, was ich denn hier mitten in der Nacht auf der Brücke machen würde.

Dann ergab sich sinngemäß folgender Dialog zwischen mir und dem Polizisten aus Houston:

Ich: „Ich bin auf dem Weg zu meinem Schiff"

Polizist: „Was für ein Schiff"

Ich: „WACHTFELS, deutsches Schiff"

Polizist: „Ausweispapiere"

Ich: „Natürlich"

Ich zeigte ihm meinen Landgangsausweis der Immigration"

Polizist: „Warte hier"

Der Polizist geht zum Streifenwagen und greift zum Funkgerät. Der Dialog über Funk ist nicht zu hören. Der Polizist steigt nach etwa 5 Minuten wieder aus und kommt zu mir zurück. Mir wird so langsam mulmig, die Zeit vergeht und ich muss zum Schiff.

Polizist: „Einsteigen"

Ich: „Was ist los"

Polizist: „Wir fahren zur Polizeistation"

Ich: Warum?

Polizist: „Order von meinem Chef"

Also rein in den Streifenwagen und ab geht die Reise in Richtung Polizeirevier. Dort sind wir nach ungefähr 20 Minuten angekommen. Aussteigen und mit dem Polizisten ins Revier. Hier werde ich erstmal von einem anderen Polizisten ausgefragt, aber ausgesprochen freundlich. Er scheint der Schichtleiter oder Revierleiter oder Wachhabende zu dieser Zeit auf diesem Revier zu sein. Nachdem ich alles erklärt und der Revierleiter oder Wachhabende so weit alles verstanden zu haben scheint, muss ich in eine angrenzende Zelle, die Tür bleibt aber offen. Alles geht sehr freundlich ab!

Meine Uhr zeigt 03:00 Uhr. Ich sitze immer noch in der Zelle und werde immer unruhiger. Die ganze Zeit ist das Gequake des Polizeifunks zu hören, leider für mich unverständliches Kauderwelsch. Jede Nachfrage von mir, auch der wiederholte Hinweis, dass mein Schiff um 06:00 Uhr den Hafen verlassen wird, bleibt ohne erkennbare Reaktion. Rauchen darf ich wenigstens und es gibt auch den einen oder anderen Kaffee. Wie gesagt, alles läuft friedlich ab, nur das Resultat meines Aufenthaltes in der Polizeizelle ist für mich unbefriedigend und zunehmend nervig. Polizisten kommen, Polizisten gehen, fast jeder schaut bei mir vorbei, grinst freundlich und geht wieder. Hin und wieder telefoniert der Revierleiter oder wird angerufen.

Meine Uhr zeigt mittlerweile 05:00 Uhr und ich sehe mich schon im Flugzeug in Richtung Jacksonville unterwegs, dem nächsten Hafen nach Houston. Das Telefon klingelt wieder einmal. Der Revierleiter scheint erleichtert, greift zum Funkgerät, und ich meine zu verstehen, dass Wagen „sowieso" sofort ins Revier kommen soll, um den deutschen Seemann abzuholen. Tatsächlich, nach wenigen Minuten kommen 2 Polisten rein, nehmen kurz einen Kaffee und geben mir zu verstehen, dass ich ihnen folgen soll.

Raus aus der Zelle, eine sehr kurze Verabschiedung vom Revierleiter und rein in den Streifenwagen, hinten natürlich, dort wo in der Regel die finsteren Gestalten befördert werden. Motor an und dann welch Schreck, das Rotlicht wird geschaltet und der Streifenwagen verlässt mit heulenden Polizeisirenen den Parkplatz des Reviers.

Mittlerweile bin ich nahezu nüchtern und ich glaube zu verstehen, was denn einer der Polizisten mir versucht zu erklären, in dem für mich nahezu unverständlichen texanischen Slang.

Der Revierleiter hat lange gebraucht um, herauszufinden, in welchem Hafen und an welcher Pier die WACHTFELS denn nun liegt. Meine Befragung hat ihn da augenscheinlich nicht weitergebracht. Er konnte mit meinem „Gemisch aus Englisch-Hochdeutsch-Plattdeutsch" wohl nicht viel anfangen!

Zu Fuß hätte ich die WACHTFELS mit großer Sicherheit nicht rechtzeitig erreicht. Der Streifenwagen war länger als eine halbe Stunde unterwegs, und das mit Rotlicht und Sirene. Der hat in der Zeit bestimmt 40 km oder mehr zurück gelegt. Ich habe auf die Uhr geschaut, um 05:55 Uhr hielt der Streifenwagen direkt an der Gangway. Beide Polizisten steigen aus, öffnen die hintere Tür des Streifenwagens und bitten mich aus dem Auto. Mann oh Mann, war ich erleichtert! Ich hatte mein Schiff wieder vor Augen! Per Handschlag habe ich mich von den Polizisten verabschiedet, mich wortreich bedankt, ob sie das verstanden haben, weis ich nicht. An der Gangway habe ich mich nochmals zu ihnen umgedreht. Beide grüßten durch Antippen an ihre Mützen, stiegen ins Auto und machten sich davon, ein kurzes Aufheulen der Sirene und weg waren sie, meine Taxifahrer Widerwillen.

Zurück an Bord, kurz in meine Kammer, ein paar Fragen der neugierigen Kollegen beantworten, rein in die Arbeitsklamotten und runter in die Maschine. Hier ging jetzt alles seinen Gang, alles war wieder wie immer vor dem Auslaufen, es konnte losgehen auf die Reise nach Jacksonville.

Zurück nach Europa, die Ankunft in Hamburg.

Nach rd. einem Jahr an Bord der WACHTFELS hat das Schiff Kurs auf Hamburg genommen. Für mich war dann erstmal Urlaub angesagt. Vor Einlaufen Hamburg hat mich der Chief gebeten, während der Liegezeit in Hamburg an Bord zu bleiben. Damit bekamen ein paar Kollegen die Möglichkeit für diese Zeit nach Hause zu fahren. An einem Donnerstag, so gegen 03:00 Uhr am Morgen, ist der Seelotse bei Elbe 1 an Bord gekommen. Damit war klar, wir werden das komplette Wochenende in Hamburg liegen.

Klar war damit aber auch, dass ich ganz sicher einer der wenigen Deutschen sein würde, der ohne Chance zum Landgang, an Bord zu bleiben hatte. Das hat mir absolut nicht gefallen! Nach dem Lotsenwechsel in Brunsbüttel rauf zum Funker in die Funkbude und eine Einladung zu einem Besuch an Bord per Telegramm an Eva nach Düsseldorf aufgegeben. Erika war gerade 19 Jahre alt geworden und würde bestimmt keine Erlaubnis der Eltern für so eine Reise bekommen, so meine Einschätzung. Eva war 2 Jahre älter, wenn ich mich recht erinnere und daher die Wahrscheinlichkeit größer, dass sie kommen würde.

Im Hamburger Hafen angekommen, wurde das Schiff zunächst an die Pfähle gelegt, d.h. die Pier war zwar in Sichtweite, aber ein Schritt an Land nicht möglich. Freitagvormittag, immer noch an den Pfählen und keine Nachricht von Eva aus Düsseldorf. Also zum Funker mit der Bitte es zu ermöglichen, über die Küstenfunkstation Hamburg Radio ein Telefonat mit Erika zu führen. Ich wollte unbedingt den Versuch machen, wenigstens eine der beiden Mädels nach Hamburg zu bekommen. Der Chief hat das mitbekommen und mich eindringlich davor gewarnt, diese 2. Einladung auszusprechen. Wie sagte er so schön: „Langer, du kommst in Teufels Küche, lass das"! Ich habe es trotzdem getan! Der Funker hat eine Verbindung über Hamburg Radio hergestellt, so an der Grenze des Legalen, da sich das Schiff offiziell nicht mehr in Fahrt befand. Erika habe ich auf ihrer Arbeitsstelle in Münster erreicht und sofort eine Zusage bekommen. Ihren Eltern würde sie sagen, dass Bekannte in Hamburg besucht werden sollten. Sobald das Schiff an der Pier sei, würde ich sie nochmals anrufen, um Einzelheiten zu besprechen.

Am Samstagmorgen so gegen 08:00 Uhr wurde die WACHTFELS an die Pier verholt. Wenige Minuten später, so gegen 09:00 Uhr stand der Chief bei mir in der Kammer und überreichte mir mit einem sehr breiten Grinsen ein Telegramm.

Absender: Eva aus Düsseldorf.

Inhalt: Ankomme Hamburg HBF 12:45!

Ach du Scheiße, was mache ich denn jetzt? Schnell Kleingeld suchen, runter vom Schiff, hin zur nächsten Telefonzelle, Nummer von Erikas Eltern gewählt und glücklicherweise Erika am Telefon gehabt. In wenigen Worten habe ich ihr vorgelogen, dass ich noch am Sonntag mit einem anderen Schiff der Reederei nach Rotterdam und Antwerpen müsste und ich mich dann bei ihr melden würde. Der geplante Besuch wäre also nicht möglich.

Zurück an Bord, den 3. Ing. davon überzeugen, dass er doch bis zum Nachmittag als meine Vertretung an Bord bleiben möge, mich so weit als möglich landfein gemacht, runter vom Schiff und dann mit dem Taxi zum Bahnhof. Zwischendurch immer wieder die Feststellung, du hast es verbockt, du Idiot hast es doch tatsächlich verbockt! Etwa 15 Minuten vor Ankunft des Zuges auf dem Bahnsteig, dann kommt der Zug, die Herzfrequenz steigt deutlich an, viele Leute steigen aus und gehen ihrer Wege. Eine junge Frau bleibt übrig, Eva aus Düsseldorf! Sie ist tatsächlich gekommen und ich stehe da und weis nicht so recht was ich tun soll.

Es ist wohl richtig, dass die ersten Sekunden einer Kontaktaufnahme darüber entscheiden, ob der Daumen rauf oder runter geht. In diesem Fall ging der Daumen runter, ich hatte das Gefühl bei Eva lief es ähnlich ab. Nach wenigen Augenblicken haben wir uns höflich begrüßt, ich habe sie in Hamburg willkommen geheißen, ihre Tasche genommen und wir sind erstmal einen Kaffee trinken gegangen.

Mein Angebot, an Bord der WACHTFELS zu übernachten, mit dem 1. Offizier und dem Steward hatte ich geklärt, dass mein weiblicher Besuch eine der Passagierkammern nutzen durfte, hat Eva mit Nachdruck und unterschwelliger Entrüstung abgelehnt. Also Hotel suchen, Zimmer buchen und Tasche im Hotel lassen. Anschließend hat Eva mir noch Hilfestellung beim Einkaufen aller nötigen Kleidungsstücke geleistet. Nach 15 Monaten FRAUENFELS und anschließenden 12 Monaten WACHTFELS, war meine Garderobe schon an der Grenze zur Abgerissenheit angelangt. So gegen 16:00 Uhr sind wir dann zurück an Bord, beim Anblick des Schiffes wurde sie ganz still, Gangway rauf, rauf aufs Bootsdeck, hier lagen unsere Kammern und rein in mein Gemach. Der pakistanische Messesteward schaute gleich vorbei und fragte nach, ob er uns etwas bringen solle. Das war zwar nicht sein Job, aber er war wohl neugierig, was denn der 4. Ing. da so angeschleppt hatte. Danach habe ich ihr eine der Passagierkammern gezeigt in der sie hätte 1 oder 2 Nächte verbringen können.

Im Laufe des Abends hat sie mir dann offenbart, dass sie wenige Tage vorher den Film „Das Totenschiff" gesehen hat. Das

Totenschiff, die „Yorikke", ein alter Dampfer, eine absolute Rost-laube, man schlief in Hängematten und hatte mit Ratten zu kämpfen. Jetzt war mir klar, warum eine junge Frau aus Düssel-dorf nicht im Geringsten bereit war, an Bord eines Schiffes, also in völlig unbekannter Umgebung, zu nächtigen.

So gegen Mitternacht habe ich sie in Sichtweite des Schif-fes, zum Taxi gebracht. Eine Begleitung ins Hotel war nicht mög-lich, Bordwache! Am Sonntag so gegen 10:00 Uhr war Eva wieder an Bord. Wir haben uns noch bis zum Sonntagnachmittag ange-regt und sehr gut unterhalten, dann ist sie zum Bahnhof gefah-ren. Vor ihrer Abreise war uns Beiden klar, das wird nix mit uns. Einen Brief haben wir noch gewechselt, uns gegenseitig bedankt und endgültig verabschiedet.

Einige Tage später, so Ende Oktober 1965, von der WACHTFELS hatte ich mich verabschiedet, bin ich nach Münster gefahren, habe Erika vor dem Bahnhof in Münster getroffen. Am 24.08.1967 haben wir geheiratet, haben 2 Kinder, Erika ist nach 35 Jahren toller Ehe in 2002 gestorben. Die Geschichte mit Hamburg und dem Besuch von Eva an Bord der WACHTFELS habe ich ihr wenige Wochen nach unserem 1. persönlichen Kontakt erzählt. Sie hat mich angeschaut, leicht mit dem Kopf geschüttelt, vor-wurfvoll? Eher nicht!

Mit dem Flugzeug von Rom nach Bremen.

Mitte Oktober 1965 habe ich die WACHTFELS nach rund einem Jahr ohne Urlaub, immer im Pendelverkehr zwischen dem Persi-schen Golf und den USA unterwegs, verlassen. Im darauf folgen-den Januar 1966 war ich für den weiterführenden Lehrgang in Bremerhaven, Dauer 1 Semester, zum Erlangen des Patentes C4, angemeldet. Nach gut 3 Wochen im Ammerland und einigen Wochenenden in Hamm bei meiner Freundin, der Briefbekannt-schaft aus der Zeit der WACHTFELS, hat mich die Reederei als

Urlaubsvertretung des 3. Ing. auf die BIRKENFELS geschickt. Zunächst war nur ein Einsatz von ca. 14 Tagen geplant und sollte in Rotterdam oder Antwerpen, wenn das Schiff seine Reise nach Indien antreten würde, enden.

Auslaufen Rotterdam, das Schiff war für die Reise nach Indien beladen, fehlte der für die anstehende Reise vorgesehene 3. Ingenieur. Der Mann ist nicht in Rotterdam eingetroffen. Warum, weshalb? Keine Ahnung! Eine kurze Rücksprache des Chief mit mir und der Reederei hat die weitere Vorgehensweise abgeklärt. Ich fahre mit bis Marseille, den geplanten nächsten Hafen, und reise von dort zurück nach Hause.

In Marseille stellte sich heraus, dass der für diese Reise eingeplante 3. Ing. krankheitsbedingt für längere Zeit ausfällt und zu diesem Zeitpunkt auch noch kein Ersatz zur Verfügung stand. Also, meine Reise mit der BIRKENFELS geht weiter nach Neapel. Länger an Bord bleiben als bis Neapel war nicht akzeptabel. Kurz nach dem Jahreswechsel begann der Lehrgang zum C4 in Bremerhaven, diesbezüglich gab es für mich keine Kompromisse. Der Reedereiagent in Marseille hat auf mein Drängen hin, die Heimreise von Neapel nach Bremen mit dem Flugzeug organisiert d.h., die entsprechenden Flüge gebucht. Zur damaligen Zeit war das noch nicht so aktuell, innerhalb Europas mit dem Flugzeug unterwegs zu sein.

Am 22.12.1965 sind wir spät am Abend in Neapel eingelaufen. Der 3. Ing., also meine Ablösung, stand schon an der Pier, musste allerdings seine erste Nacht an Bord in einer der Passagierkammern verbringen. Meine Rückreise war für den 23.12.1965 gebucht, die Kammer des 3. Ing. also noch von mir belegt. Noch in der Nacht wurden mir alle entsprechenden Reisedokumente übergeben. Nach dem Frühstück bin ich dann am nächsten Tag so gegen 10:00 Uhr zum Bahnhof in Neapel gebracht worden. Von hier ging es weiter mit dem Zug nach Rom. In Rom mit dem Airport-Shuttlebus weiter zum Flughafen. Am frühen Nachmittag, es war wohl so gegen 15:00 Uhr, hob der Flieger, eine Boing 727, ab in Richtung Frankfurt. Ankunft in Frankfurt etwa 2 Stunden später, so gegen 17:00 Uhr. Mein Weiterflug nach Bremen sollte so um 20:00 Uhr weitergehen. Bis hierher war alles wunderbar gelaufen. Die Zugfahrt Neapel-Rom, der Bustransfer zum Flughafen und der Flug Rom-Frankfurt. Im Flugzeug nach Frankfurt hatte ich das Glück in einer kleineren Gruppe junger Frauen zu sitzen, die auf dem Weg nach Hamburg waren. Diese hübschen und sehr unterhaltsamen Damen waren in der Modebranche tätig und wollten die Weihnachtstage und den Jahreswechsel bei ihren Familien verbringen, so wie ich auch.

In Frankfurt am Lufthansaschalter, zum Einchecken nach Bremen, dann die böse Überraschung. Herr Bartels, das Flugzeug nach Bremen ist voll, sie stehen auf der Warteliste. Das war die Auskunft die ich zunächst bekommen habe. „Aber wieso das denn", war meine ungläubige Nachfrage, ich habe doch ein Ticket für den Flug bis Bremen. „Das ist im Prinzip richtig" war die Antwort, „aber schauen sie mal auf ihr Ticket. Hier steht Rom-Frankfurt OK und für den Weiterflug nach Bremen RQ. RQ bedeutet auf Rückfrage und ist somit nicht als fest gebucht bestätigt". „Wie komme ich jetzt nach Bremen" war meine Frage. Antwort: "Abwarten, wenn einer der mit OK gebuchten Passagiere nicht kommt, dann nehmen wir sie mit". Da stand ich nun, total verunsichert und mehr als ratlos!

Die Gruppe der hübschen Mitreisenden, die weiter flogen nach Hamburg, machten mir noch locker und flockig das Angebot, doch mit ihnen nach Hamburg zu fliegen, was aber wohl mehr als Scherz gedacht war und für mich ohnehin keine Option darstellte. Was sollte ich am 23.12. spät abends in Hamburg, ich wollte nach Hause zu meiner Familie.

In dem ganzen Trubel habe ich noch mitbekommen, wie ein weiterer Reisende, ob er auch aus Rom kam, kann ich nicht sagen, darauf hinwies, dass er unbedingt noch am gleichen Tag weiter müsste nach Stuttgart. Auf diesem kurzen Stück würde er sich auch mit einem Stehplatz begnügen. Ich gehe einmal davon aus, dass dieser Wunsch nach einem Stehplatz, und das in einem Flugzeug, wohl doch eher als Scherz eingeordnet werden muss, oder doch nicht? Wie dem auch sei, wann und wie der gute Mann nach Stuttgart gekommen ist, entzieht sich meiner Kenntnis.

Ich habe mich, so wie es mir empfohlen wurde, zur vorgesehenen Zeit zum Einsteigen für den Weiterflug nach Bremen an der betreffenden Stelle auf Warteposition begeben. Hier waren wir dann zu Dritt, die auf einen freien Platz im Flieger hofften. Das Buchungsdatum meines Fluges, die Buchung war ja schon von Marseille aus erfolgt, lag terminlich vor den Buchungen der beiden anderen Mitreisenden. Wenn auch nur einer der fest gebuchten Passagiere seinen Flug nach Bremen nicht antrat, dann war ich an der Reihe. Am Ende ist alles gut gegangen. Nach dem letzten Aufruf des Fluges nach Bremen stand fest, es fehlten tatsächlich 2 Passagiere. Ich konnte also mit Sicherheit einsteigen und nach Hause fliegen, ein gutes Gefühl. Der dritte Mann hatte wohl Pech gehabt, er musste entweder den Zug nehmen oder die Nacht in Frankfurt verbringen.

Doch dann die Überraschung. Beim BOARDING wurde uns mitgeteilt, dass anhand der angespannten Lage doch 3 Passagiere mitgenommen würden. 2 Passagiere in der Kabine und 1 Passagier im Cokpit. Das Flugzeug, eine 2-motorige DC6, d.h. eine Propellermaschine, flog im europäischen Verkehr seit einigen Monaten ohne Funker. Mit anderen Worten, im Cokpit war ein Platz frei und der Flugkapitän durfte in eigenem Ermessen diesen Platz im Überbuchungsfall an einen Passagier vergeben. Bei der Nachfrage, wer von uns denn wohl ins Cokpit gehen würde, wurde ohne Zögern von mir bestätigt. Meine Bereitschaft wurde akzeptiert und schon saß ich, ich, der wenige Stunden vorher das erste Mal geflogen ist, im Cokpit eines Flugzeuges. Das Leben war doch voller schöner Überraschungen.

Der Flug nach Bremen hat unvergessene Eindrücke hinterlassen. Der ganze Funkverkehr, die Arbeit des Piloten und des Copiloten, alles war so ungemein aufregend. Gleich nach dem Betreten des Cokpit hat mich der Pilot und der Copilot per Handschlag begrüßt. Mein Gott wer war ich eigentlich? Man hat mir den Platz des Funkers zugewiesen, der Copilot verpasste mir Kopfhörer mit angebautem Mikrofon, heute wird das auf gut Neudeutsch wohl als „Headset" bezeichnet. Nach einer kurzen Einweisung haben die Beiden ihre Arbeit gemacht. Die Motoren wurden angelassen, das Flugzeug rollte in Richtung Startbahn, auf der Startposition ein kurzes Warten, dann die beiden Leistungshebel nach vorne und ab ging die Post. Nach „gefühlten" 2 Sekunden war das Flugzeug in der Luft und lag so ruhig wie ein Brett. Der gesamte Flug nach Bremen, incl. Start und Landung vielleicht 1 Stunde, war so wahnsinnig schnell vorbei. Ein irres Erlebnis allemal!

Der Landanflug auf Bremen war noch einmal sehr aufregend für mich, nicht für die Beiden vor mir, die das Flugzeug flogen. So etwa 15 Minuten vor Beginn des Anfluges auf Bremen konnte ich mithören, dass es in Bremen etwas stärkeren Seitenwind gibt und die Runway schmierig sein könnte, da starker Schneeregen niedergeht. Die Sicht sei unterhalb der Wolkendecke ausreichend gut.

Im Endanflug, der Flughafen mit seinen vielen Lichtern und die Landebahn mit der speziellen Befeuerung waren sehr gut zu erkennen. Wir waren schon recht tief über dem Boden, da hatte ich den Eindruck, dass das Flugzeug nicht die Landebahn ansteuerte sondern sich schräg dazu ausgerichtet hatte. Meine Atmung muss wohl sehr laut und hektisch geworden sein. Vielleicht hat es auch die eine oder andere Bemerkung von mir gegeben. Wie dem auch sei, meine Verunsicherung ist von den Piloten wohl registriert worden. Es gab nur einen kurzen Hinweis der da lautete: „Der Wind kommt von rechts, unser Kurs liegt links davon, also gleiten wir etwas schräg auf die Runway zu. Kurz vor dem Aufsetzen stimmt wieder alles. Keine Sorge, wir machen das schon".

So war es dann auch! Aufsetzen auf die Landebahn, rollen zum Gate, Verabschiedung per Handschlag von den beiden Piloten, gute Wünsche für die Feiertage und zum Jahreswechsel. Dann war ich mit beiden Beinen auf der Erde und in Bremen. Hier ein kurzes Warten auf meine Tasche, großes Gepäck hatte ich ja nicht, mit dem Taxi zum Bahnhof und dann mit dem Zug nach Bad Zwischenahn. Weihnachten zu Hause, das hatte es auch länger schon nicht mehr gegeben.

Der jüngste Sohn, gerade einmal 23 Jahr alt, kommt mit dem Flugzeug aus Rom. Das hat meinen Vater nachhaltig beeindruckt. Das Flugzeug war meiner Mutter ganz sicher nicht so wichtig, sie hat sich gefreut, dass ich zu den Feiertagen zu Hause bin und die komplette Familie Weihnachten und Sylvester feiern kann. Das war in den vergangenen Jahren ja nicht so oft der Fall gewesen.

Meine Zeit auf der ROTENFELS.

Eine unvorhergesehene Reise um den Globus.

Auf dieser doch sehr langen Reise sind so viele Dinge passiert, die in einzelnen Episoden erzählt werden sollen. Dazu aber erstmal ein allgemeiner Überblick über den Reiseverlauf.

Von Januar bis Mai 1966 habe ich in Bremerhaven einen weiteren Ausbildungslehrgang besucht und danach das C4-Patent, auch offiziell als Befähigungszeugnis zum Seemaschinisten 1. Klasse bezeichnet, ausgehändigt bekommen. Nach Abschluss dieser Ausbildung ging es mit meiner Erika, der Briefbekanntschaft aus meiner Zeit auf der WACHTFELS, für ein paar Urlaubstage in den Schwarzwald. Wir hatten uns zwischenzeitlich das Ja-Wort zugesagt, waren also, so wie es damals üblich war, verlobt.

Nach der feierlichen Übergabe des Patentes gab es noch eine richtig heftige Abschiedsfeier mit allen Lehrgangsteilnehmern und den Dozenten der Seemaschinistenschule. Noch vor Abschluss des Lehrganges war mit der Reederei besprochen worden, dass ich weiterhin in deren Diensten bleiben würde. In Besitz des C4-Patentes habe ich der Reederei meine Einsatzbereitschaft und meinen Urlaubsplan mitgeteilt. Bei diesem Gespräch hat mich der Personal – Disponent, natürlich nur „rein vorsorglich" wie er sich ausdrückte, darum gebeten, doch möglichst regelmäßig, und damit meinte er täglich, bei ihm anzurufen, damit er das richtige Schiff für mich auswählen könne.

Diese erbetenen Anrufe wurden von mir dann auch nahezu täglich, so wie abgesprochen, mit der Reederei geführt. Das Ergebnis war, dass ich noch vor dem geplanten Ende des Urlaubes, wir schwebten gerade einmal 10 Tage auf Wolke 7, in so einem kleinen Ort im Schwarzwald, zur Arbeit gerufen wurde. Rückreise nach Hause sofort, Abreise 3 Tage später nach Le Havre, einem französischen Hafen. Hier sollte ich als 2. Ing. auf der ROTENFELS einsteigen. Geplant war eine kurze Reise in die Karibik, man sprach von maximal 6 Wochen. Anschließend sollte das Schiff in die Werft, es ständen generelle Überholungsarbeiten an.

Das war ein Angebot das ich nicht ausschlagen mochte. Man stelle sich vor, nur etwa 6 Jahre Dienst bei der Reederei, gerade 24 Jahre alt und dann ein Job als 2. Ing., dass kam völlig überraschend. Es gab keinerlei Zweifel, auch bei Erika nicht, dass dieses Angebot angenommen werden musste. Es waren ja auch nur 6 Wochen bis zum nächsten Wiedersehen!

Anreise am 20.06.1966 mit dem Zug, über Paris, nach Le Havre. Dort angekommen musste ich noch fast 3 Tage auf mein neues Schiff warten. In Le Havre wurde die ROTENFELS mit Gütern für die Karibikhäfen Fort-de-France auf Martinique, die Insel St. Lucia, Point-a-Pitre auf Guadelupe und den Hafen von Port-au-Prince in der Dominikanischen Republik beladen. Mit an Bord die Frauen des 1. und des 2. Offiziers und der Hund des 1. Offiziers bzw. der Hund seiner Frau.

In einem der angesteuerten Karibikhäfen kam die Order der Reederei, dass es nicht zurück nach Europa, sondern die Reise nach Jacksonville (USA) gehen würden. Hier sollte Ladung, für das US-Militär in Vietnam übernommen werden. Amerika war ein Jahr zuvor massiv in den Krieg zwischen Nord- und Südvietnam eingestiegen. Vietnam war damit Kriegsgebiet und der Besatzung wurde freigestellt, so sehen es die Regeln vor, diese Reise mitzumachen oder sich ablösen zu lassen. Der 3. Ing. und der 2. Offizier mit seiner Frau sind in Jacksonville von Bord gegangen. Entsprechende Ersatzleute für die Beiden wurden aus Deutschland eingeflogen. Für mich bedeutete Vietnam gleich Saigon und das wiederum ermöglichte einen zweiten Besuch im quirligen Saigon, wo ich doch schon einmal mit der BRAUNFELS gewesen war. Damals hatten wir dort zwei Schnellboote abgeliefert. Diese Gelegenheit wollte ich unbedingt wahrnehmen. Meine damalige Einschätzung war sehr naiv und zeugte von großer Unwissenheit, wie sich später herausstellen sollte.

Von Port-au-Prince aus, unserem letzten Karibikhafen, habe ich meine zukünftige Frau schriftlich über die neue Situation aufgeklärt. In Jacksonville kam per Post ihr Einverständnis und ihre Einschätzung, dass diese Reise doch wohl etwas länger dauern würde als ursprünglich geplant, ich mir aber wegen unserer Beziehung keine Sorgen machen müsse. Wir Beide hatten natürlich keine Vorstellung, wie lange es wirklich dauern sollte und wie die Geschichte insgesamt ablaufen würde.

In Jacksonville habe ich mir, war es ein Anflug von Größenwahn oder nur die Unbekümmertheit eines jungen Mannes, ein Motorboot gekauft. Natürlich wurde vorher die Schiffsleitung um Zustimmung gebeten, denn dass sich ein Besatzungsmitglied, auch wenn es sich um den 2. Ing. handelt, ein Motorboot zur privaten Nutzung zulegt, ist wahrlich nicht üblich. Das Boot wurde erstmal auf dem Bootsdeck festgezurrt. Während der Pazifiküberquerung sollten kleinere Reparaturen erledigt werden.

Von Jacksonville aus ging die Reise zum Panamakanal, durch den Kanal in den Pazifik und rüber über den sehr großen Teich. Die Seereise war gefühlsmäßig „endlos" und endete Anfang September 1966 an einem Ort an der Küste von Südvietnam. An der Anlandungsstelle gab es keinen regulären Hafen in dem wir die Ladung hätten löschen können.

So gegen Ende November 1966, also nach mehr als 10 Wochen Aufenthalt in Vietnam, war endlich sämtliche Ladung von Bord. Die Anker wurden gehievt, die Heimreise konnte beginnen. Der Propeller drehte sich wieder. Auf dem Heimweg gab es noch einen Zwischenstopp in Colombo, dann in Aden zum Bunkern, die Brennstoffvorräte gingen zur Neige. Von Aden dann weiter ins Rote Meer, es folgte die Passage durch den Suezkanal und von Port Said ging die Reise weiter, direkt nach Antwerpen. Dort haben wir am 27.12.1966, also wenige Tage nach Weihnachten 1966, unseren ersten Hafen in Europa erreicht. 6 Monate vorher waren wir von Le Havre aus zu dieser angeblich kurzen 6-Wochen-Reise in die Karibik aufgebrochen.

Hier nun die eine oder andere Geschichte, die sich während der langen Reise um den Globus ereignet hat und an die ich mich noch recht gut erinnere.

In Le Havre, warten auf die ROTENFELS.

Die Anreise von Bad Zwischenahn nach Le Havre hat fast 24 Stunden gedauert, verlief aber recht unspektakulär. Es ging mit der Eisenbahn von Bad Zwischenahn nach Bremen, von dort über einige Stationen in Deutschland nach Paris. In Paris musste ich zu einem anderen Bahnhof, um von dort nach Le Havre zu gelangen. In Le Havre angekommen, mit dem Taxi zur Reedereiagentur, wo mir offenbart wurde, dass das Schiff, also die ROTENFELS, noch nicht in Le Havre eingelaufen sei und es auch noch ein oder zwei Tage dauern könne. Man hat mich in ein kleines Hotel in der Nähe des Hafens gefahren und dort ein Quartier für mich organisiert. So weit so gut, alles war im Lot.

Mit der Hotel-Verpflegung gab es zunächst ein Anlaufproblem, so kann man es wohl nennen. Das kleine Hotel war ein reiner Familienbetrieb. Im Restaurant gab es nur eine in Französischer Sprache verfasste Speisekarte, handgeschrieben natürlich. Die gute Seele des Hauses, sie war die Chefin und hätte dem Alter nach meine Mutter sein können, hat schnell erfasst, dass ich mit der Speisekarte ein Problem habe. Nur was tun? Ich spreche kein Französisch, sie kein Deutsch oder Englisch. Die gute Frau hat das dann aber sehr pragmatisch gehandhabt. Sie hat mich an die Hand genommen, in die Küche geführt, wo wohl ihr Ehemann das Sagen hatte, ihm in einem für mich nicht verständlichen Wortschwall eine Erklärung geben und mich dann in der Küche zurückgelassen. Schnell habe ich verstanden, dass ich hier meine Wünsche dem Koch übermitteln sollte, mehr oder weniger per Handzeichen oder anderer Methoden, was dann auch wunderbar funktioniert hat. Vor dem Frühstück in die Küche, vor dem Mittag in die Küche und am Abend, vor dem Essen, wohin? Natürlich in die Küche! Man hat mich so richtig verwöhnt! Auf Dauer wäre das nicht durchzuhalten gewesen.

Tagsüber hatte ich viel Zeit. Gleich am ersten Tag habe ich mir die Anschriften der Agenturen in den Karibikhäfen besorgt. Unverzüglich wurde ein langer Brief mit den neuesten Erkenntnissen an meine Liebste geschrieben. Die ROTENFELS konnte kommen. Ich war bereit die Karibikreise anzutreten. Nach 3 Tagen im Hotel, drei Tagen der kulinarischen Betreuung in diesem Haus, jetzt war es endlich so weit. Die ROTENFELS lag an der Pier. Ich konnte meinen Job beginnen. Meinen ersten Einsatz als 2. Ingenieur. An Bord der ROTENFELS, erstmal zum Chief und dann zum Kapitän, mich anmelden und die Papiere abgeben. Der aktuelle Chief war als Urlaubsvertretung für diese kurze Karibikreise an Bord. Nach der Rückkehr würde der sog. „Stamm-Chief" wieder an Bord kommen.

Hübsche Mädchen beglücken ein paar junge Männer.

Zwei Tage später sind wir dann in Richtung Karibik ausgelaufen. In einem dieser Karibikhäfen haben dann meine Jungs, d.h. der 4. Ing. und die vier Ing.-Ass eine richtig wilde Party veranstaltet. Sie hatten sich eine Gruppe junger Frauen mit an Bord gebracht oder die Frauen waren von sich aus an Bord gekommen um ihre Dienste anzubieten, egal wie auch immer dieses Zusammentreffen zustande gekommen ist, in den Kammern dieser jungen Männer war die „Hölle" los. Leicht bekleidete oder auch gänzlich unbekleidete Frauen wechselten von Kammer zu Kammer, mich erinnerte diese Situation an die Liegezeit mit der BRAUNFELS in Saigon. In den ersten Stunden hatte ich große Mühe, die immer wieder bei mir vorsprechenden Damen, in der Regel waren sie nur äußerst spärlich bekleidet, abzuweisen. Irgendwann haben sie dann doch begriffen, dass ich derartige Liebschaften nicht mehr wollte. Die gesamte Nacht war laut und schrill, verlief aber ohne Krawall. Trotzdem, wer regelmäßig, so wie wir HANSA-Fahrer, überwiegend im Persischen Golf oder Indien verkehrte, für den war eine derartige Situationen schon außergewöhnlich. Die Frauen des 1. und 2. Offiziers waren mehr oder weniger geschockt. Die beiden Ehemänner hatten, nach deren eigener Aussage, große Mühe ihre Frauen davon zu überzeugen, dass derartige Vorkommnisse absolute Ausnahmen wären und in der Regel von der Schiffsführung auch nicht akzeptiert würden.

Keine Post im Panama-Kanal.

In Jacksonville habe ich einen ausführlichen Brief an meine Liebste geschrieben. In diesem langen Brief habe ich neben vielen persönlichen Empfindungen auch die nötigen Infos, wie den zukünftigen Reiseverlauf, die nötigen Postanschriften für den Panama-Kanal und für Vietnam und andere wichtige Details aufgeschrieben. Diesen Brief habe ich, incl. ausreichend Geld für das Porto, einem der amerikanischen Vorarbeiter kurz vor verlassen des Hafens mitgegeben. Dieser Brief ist nie in Deutschland angekommen.

Das Ergebnis war, dass ich bei Passieren des Panama-Kanals keine Post bekommen habe. Das war ein richtiger Schock. Was sind mir, bezüglich der Beziehung zu meiner Liebsten, alles für Gedanken durch den Kopf gegangen. Während der Kanalpassage wurde nochmals ein sehr ausführlicher Brief geschrieben und dem Agenten übergeben. Parallel dazu hat der Funker noch ein Telegram via Norddeich Radio mit einer stichwortartigen Schilderung der Situation auf den Weg gebracht. In der heutigen Zeit wäre man auf die Brücke gegangen, hätte das Satellitentelefon benutzt oder eine Email geschrieben. Wie sich in den letzten 50 Jahren die weltweite Kommunikation doch entwickelt hat.

Nicht einmal 24 Stunden später kam die Antwort auf mein Telegram mit dem ungefähren Wortlaut: „Mach dir keine Sorgen. Der Brief vom Panama-Kanal wird sicherlich bald eintreffen. In den nächsten Wochen muss ich eine Mandeloperation über mich ergehen lassen. Alles wird gut. Ich liebe Dich! Erika".

Eine unangenehme Pazifik-Überquerung.

Nochmals 14 Tage später, nach rund 4.200 Seemeilen in Richtung Vietnam, passieren wir Hawaii. Das Schiff rollt seit Verlassen des Panama-Kanals ziemlich heftig in einer sehr langen nördlichen Dünung. Das Wetter ist zwar ruhig, die Schiffsbewegungen wegen der Dünung aber sehr unangenehm. Die Seekrankheit macht mir wieder zu schaffen, zwar nicht so extrem, aber doch sehr zermürbend. Wegen der Rollbewegung des Schiffes kann man nur in Bauchlage mit angewinkeltem Knie und angewinkelten Arm schlafen. Das ist die einzige Lage die verhindert, dass man permanent hin und her rollt. Es ergibt sich keine Minute, in der man richtig entspannt laufen, liegen oder sitzen kann. Wir haben erst 14 Tage rum und es liegen noch mehr als 5.000 Seemeilen vor uns. Das schien wohl ne richtig harte Nummer zu werden. Auch das Essen ist schwierig, wegen der Rollbewegung muss man den Suppenteller in der Hand ausbalancieren, sonst schwappt die Suppe auf den Tisch. Die Tische in der Messe sind mit feuchtem Tuch rutschfest gemacht und die Schlingerleisten am Tisch hochgeschoben. Erst eine Woche vor Vietnam wird die Lage besser, die Dünung nimmt deutlich ab und wir steuern einen anderen Kurs. Die Arbeitsbedingungen für die gesamte Crew sind während der Überfahrt nach Vietnam sehr schwierig. Aber, und das war ein kleiner Lichtblick, trotz der teilweise heftigen Rollbewegungen machte die ROTENFELS durchgehend gute Fahrt. Während der gesamten Pazifikquerung gab es nicht einen Stopper, d.h. im Maschinenraum lief alles perfekt, so wie sich das ein 2. Ing. immer wünscht.

Zielhafen ist nicht Saigon.

Meine Wunschvorstellung nochmals in Saigon sein zu dürfen zerplatzt wenige Tage nach Verlassen des Panama-Kanals. Jetzt steht endgültig fest, dass wir einen Ort ansteuern sollen, der irgendwo nördlich von Saigon aber relativ weit von der Grenze zu Nord-Vietnam entfernt liegt. Der Ort oder die Stadt nannte sich Tuy Hoa, war selbst für unsere Nautiker ein unbekannter Ort. Die nautischen Koordinaten waren den Offizieren mit 13°05'18''N 109°20'50''O bekannt. Hier war eine Air Base für die US-Luftwaffe im entstehen. Wir hatten schwere Baumaschinen, Tiefkühlcontainer mit Verpflegung, Baumaterial wie Baustahlmatten, Zement und andere Dinge an Bord. Einen Hafen gab es nicht!

Nach mehr als einem Monat Seetörn, wenn ich mich recht erinnere haben wir 33 Tage für die Querung des Pazifiks gebraucht, war unser Ziel erreicht, zumindest glaubten wir das. Eine so lange Seereise habe ich weder vor noch nach dieser Reise hinter mich bringen müssen. 33 Tage mit immer dem gleichen Tagesablauf, das wirkt irgendwann zermürbend, vor allen Dingen dann, wenn so wie bei mir, die Seekrankheit oft der Begleiter ist und man an keinem dieser Tage festen Boden unter den Füßen spürt. Gut, dass die ROTENFELS mit pakistanischer Crew unterwegs war. Mit einer rein deutschen Besatzung wäre diese nicht enden wollende Pazifikquerung sicher nicht so konfliktarm abgelaufen. Mit Deutschen Seeleuten hätte es sicherlich, ausgelöst durch überhöhten Alkoholkonsum in der Freizeit, so manche Schlägerei gegeben.

Nach Erreichen der vorgegeben Position hat der Kapitän so 2 bis 3 Seemeilen vor der Küste Anker werfen lassen. Unsere Ankunft hatte der Funker bereits Stunden vorher avisiert. Jetzt lagen wir hier an der Küste ohne Hafen und harten der Dinge die da kommen würden. Es hat mindestens 24 Stunden gedauert, gefühlt waren das für uns mehr als Wochen, bis sich eine Gruppe von Männern der US-Armee mit einem Landungsboot zu uns übersetzen ließen. Post für uns hatte keiner der Männer dabei. Diesbezüglich soll der Kapitän wohl richtig Druck gemacht haben. Das hat die US-Soldaten anscheinend richtig erschrocken und dem Kapitän ausreichenden Respekt verschafft. Jedenfalls legte das Landungsboot, nur mit dem Bootsführer und einem weiteren Mann besetzt, nach weniger als einer Stunde wieder ab. Die übrigen Amerikaner blieben an Bord. Wenige Stunden später, das Landungsboot ist wieder zurück, einer der Männer hat einen größeren Sack mit unserer Post dabei. Der Funker nimmt den Sack entgegen und verteilt die Briefe an die Männer der Besatzung. Für mich waren natürlich auch Briefe dabei, meine Erika hatte ausführlich geschrieben und Bericht erstattet. Es sind unvergessliche Momente wenn man nach so vielen Tagen wieder ein Lebenszeichen aus der Heimat in Händen hält. Das waren wirklich schöne Augenblicke!

Wie die Briefe nach Vietnam gelangt sind? In Jacksonville wurde uns eine Kontaktadresse mitgeteilt, an die, die für uns bestimmten Briefe geschickt werden mussten. Diese Postanschrift kann ich nur annähernd aus dem Gedächtnis, es sind zwischenzeitlich fast 50 Jahre vergangen, wiedergeben:

Project turn key

MS Rotenfels

US-Army POB

Jacksonville/Florida

USA

Ein Schiff entladen ohne Hafen. Wie soll das gehen?

Hier lagen wir nun mit unserer ROTENFELS, vollgepackt mit Material für den Bau einer Air Base der Amerikaner, hatten aber keinen Hafen mit der nötigen Infrastruktur zur Verfügung. Der 1. Offizier hat, wenn man seinen Erzählungen folgt, sehr lange gebraucht um den Amis zu verklaren, dass ein Entladen des Schiffes auf längsseits festgemachten Pontons, wegen des unruhigen Wassers, nicht möglich sei. Das Schiff bewegte sich ständig in dem leichten Schwell und die deutlich kleineren Pontons würden sich noch extremer bewegen. Er hat die Entladung unter diesen Umständen abgelehnt. Die Amis waren erstmal ratlos und sind wieder von dannen gezogen.

Am nächsten Tag kamen sie zurück, allerdings wohl in einer anderen Besetzung. Nach kurzem Austausch der Argumente akzeptierten die Amerikaner den Standpunkt des 1. Offiziers und fragten nach einer denkbaren, aber auch machbaren Lösung. Diese Lösung wurde recht schnell gefunden, die Umsetzung war allerdings wohl nicht so einfach.

Die Lösung bestand hauptsächlich darin, einen absolut ruhigen Liegeplatz für das Schiff, d.h. einen Ankerplatz ohne jeglichen Schwell, zu finden. Die genauere Betrachtung der Seekarten hat ergeben, dass eine rund 30 Seemeilen weiter südlich liegende Bucht der richtige Ort sein könnte. Mit diesem Ergebnis sind die Amis wieder von Bord, die Angelegenheit musste wohl an höherer Stelle vorgetragen werden. Bei der gemeinsamen Suche nach dem richtigen Ort, als man auf die südlich gelegene Bucht gestoßen ist, kam wohl so beiläufig der Hinweis von einem der amerikanischen Offiziere, Zitat: „Sind wir uns sicher, dass hier nicht die ANDEREN tätig werden können"? Mit dem Begriff „die ANDEREN" waren offensichtlich die Viet Cong, also die sog. Aufständischen gemeint.

Die Vorgaben der Schiffsführung werden akzeptiert.

Wir liegen jetzt schon fast eine Woche an der Küste und haben noch kein Stück Ladung löschen können. Dann endlich die Nachricht von den Amerikanern, der Liegeplatz in der Bucht ist genehmigt, die Sicherheit ausreichend geprüft. Also Anker auf und hin zum neuen Liegeplatz. Es geht voran, mal schauen, wie es weitergeht.

Es sind nur 30 Seemeilen, das gesamte Verholmanöver dauert vielleicht 5 oder 6 Stunden. Einlaufend in diese Bucht nehmen wir ein unwahrscheinlich schönes, ruhiges Umfeld, ohne jegliche Bebauung der Strände, wahr. Als das Schiff korrekt am Anker liegt, bietet sich uns eine fast himmlische Umgebung. Jetzt heißt es wieder warten, aber das kennen wir ja schon!

Granatenbeschuss.

Am nächsten Morgen, noch hat sich keiner der Amerikaner blicken lassen, wird erstmal gefrühstückt und anschließend rein ins Arbeitszeug, im Maschinenraum sind immer Arbeiten zu erledigen, so auch an diesem Tag. Im Hinterkopf die Hoffnung, dass es vielleicht heute schon klappt mit einer ersten Bootsfahrt.

Um 10:00 Uhr ist „Smoke Time", also Kaffeepause. Rauf an Deck, einen Kaffee oder kühlen Dring genießen, ne Zigarette rauchen, na ja, was man denn in einer kurzen Pause so machen kann. In Höhe des Hauptdecks verlasse ich den Maschinenraum und befinde mich im Bereich der Luke 4, Achterkante der Aufbauten. Mein Blick geht in die Runde, was ist das hier für ein wunderschöner Liegeplatz. Ich versuche einmal die Lage unseres Ankerplatzes zu beschreiben. Es ist eine nach Süden hin offene Bucht, etwa 2 Seemeilen lang und weniger als 1 Seemeile breit. Die ROTENFELS hat so etwa im letzen Viertel der Bucht ihre Anker geworfen. Nach drei Seiten hin ist der Strand nur einige 100 Meter entfernt, der Sandstrand fast unter den Füßen zu spüren.

Doch was ist das? Das Gefühl eines Gewittergrollens in der Ferne, dann ein heftiges Jaulen in der Luft über mir. Was bedeutete das? Wenige Sekunden später sehe ich am gegenüberliegenden Berghang, den ich eben noch so schön und ruhig wahrgenommen habe, Dreckfontänen und Rauchwolken aufsteigen. Dann erreichen mich die Druckwellen starker Explosionen. Mittlerweile liege ich lang an Deck, kann durch ein Speigatt auf den Hang gegenüber schauen. Dort schlägt gerade die nächste Salve von Granaten ein. Leichte Panik im Hirn: „Verdammte Scheiße, man beschießt uns mit Granaten". Und als Nächstes: "Was willst du Blödmann eigentlich in einem Kriegsgebiet, du wolltest doch nach Saigon. Jetzt weist auch du Doofmann, weshalb es für diese Reise Gefahrenzulage gibt". Ich gebe zu, in dieser Situation hätte ich mir fast vor Schreck (oder vor Angst?) in die Hosen gemacht. Nach wenigen Minuten war der Spuk vorbei! Erst Totenstille, dann war plötzlich nahezu die gesamte Mannschaft an Deck, wir waren verunsichert, keiner konnte sich zu der Zeit einen Reim aus den Geschehnissen der letzten 15 Minuten machen.

Später hat mir der 1. Offizier geschildert, wir Beide hatten einen guten „Draht" zueinander, wie der „Alte" auf diesen Beschuss reagiert hat.

1. Anweisung: Hiev auf den Steuerbord-Anker. Backbord bleibt noch unten.

2. Anweisung: Der Chief soll die Maschine seeklar machen, sofort.

3. Anweisung: Beide Boote ausschwenken und klarmachen zum Wassern.

4. Anweisung: Der Funker soll eine Verbindung auf Kanal 16 mit den Amis herstellen, sofort.

Diese Funkverbindung ist wohl auch recht schnell zustande gekommen. Der Protest des Kapitäns den Amis gegenüber, muss harsch und unmissverständlich gewesen sein. Gegen

12:00 Uhr kam ein Landungsboot mit einer Gruppe Soldaten, sicherlich war auch der eine oder andere Offizier darunter, längsseits. Bevor die Amerikaner auf der Gangway sind, hat der Kapitän seine Offiziere aufgefordert, ihre Uniform anzuziehen. Das hat der „Alte" sehr geschickt gemacht. Da kommen Soldaten und Offiziere in ein für sie fremdes Territorium, alle Armeeangehörigen der Welt nehmen Rangabzeichen anders wahr als wir Zivilisten, und da stehen nun der Kapitän mit 4 Streifen, der 1. Offizier mit 3 und der 2. Offizier mit 2 Streifen. Jedenfalls haben die Amis zackig gegrüßt, denn derartig hohe Dienstgrade bekommen die auch nicht jeden Tag zu sehen. Den Unmut des „Alten" haben sie deutlich gespürt und wohl auch zu verstehen gegeben, dass sie die Verunsicherung der Schiffbesatzung durchaus verstehen.

Die Amerikaner haben dem Kapitän die Lage wie folgt geschildert: Der Artillerie-Beschuss galt nicht unserem Schiff. Unser Schiff war nie in Gefahr. Aus reiner Vorsorge, so die Amis, man konnte zu der Zeit nicht ausschließen, dass sich in den Hügeln der gegenüberliegenden Landzunge Kämpfer des Viet Cong einnisten könnten, um eventuell das Schiff zu beschießen. In einem solchen Fall wäre schnell und effizient zu reagieren. Die Armee habe deshalb auf der Festlandseite eine Batterie Geschütze aufgestellt, die sich um genau 10:00 Uhr schon mal eingeschossen hätten. Mit diesem Vorgehen wollte man für den Fall der Fälle brauchbare Zielkoordinaten zu Verfügung haben, die für eine militärische Reaktion auf eine Attacke des Viet Cong von großem Nutzen sein würde. Dann noch der abschließende Hinweis der Amerikaner, dass in den folgenden 3 Tagen jeweils um 10:00 Uhr und 16:00 Uhr die Schießübungen wiederholt würden. So war es denn auch, Punkt 16:00 Uhr ging die Sache wieder los und hat sich, wie angekündigt, tatsächlich über 3 Tage hingezogen.

Spätestens jetzt war wohl jedem von uns klar, was hier so ablaufen könnte. Der Steuerbord Anker wurde wieder weggefiert, die Boote blieben allerdings ausgeschwenkt und die Maschinenanlage verblieb im „seeklar" Modus, während der gesamten langen Liegezeit die noch vor uns lag. Das hatte auch zur Folge, dass, obwohl das Schiff geankert hatte, die Seewachen wie auf einem regulären Seetörn besetzt waren. Generelle Überholungsarbeiten im Maschinenraum waren damit nicht möglich, eine Zeit brach an, in der die Langeweile eines der Hauptprobleme wurde.

Eine schlechte und eine gute Nachricht.

Wir lagen wohl eine Woche an unserem endgültigen Liegeplatz, das Übungsschießen der Kanoniere war vorbei. Man nahm die Schönheiten dieser malerischen Buch wieder wahr, warteten aber immer noch darauf, dass es endlich mit der Entladung des Schiffes losging.

Der Funker überbringt mir zeitgleich zwei Telegramme. Ein Telegramm von Erika mit der Nachricht: „OP gut verlaufen, Mandeln sind raus. Mir geht es gut. Deine Briefe sind angekommen. Nächste Woche darf ich wieder Arbeiten. Ich liebe Dich! Erika".

Das zweite Telegramm von meiner Schwester mit der Nachricht: „Mama ist gestern gestorben. Sei nicht traurig, sie hat es endlich geschafft. Wir wissen, dass du nicht kommen kannst. Wünsche dir alles Gute. Deine Schwester Hanna".

Der Tod meiner Mutter hat mich zwar nicht überrascht, sie war schon lange krank, sehr krank, und hat heftig gelitten. Nur jetzt, wo die Nachricht ihres Todes kam, hat mich eine große Traurigkeit erfasst. Das sind dann Momente wo man sich fragt, ob auf Dauer die Seefahrt überhaupt das Richtige ist. Man kann nicht mal seine Mutter auf ihrem letzten Weg begleiten. Das ist dann schon heftig und hat mich eine lange Zeit lang sehr beschäftigt.

Beginn der Lösch-Arbeiten.

Jetzt ist es endlich so weit, nach mehr als einer Woche in dieser Bucht, insgesamt sind wir bestimmt schon 2 Wochen in Vietnam, werden Pontons für die Ladung und Pontons mit Aufbauten für die Arbeiter in die Bucht geschleppt und längsseits der ROTEN-FELS festgemacht. Die Pontons und die Arbeiter kommen von den Philippinen. Wir konnten allerdings nicht ahnen, dass wir noch mehr als 9 Wochen in dieser Bucht liegen würden. Zu diesem Zeitpunkt haben wir nicht einmal ansatzweise daran gedacht! Wenn ich mich recht entsinne, dann sind in der letzten Novemberwoche die Anker gehievt und der Kurs auf Colombo abgesteckt worden. Endlich konnten wir unseren Liegeplatz verlassen. Zum Ende unseres Aufenthaltes waren wir nicht mehr das einzige Schiff in der Bucht. Die letzten 2 oder 3 Wochen hat uns ein Schiff unter einer skandinavischen Flagge, an genaueres kann ich mich nicht mehr erinnern, Gesellschaft geleistet.

Zeit und Gelegenheit das Motorboot zu testen.

In Jacksonville kaufte ich mir, wie bereits erwähnt, ein gebrauchtes Motorboot incl. Trailer und 40 PS Johnson Außenbordmotor. Eine Probefahrt im Hafenbecken von Jacksonville wird aus Sicherheitsgründen nicht erlaubt. Das Boot wird also kurzerhand incl. Trailer, per Kran auf das Bootsdeck der ROTENFELS gehievt und dort sachgerecht festgezurrt.

Auf der endlos langen Seereise von Jacksonville, durch den Panama-Kanal, über den Pazifik bis nach Vietnam, stellt sich dann nach wenigen Tagen und ausgiebiger Inspektion des Bootes heraus, dass der Rumpf des Bootes im Heckbereich einige Schäden aufweist. Damit ist eine Beschäftigung in der täglichen Freizeit sichergestellt. Diese völlig andere Art der Beschäftigung verhindert das Aufkommen von Langeweile, denn aufgrund der sehr soliden Maschinenanlage der ROTENFELS gibt es keine nennenswerten Probleme mit der Technik dieses Schiffes. Eine Nebenbeschäftigung dieser Art sorgte für eine angenehme Ablenkung vom allgemeinen Alltagstrott.

Der Bootsmotor, die zugehörige Starterbatterie und der Benzintank sind noch in Jacksonville sicher im Maschinenraum, also meinem Wirkungsbereich, verstaut worden. Ein provisorischer Problauf des Motors, ein Probelauf unter Volllast konnte mangels Kühlung nicht erfolgen, ergab zunächst eine augenscheinlich einwandfreie Funktion. Mit Hilfe des Schiffszimmermannes wurde während des langen Seetörns über den Pazifik, bei etwas mehr als 12,5 Knoten Fahrt eine mehrwöchige Seereise ohne Zwischenstopp, der gesamte Bootsrumpf überholt und die Sitze teilweise erneuert. Vor dem Eintreffen in Vietnam steht einem Einsatz des Bootes, das natürlich auch frisch gestrichen ist, nichts mehr im Wege. Das Boot wurde nach Abschluss der Überholungsarbeiten auf den Namen „TANJA" getauft und ein entsprechendes Namenschild aus Messing gefertigt. Meine spätere Adoptivtochter kam 1976, also rd. 10 Jahre später, mit dem Vornamen TANJA in meine Familie, was gibt es doch für Zufälle!

Für ausreichend Treibstoff, um den Bootsmotor in Gang zu halten, ist auch gesorgt. Die in Jacksonville geladenen Kühl-Container, gekühlt durch Kühlmaschinen mit Benzinmotor, benötigten als Treibstoff normales Benzin. Dafür sind ca. 30 Stück 200 Liter Fässer mit Benzin ganz vorne auf der Back des Schiffes verstaut worden. Drei Fässer wurden, allerdings ohne Rücksprache mit dem Eigentümer, das Einverständnis der US-Armee haben wir einfach vorausgesetzt, vorsorglich für den Bootsbetrieb abgezweigt.

Nun liegen wir in dieser ruhigen Bucht, voll beladen mit Baumaschinen, Baustoffen und Kühlcontainern. Die Arbeiter haben begonnen das Schiff zu entladen, den Granatenbeschuss haben wir hinter uns, jetzt kann es nur aufwärts gehen.

Das Schiff musste auf Anordnung des Kapitäns immer uneingeschränkt seeklar sein. Mit anderen Worten, es waren kaum Wartungsarbeiten an der Maschinenanlage möglich. Ohne schlechtes Gewissen wurde also an einem ganz normalen Arbeitstag das Boot zu einer ersten, richtigen Probefahrt zu Wasser gelassen. Die Aufregung und die Anspannung waren entsprechend groß. Im Boot, ich der stolze Eigentümer, der Schiffszimmermann und der Kollege 3. Ingenieur. Denn mal los! Motorstarter drücken, Motor läuft, Vor- und Achterleine los und Leinen eingeholt, Gashebel nach vorne auf volle Leistung, der Motor dreht zwar schneller als im Leerlauf, das Boot bewegte sich, aber es bewegte sich wie ein träge im Wasser schwimmender Baumstamm. Nix mit „Full Speed" oder so! Ein absoluter Fehlschlag. Die Besatzung an Deck der ROTENFELS hat sich mit Spott zurück gehalten, dass war gut so. Der Zimmermann im Boot ratlos, der 3. Ing. unzufrieden und ich, der Bootseigner? Maßlos enttäuscht war ich und absolut ohne Erklärung für dieses Debakel. Also, das Boot wieder zurück an den Kranhaken, rauf auf's Bootsdeck und erstmal ein Bier auf den Schreck. Beim 2. Bier wird mir bewusst, dass ich vielleicht mehr als 2 Netto-Monatsgehälter, oder mehr, nämlich 750 USD zum Kurs von 3,50 DM/USD, d.h. rd. 2500 DM für irgend so eine Schnapsidee, in den Sand gesetzt und noch nicht einmal richtig Spaß damit gehabt habe.

Am nächsten Tag, Motor in die Werkstatt und Überprüfung aller in Frage kommenden Komponenten. Nach gut 2 Stunden ist klar, der Motor läuft nur auf einem von zwei Zylindern. Eine Zündspule ist kaputt. Damit ist wohl auch mein Traum ausgeträumt, mit eigenem Boot fremde Gewässer zu erkunden. Oder? Na ja, der 1. Offizier hat das anders gesehen. In den ersten Tagen unserer Ankunft in Vietnam waren fast täglich Armeeangehörige an Bord, um die notwendigen Dinge zu besprechen und sich dabei nebenbei mit Bier und anderen Getränken einzudecken. Manchmal besuchten sie uns auch nur um einen „Klönsnak" zu halten. Die Nachfrage der Soldaten nach alkoholischen Getränken wurde gleich nach bekanntwerden des Motorproblems mit der Bitte verbunden, die entsprechenden Ersatzteile zu besorgen. Wenige Stunden später wurde ein großer Karton mit allen möglichen Teilen, ganz speziell für diesen defekten Bootsmotor, an Bord gebracht. Es stellte sich heraus, dass die US-Armee mit genau den gleichen Bootsmotoren ausgerüstet war und somit über Unmengen an Ersatzteilen verfügte.

Das war ein toller Augenblick, die Teile wurden unverzüglich gesichtet, 2 passende Zündspulen ausgewählt, die defekte sowie die noch funktionsfähige Spule durch neue Teile ersetzt. Wenige Stunden später hing das Boot wieder am Kranhaken, es wurde zu Wasser gelassen und die gleichen Leute gingen wieder an Bord des Bootes. Der Zimmermann klar an der Vorderleine, ich als Eigner auf dem Sitz des Bootsführers und der 3. Ing. klar an der Achterleine. Motor starten, Leinen los, Leinen eingeholt, Gashebel auf 100%, das Boot schoss nach vorne und im gleichen Moment ging der Mann an der Achterleine, der Kollege 3. Ing., über das Heck außenbords. Der Zimmermann lag auf meinem Schoß und strahlte über alle 4 Backen. Mann, war dass ein Glücksgefühl! Denen war doch glatt das Boot wegen der hohen Beschleunigung unter den Füßen weggefahren. Natürlich wurde der Kollege, der aus dem Boot gefallen war, schnell wieder aufgefischt und unverletzt wieder ins Boot genommen. Bei Lufttemperaturen um 30 Grad und Wassertemperaturen über 25 Grad hat er dieses unfreiwillige Bad gut überstanden. Danach dann eine unvorstellbare Runde um das Schiff. Mann oh Mann, war das für ein Gefühl! Das Boot flog förmlich über das Wasser, später haben die Nautiker auf der Brücke die maximale Geschwindigkeit des Bootes, allerdings bei spiegelglatter See, mit knapp 30 Knoten, also ca. 55 km/Stunde gemessen. Diese erste Fahrt war „gefühlt" viel zu kurz. Der Benzintank war nur teilweise gefüllt, wir mussten nach etwa 45 Minuten zurück zum Schiff. Mit stolz geschwellter Brust und großer Zufriedenheit haben wir das Boot wieder an den Kranhaken genommen und auf das Bootsdeck gesetzt. Die Männer, die dieser zweiten Probefahrt zugeschaut haben, haben uns mit Applaus empfangen. Jetzt hatten wir alle ein Bier verdient.

Offizieller Landgang war von den Amerikanern strikt verboten. Während der unendlich langen Liegezeit in dieser abgelegenen Bucht sind dann doch regelmäßig Fahrten an die wunderschönen, absolut einsamen Strände unternommen worden. Da entwickelten sich schon richtige Glücksgefühle. Für alle Beteiligten waren das Erlebnisse, positive Erlebnisse, die man nicht wieder vergisst.

Bei einem dieser Ausflüge gab es eine besondere Begegnung. Mit auf Tour waren diesmal der Funker, der Zimmermann und zwei der Ingenieur-Assistenten. Das Boot hielt wieder einmal auf einen der wunderschönen, einsamen Strandabschnitte zu, als einer von uns, ich glaube es war der Zimmermann, am Strand Personen unbekannter Identität zu erkennen glaubte. Also, sofortiger Kurswechsel und mit hoher Geschwindigkeit weg vom Strand. In sicherem Abstand versucht der Funker mit dem Fernglas die Lage aufzuklären. Nach einiger Zeit ist er sicher, dass es sich um amerikanische Soldaten handelt. Also wieder zurück an den Strand, aber schön vorsichtig. Bei einer Entfernung um die 100 m ist klar, es sind Amerikaner. Also Boot auf den Strand gesetzt und ausgestiegen. 4 oder 5 Soldaten begrüßen uns, fragen nach wenigen Wortwechseln, ob nicht das eine oder andere Bier im Boot sei. Bier hatten wir natürlich nicht dabei, warum sollten wir auch. Mit einem Kontakt dieser Art hatte ja keiner von uns gerechnet. Nach kurzer Rücksprache mit den Kollegen bin ich wieder ins Boot gestiegen, habe mich vom Strand schieben lassen und bin mit Full Speed zurück zur ROTENFELS. Dort wurden schnell 2 Karton Bier zu je 24 Flaschen ins Boot geschafft. Anschließend sofort wieder zurück zum Treffen mit den Amerikanern.

Hier wird sich erstmal zugeprostet und ein bisschen geredet. Nach kurzer Zeit fällt auf, dass nach einiger Zeit neue Gesichter auftauchen und die vorherigen Soldaten, bis auf einen, wieder verschwunden sind. Dieser Vorgang wiederholt sich so alle 10 bis 15 Minuten. Der Funker, der englischen Sprache am besten mächtig, fragt den Anführer der Truppe, was denn da so vor sich ginge. Seine Antwort, kurz, knapp und deutlich: „Er sei mit 26 Mann unterwegs um zu schauen, ob sich nicht doch feindliche Kräfte in Stellung bringen, mit dem Ziel, das Ausladen des Schiffes zu behindern. Zur Sicherung seiner Truppe, uns eingeschlossen, wären immer 20 Soldaten in der Umgebung verteilt um das Terrain zu sichern". Reine Routine, so wie er sich ausdrückte, damit jeder in Ruhe sein Bier genießen könne. Das war eine Aussage, die von uns mit gemischten Gefühlen aufgenommen wurde, Freude ist dabei nicht aufgekommen. Nach etwa 2 Stunden ist die Party vorbei, das Leergut wird eingeladen und es ging zurück an Bord, zurück in den komfortablen Bereich eines klimatisierten Schiffes, zurück in die gewohnte Umgebung.

Derartige Ausflüge haben wir aber weiterhin unternommen, das war einfach zu verlockend. Weitere Zwischenfälle hat es nicht gegeben, alles ist gut abgegangen.

Etwa 1 Woche vor Verlassen des Liegeplatzes wurde das Boot stark beschädigt. Aus reiner Nachlässigkeit haben wir das Boot nach Ende der fast täglichen Bootsfahrten nicht mehr per Kran an Bord geholt sondern an der Gangway, längsseit der ROTENFELS, festgemacht. In der betreffenden Nacht ist das Boot wohl gegen den Schiffsrumpf gedrückt worden, genaues ist nicht bekannt. Dabei ist eine Schlingerleiste abgerissen, der Bootskörper wurde leck und das Boot ist voll Wasser gelaufen. Starterbatterie kaputt, Motor komplett unter Seewasser, mit anderen Worten, mein Spielzeug war nicht mehr fahrtüchtig.

Auf der Heimreise von Vietnam wurde der Motor von Salzrückständen befreit, Sitze und Inneneinrichtung wieder hergerichtet und in Rotterdam eine neue Starterbatterie gekauft. Damit war das Boot wieder seeklar.

Eine weitere, sehr interessante Begebenheit hat sich auf der dann folgenden Reise in einem der Golfstaaten, im Hafen von Bahrain abgespielt. Das Schiff, die ROTENFELS, lag an der alten Pier in Bahrain, die noch auf Stützen ins Wasser gebaut war, hinter einem britischen Kriegsschiff, einer Fregatte. An einem arbeitsfreien Sonntag wurde zum Zeitvertreib wieder einmal mit dem Boot herum gekurvt. Dabei haben wir dann das Boot mehrfach unter die auf Stützen gebaute Pier hindurch gesteuert. Der Stützenabstand war für mein Boot gerade so ausreichend. Diese Bootsmanöver hat die Besatzung des Kriegsschiffes anscheinend so fasziniert, dass ihrerseits ein Versuch mit der eigenen Barkasse unternommen wurde mit dem Ergebnis: Die Barkasse zu breit, die Barkasse zu schnell, um noch zu stoppen und die Barkasse verkeilt sich zwischen 2 Stützen. Oh Mann, welche Aufregung an Bord der Barkasse und an Deck der Fregatte. Bei uns waren Ansätze von Schadenfreude nicht zu unterdrücken. Versuche der Besatzung die Barkasse frei zu bekommen wollten nicht gelingen. Von der ROTENFELS wurde eine Festmacherleine zur Barkasse gebracht und mit unserem Heckspill wurde die Barkasse heraus gezogen. Das arg ramponierte Boot ist umgehend an Bord der Fregatte gehievt worden. Es ist nicht bekannt, mit welchen Worten der Wachhabende Offizier seine Leute zum Rapport gebeten hat. Aber das hat bestimmt ganz schön gekracht.

Eine von den Behörden unerlaubte Fahrt durch den Hafen von Basra, am Westufer des Shatt al-Arab gelegen, also im Irak, hätte sehr schlecht ausgehen können. Wir sind mit dem Boot durch alle Winkel des Hafens gekurvt und haben dabei natürlich auch den Marine-Bereich, eine Sicherheitszone der irakischen Marine, befahren. Das hätte so richtig ins Auge gehen können. Ein Bauchgefühl hat uns schließlich gewarnt und dafür gesorgt, dass wir nach diesem unerlaubten Besuch bei der irakischen Marine auf kürzestem Wege zurück zu unserem Schiff gefahren sind. Das Boot wurde innerhalb weniger Minuten mit dem Kran an Deck gehievt. Vielleicht 15 Minuten später kurvte das erste Patrouillenboot der irakischen Marine durch den Hafen, sicherlich auf der Suche nach uns, das haben wir jedenfalls angenommen. Gefragt haben wir natürlich nicht, aber diese Bootsfahrt hätte so richtig ins Auge gehen können.

Für das Herbstsemester 1967 habe ich mich zum Studienbeginn an der Hochschule für Technik in Bremen mit der Zielrichtung Schiffsingenieur II (C5) + Schiffsingenieur I (C6) angemeldet. Es war also klar, dass ich nach Beendigung der 3. Reise, also nach rd. 14 Monaten an Bord der ROTENFELS, irgendwann im Juni oder Juli 1967, das Schiff verlassen würde. Es musste also dafür gesorgt werden, dass das Boot anderweitig untergebracht wurde.

Auf dieser besagten 3. Reise, die wieder einmal in den persischen Golf führte, wurde das Boot von einem Konsulatangestellten in Khoramshar, einem Hafen im damaligen Persien, am Ostufer des Shatt al-Arab, verkauft. Wenn ich mich recht erinnere, ist der Kaufpreis mit 1.500 DM ausgemacht worden und wurde in 50 DM Scheinen bezahlt. Was aus dem Boot geworden ist, ist mir nicht bekannt. Sicher ist, dass der neue Bootseigner, trotz intensiver Einweisung, den 2-Takt-Außenbordmotor mit normalem Benzin und nicht wie erforderlich, mit einer Mischung aus Benzin und Öl, so wie für 2-Taktmotoren notwendig, betankt hat. Der Motor hat sich nach dieser Misshandlung umgehend verabschiedet und ganz sicher einen schweren Schaden erlitten. Diese Information ist noch bei uns auf der ROTENFELS angekommen, alles Weitere ist mir nicht mehr bekannt geworden.

Diese Bootsgeschichte hat sich mit der Zeit natürlich auch bis zur Reederei herumgesprochen. Direkt darauf angesprochen wurde ich nie, sicher ist aber, dass das ein absoluter Einzelfall geblieben ist. Doch erstmal zurück in die Bucht nach Vietnam.

Neugierige Hubschrauberpiloten.

In der Nähe unseres Liegeplatzes muss es einen Hubschrauberstützpunkt der Amerikaner gegeben haben. In regelmäßigen Abständen überflogen diese Hubschrauber die ROTENFELS, verweilten kurz über dem Schiff, um wohl ein bisschen zu schauen und waren dann wieder weg. Irgendwann häuften sich die Besuche aus der Luft. Es verging kaum noch ein Tag an dem nicht einer dieser Hubschrauber über dem Schiff schwebte. Es waren Kampfhubschrauber mit aufgemaltem Haifischmaul und Maschinengewehren an der Seite, so wie man das vom Kino kennt. Sie schwebten über dem Schiff und das relativ niedrig. Es war laut und mit der Zeit wurden diese Besuche lästig. Der Anblick dieser Kampfmaschinen war irgendwie bedrückend und hat uns mehr gestört als erfreut. Der Grund für die häufigen Besuche war uns auch bald klar.

Die Frau des 1. Offiziers hat diese, nicht enden wollende Vietnamreise mitgemacht und ist in Colombo von Bord gegangen und nach Hause geflogen. Diese junge Frau, sehr gut proportioniert, hat regelmäßig auf dem Peildeck des Schiffes, hier war sie vor den Blicken der übrigen Schiffsbesatzung gut abgeschirmt, ein Sonnenbad genommen, im Liegestuhl gelegen, gelesen oder anderweitig die Zeit totgeschlagen. Man kann davon ausgehen, dass sie das eine oder andere Mal recht spärlich bekleidet gewesen ist. Diese Darbietung wollten sich die jungen Piloten wohl nicht entgehen lassen. Irgendwann ist dem Kapitän das regelmäßige Getöse der Hubschrauber wohl auf die Nerven gegangen und hat entsprechend bei den Amerikanern interveniert. Danach war Ruhe, die Piloten durften anscheinend nicht mehr nach der Frau Ausschau halten. Wir haben die Flieger auch nicht vermisst, im Gegenteil!

Ein Schnellboot stört unsere Nachtruhe.

Wie bereits mehrfach geschildert, hat die Langeweile unseren Tag geprägt. Arbeiten im Maschinenraum waren nicht möglich, das Schiff sollte immer seeklar sein, um nötigenfalls schnell verschwinden zu können. Eines Nachts, ich konnte nicht schlafen, bin ich auf die Brücke, dem wachhabenden Nautiker, dem 2. Offizier, Gesellschaft leisten, über Gott und die Welt zu reden, oder einfacher formuliert, ein bisschen labern. Der Himmel war absolut wolkenlos, das Mondlicht sehr intensiv, kein Windhauch zu spüren und der Sternenhimmel sehr beeindruckend anzuschauen.

Die ROTENFELS hatte sich mit dem Steven in Richtung Süden gedreht, wir konnten also in Richtung offenes Meer schauen. Irgendwann sahen wir, ganz weit entfernt am Horizont, so etwas wie weiße Schaumkronen auf dem Wasser. Nach wenigen Minuten merkten wir, dass diese Schaumkronen näher kamen. Ein Griff zum Fernglas, ein kurzer Blick und schon war uns klar, das ist ein Schnellboot dass da auf uns zurauscht. Den Granatenbeschuss hatten wir noch im Kopf. Was ging jetzt vor? Hatten die Viet Cong Schiffe um uns anzugreifen? Was war zu tun, das war die Frage. Bevor wir das ausdiskutiert hatten, rauschte das Boot mit hoher Geschwindigkeit an uns vorbei, Abstand vielleicht 100 m, drehte, stoppte und fing an mit dem Heckgeschütz in die Berge zu feuern. Als der Beschuss losging, hat der 2. Offizier den Kapitän informiert, der wenige Minuten später auf der Brücke stand und sich die Lage erklären ließ. Dann war alles wieder ruhig, das Schnellboot zog mit kleiner Fahrt von dannen und hat sich nicht mal bei uns gemeldet oder die Lage erklärt. Wir haben nicht erfahren, auch auf Nachfrage des Kapitäns nicht, was denn da in dieser Nacht abgelaufen ist. Die wunderschön gelegene Bucht hatte nun endgültig ihren Charme verloren.

Stress mit den philippinischen Arbeitern.

Die komplette Ausrüstung, d.h. die Pontons für den Transport der Ladung an den Strand, der dafür erforderliche Schlepper, die Unterkünfte der Arbeiter und natürlich auch die Arbeiter selber, sind von den Philippinen herangeschafft worden. Die Arbeitsverhältnisse waren nicht zu beanstanden, die Wohn- und Lebensverhältnisse der Männer dagegen schon, diese waren eher schlecht. Für die Arbeiter gab es keine Abwechslung, es gab nur Arbeit oder nutzloses herumsitzen. Auf irgendeinem Weg haben es die Leute geschafft an alkoholische Getränke und andere Drogen zu kommen.

Gearbeitet wurde aus Sicherheitsgründen nur bei Tageslicht. Von Sonnenuntergang bis Sonnenaufgang gab es für die Männer nur schlafen oder rumhängen. Nach gut einer Woche dann die ersten kleinen Auseinandersetzungen unter den Philippinos. Dann strolchten eines Nachts einige dieser Männer bei uns über das Schiff, wahrscheinlich auf der Suche nach alkoholischen Getränken. Das war für unsere Sicherheit und für die Sicherheit des Schiffes absolut inakzeptabel. Ab dem Zeitpunkt wurde nach Sonnenuntergang die Gangway hochgezogen und damit der Zugang zum Schiff deutlich erschwert. Zusätzlich ist ein weiterer Mann der pakistanischen Crew an Deck Nachtwache gegangen.

Wiederum einige Tage später gab es unter den Philippinos den ersten Toten und mehrere Verletzte, und zwar ernsthaft Verletzte. Die Streitigkeiten hatten sich schon über den gesamten Tag hingezogen. Wir konnten immer wieder kleinere Handgreiflichkeiten und sonstige Scharmützel beobachten. Dann, es war nach Einbruch der Dämmerung, ging das Spektakel richtig los. Es schien so, als wenn sich 2 Gruppen gebildet hätten, die nun eine Entscheidung herbeiführen wollten. Welche Hintergründe dieser eskalierende Streit hatte, das haben wir nie erfahren. Am Morgen darauf lag jedenfalls ein augenscheinlich lebloser Körper an Deck des einen Pontons. Insgesamt war es aber ruhig unter den Arbeitsleuten, außergewöhnlich still. Arbeiten wollte auch keiner von ihnen! Man hat auch keine medizinische Hilfe von uns erbeten. Wegen des leblosen Körpers wurde uns per Zeichensprache und bruchstückhaften Englisch klargemacht, dass hier keine Überlebenshilfe mehr nötig war.

Der Kapitän hat die amerikanische Militärpolizei gerufen, die innerhalb kurzer Zeit, es sind maximal 2 Stunden seit der Benachrichtigung vergangen, bei uns an Bord war. Nach kurzer Lagebesprechung sind die MP's zu den Philippinos runter und haben außer dem Toten noch 2 Schwerverletzte gefunden. Es hat nicht lange gedauert, da hat ein Sanitätshubschrauber diese beiden Verletzen abtransportiert. Ab diesem Vorfall kam täglich ein Boot der Amis mit einer Gruppe Soldaten zu uns, hauptsächlich wohl um militärische Präsents zu zeigen und ein wenig Sicherheitsgefühl zu verbreiten. Den Rest der Liegezeit gab es zwar immer wieder kleinere Auseinandersetzungen, aber nicht so schwerwiegende wie eben geschildert.

Und was wollten wir? Wir wollten nur weg von diesem Ort, raus aus dieser Bucht, die wir zu Beginn unserer Zeit hier in Vietnam noch als „so idyllisch" eingestuft haben. Die Crew hatte genug von all diesen Dingen die hier so passierten, trotz der doppelten Heuer die uns wegen der Gefahrenlage vergütet wurde.

Zwischenstopp in Colombo.

So ungefähr in der letzten Novemberwoche 1966 war es endlich so weit. Das letzte Stück Ladung war von Bord, das Schiff seeklar, vom Kapitän das Kommando „hiev auf beide Anker", Maschine langsam voraus und die ROTENFELS bewegte sich. Bewegte sich nach so langen Wochen wieder in ihrem Element. Auf Reedereiorder wurde Kurs auf Colombo genommen. Unsere Reise ging an Singapur vorbei, durch die Straße von Malakka, um Sumatra herum und dann mit Westkurs in Richtung Ceylon, heute Sri Lanka.

Anfang Dezember 1966 Einlaufen Colombo. Geplante Liegezeit 2 Tage. Tatsächliche Liegezeit 3 Tage. Einen Tag vor Ankunft Colombo habe ich meine „Jungs" zusammengerufen und ihnen angeboten, dass sie alle gemeinsam in Colombo an Land gehen könnten und nach so langer Zeit der Abstinenz mal so richtig „die Sau" rauslassen sollten, wenn sie denn wollten. Und ob sie wollten! Den Hafen haben wir so gegen Mittag erreicht, das Schiff war so um 15:00 Uhr fest. Nach dem Abendbrot waren meine Leute, d.h. die komplette deutsche Maschinencrew, nicht die Pakistani, also der 3. und 4. Ing., der Bordelektriker und die vier Assi von Bord. Die jungen Männer, der 3. und 4. Ing. etwa mein Alter, der Elektriker so um die 30 Jahre alt, die vier Assi einige Jahre jünger als ich, hatten keinen weiten Weg vor sich. Der Hafen von Colombo liegt direkt in der Stadt. Man ist in weniger als 30 Minuten Fußweg mitten im Leben, dort wo man sich seinen Bedürfnissen hingeben kann, wie diese denn auch immer geartet sein mögen. Am nächsten Morgen zum Frühstück waren alle wieder an Bord. Ohne sichtbare Blessuren, aber doch mehr oder weniger müde und erschöpft. Aber, den Jungs ging es gut!

Wer etwas vom Maschinenbetrieb eines Seeschiffes Mitte der 1960er Jahre versteht, wird sich fragen, wer hat denn den Betrieb am Laufen gehalten, wo doch fast die gesamte Crew an Land war.

Eines schon einmal vorweg: Der Chief hat meine Maß-
nahme der Freistellung meiner „Jungs" nicht gebilligt. Er hat mit
Unverständnis reagiert und ausgiebig rumgenölt. Hatte aber keine generellen Folgen für mich.

Zur Sicherstellung des Maschinenbetriebes für diese eine
Nacht habe ich mir 2 zuverlässige Pakistani aus meiner Crew ausgewählt und die Beiden gebeten, in dieser Nacht abwechselnd
Dienst im Maschinenraum zu machen. Bei kleinstem Anzeichen
einer Störung hatten sie die Order mich zu informieren. So
brauchte ich nicht die Nacht im Maschinenraum verbringen sondern hatte die Möglichkeit, auch mal ein Nickerchen zu machen.
Die Beiden „Aushilfsmaschinisten" haben dafür einen freien Tag
bekommen. Es gab keine Störungen, hatte ich auch nicht erwartet!

Die MOSELSTEIN brennt in Antwerpen aus.

Nach 3 Tagen Liegezeit in Colombo geht es endlich auf die letzte
lange Etappe der Heimreise. Wir müssen zwar noch einen langen
Weg gehen, durch den Suez-Kanal, durch das gesamte Mittelmeer, Gibraltar passieren und dann nordwärts an Spanien und
Portugal hoch, durch die Biskaya um Antwerpen, unseren ersten
europäischen Hafen zu erreichen. Am 27. Dezember sind wir in
Antwerpen fest an der Pier. Die Weihnachtsfeiertage durften wir
mal wieder auf See verbringen, irgendwo auf Nordkurs an der
spanischen Atlantikküste.

In Antwerpen liegt die MOSELSTEIN, ein Schiff des
Norddeutschen Lloyd vor uns. Es ist Vormittag der 28.12.1966,
bisher keine besonderen Vorkommnisse. Dann plötzlich Unruhe
auf der Pier. Zuerst ein Feuerwehrfahrzeug der kleineren Katego-
rie, dann ein kompletter Löschzug. Die eigene Neugierde verlangt, dass die Angelegenheit von der Pier aus näher zu betrachten sei. Gedacht, getan! Noch ist die Situation übersichtlich, aus

Luke 1 der MOSELSTEIN steigt Rauch auf, Feuerwehrleute gehen an Bord und nach etwa 30 Minuten scheint alles unter Kontrolle zu sein. Der Rauch wird weniger! Es hat den Anschein, dass der Löschtrupp seine Sachen packt und wieder abrücken will. Alles halb so schlimm, zurück an Bord und gleich noch mal in den Maschinenraum. Hier ist der 3. Ing. dabei das gesamte Antriebssystem wie Grundlager, Kurbelwelle, Pleuellager, Kreuzkopf usw. zu besichtigen. Derartige Besichtigungen sind Standard und sollen helfen eventuelle Schäden rechtzeitig zu erkennen, um dadurch größere Schäden zu verhindern. Das ist nach einem Seetörn von so vielen tausend Seemeilen, die letzte Inspektion war in Colombo erledigt worden, ein übliches Standardverfahren. Für diese Besichtigung müssen natürlich alle Klappen des mannshohen Kurbelgehäuses abgebaut werden. Die Hauptmaschine ist in diesem Zustand nicht einsatzbereit.

Dann klingelt das Telefon am Maschinenleitstand. Der wachhabende Ing. Ass geht ran und kommt aufgeregt zu mir mit der Botschaft, dass wir sofort die Maschine klar machen sollen, wir müssen unseren Liegeplatz verlassen. Ein Rückruf rauf zur Brücke macht dem Kapitän klar, dass die Hauptmaschine in den nächsten 2 Stunden nicht verfügbar ist. Nach wenigen Minuten die Order von der Brücke: „Wir brauchen ausreichend Strom für die Ankerspills und Mooring Winschen vorne und achtern. Das Vorschiff der MOSELSTEIN brennt. Wir müssen nach achtern verholen. Wasser an Deck für die Feuerlöschleitungen".

Also wird ein zusätzlicher Diesel für die Stromversorgung zugeschaltet, die Feuerlöschpumpe geht in Betrieb, ja und dann? Die menschliche Neugierde ist unerbittlich! Ich bin mit einigen Kollegen rauf an Deck um die Lage zu peilen. Was sich im Hafenbecken abspielt ist schon imposant. Gegenüber unserer Pier, an der ja auch die MOSELSTEIN liegt, befindet sich eine große Ölraffinerie. Auf der Wasserseite der riesigen Öltanks liegen 2 Feuerlöschboote und legen einen gewaltigen Wasserschleier vor die Tanks. Das Schiff hinter uns ist bereits von Schleppern auf den Haken genommen und wird weggeschleppt. Unsere Deckcrew verholt das Schiff mittels der eigenen Winden nach achtern und legt somit einen Sicherheitsabstand von 200 m oder mehr zwischen uns und der nun lichterloh brennende MOSELSTEIN. Nach einer halben Stunde ist auf der ROTENFELS das Verholmanöver erfolgreich beendet, der Sicherheitsabstand zur MOSELSTEIN ausreichend.

Die Besatzung der MOSELSTEIN hat das Schiff verlassen und steht nun mit wenigen persönlichen Habseligkeiten an der Pier. Mein Eindruck ist, dass diese Kollegen der MOSELSTEIN fassungslos versuchen, die Geschehnisse zu begreifen. Einige von ihnen kommen stundenweise zu uns an Bord und werden mit den nötigen Dingen versorgt. Das Feuer hat nun auch die Luke 3 erreicht und breitet sich weiter aus. Die Bordwand im Bereich der Luke 3 ist bereits glühend rot, an dieser Stelle scheint das Wasser des Hafenbeckens regelrecht zu kochen. Dann wird es unangenehm und für die Menschen an der Pier gefährlich. In der Luke 3 explodieren irgendwelche Teile der Ladung. Aus der Luke werden Fässer herausgeschleudert die mehrere Meter über dem Schiff ebenfalls explodieren. Die Pier wird komplett geräumt und weiträumig abgesperrt. Dann brennen auch die Aufbauten, das ist kein schöner Anblick, wirklich nicht! Alle bisherigen Löschversuche sind fehlgeschlagen. Wir müssen zurück an Bord und dürfen die ROTENFELS vorübergehend nicht verlassen.

Das Gerücht geht um, dass sich in einer der hinteren Laderäume, also in der Luke 4 oder 5 tonnenweise Sprengstoff befinden soll. Eine Explosion dieser Ladung hätte ganz sicher fatale Folgen. An dem Gerücht könnte etwas dran sein. Die Laderäume des brennenden Schiffes, also die Luken 1 bis 5 werden mit allen zur Verfügung stehen Rohren voll Wasser gepumpt. Das Schiff soll absaufen und tut es auch. Am späten Nachmittag liegt die

MOSELSTEIN auf Grund, das Feuer ist aus, es kann wieder Ruhe einkehren in dieser Ecke des Hafens.

Bei uns auf der ROTENFELS hat dieser Großbrand auf der MOSELSTEIN, mit dem augenscheinlichen Totalverlust des Schiffes, an die nur Wochen zurück liegende Zeit in Vietnam erinnert. Da sind viele Dinge wieder in uns hochgekommen. Auf dieses Spektakel hätte ich gerne verzichtet.

Eine Nachforschung im Internet hat ergeben, dass die MOSELSTEIN gehoben wurde, natürlich, was denn sonst, das Schiff musste doch aus dem Hafen entfernt werden. Aber, und das ist schon interessant, das fast komplett ausbrannte Schiff wurde repariert und wieder in Fahrt gebracht

Am 30. Dezember 1966 sind wir von Antwerpen weg, haben in Hamburg und Bremen unsere restliche Ladung gelöscht und wurden dann für einige Tage ins Trockendock geschickt. Die Arbeiten, die eigentlich ja schon vor gut 4 Monaten erledigt werden sollten, wurden jetzt nachgeholt.

Der neue 3. Ingenieur.

Mitte Januar 1967 ist die gute alte ROTENFELS wieder unterwegs. Die Reise geht von Rotterdam aus und, wie sollte es anders sein, wieder in den Persischen Golf. Der „Stamm-Chief" ist auch wieder an Bord, die lange Reise davor, die mich rund um den Erdball führte, hat eine Urlaubs-Vertretung für ihn absolviert. Bis auf den 3. Ing., ich nenne ihn ab hier ALBERTO, blieb die restliche Maschinencrew unverändert. Das war für mich sehr angenehm, waren wir doch ein gutes Team und hatten wenig Probleme miteinander gehabt. ALBERTO passte leider nicht so richtig in unser Gefüge. Er kam mit der pakistanischen Besatzung überhaupt nicht zurecht und hatte so die eine oder andere Macke, an die wir uns erstmal gewöhnen mussten. Zwei Dinge sind bei mir im Gedächtnis hängen geblieben, die auch nach fast 50 Jahren noch recht präsent sind und die erzählt werden sollten. Glaube ich jedenfalls!

Der gute Mann, also der ALBERTO, war älter als ich, hatte gerade das Patent C3 erworben und unmittelbar vor dieser Abreise in den Persischen Golf geheiratet. Das sind alles Dinge die prinzipiell völlig belanglos sind, dem Leser meiner folgenden Geschichte aber bekannt sein sollten. Wenn wir mal mit ein paar Leuten zusammen gesessen haben, das eine oder andere Bier tranken, über alle möglichen und unmöglichen Dinge diskutierten und manchmal auch stritten, kam mit absoluter Sicherheit auch das Thema „Frauen" auf den Tisch. Bei diesem Thema ging es häufig um das Verhältnis des Seefahrers, wenn ich das mal neutral ausdrücke, zu den Frauen des einschlägigen Gewerbes. Bei derartigen Themen hat ALBERTO so vehement, ja fast schon hysterisch, immer wieder beteuert, dass für ihn, da er ja verheiratet sei, derartige Kontakte unvorstellbar wären. So weit so gut! Man muss ja nicht ins Bordell gehen, das verlangt keiner. Man kann von dort auch wegbleiben, ohne dass so intensiv zu predigen, wie der gute ALFREDO es tat. Das soll jeder so halten wie er es für richtig hält.

Die ROTENFELS lag in Khorramshahr, im damaligen Persien, ein Hafen am Shatt al Arab. In diesem Hafen ist absolut nichts los was Kneipen und Frauen angeht. In dem einige Meilen flussabwärts gelegenen Ölverladehafen Abadan dagegen gab es schon die eine oder andere Möglichkeit sich zu vergnügen. Samstags so gegen Mittag spricht mich einer der Ing. Ass an und fragt mich, ob ich nicht mit ihnen, d.h. der 4. Ing., der Elektriker und noch ein weiterer Ing. Ass wären mit von der Partie, nach Abadan fahren könnte. Sie hätten gehört, dort gäbe es Lokalitäten in denen man auch Frauen treffen könne und ich, der 2. Ing. wäre doch schon oft hier gewesen und würde mich sicherlich gut auskennen.

Gut auskennen tat ich mich zwar nicht in Abadan aber ich habe zugesagt, warum auch nicht. Die Jungs haben sich Geld beim Purser besorgt und schon konnte es losgehen. Doch was war das? Da gesellte sich doch ALBERTO hinzu und auch der Funker wollte mit auf diese Tour. Jetzt waren wir schon 6 Mann und brauchten ein größeres Taxi. Meine Frage an ALBERTO, wer denn nun für die Bordwache zuständig sei, turnusmäßig war er dran, diesen Job zu machen, beantwortete er mit einer etwas hilflos wirkenden Geste. Der 4. Ing. hat spontan auf seine Teilname an diesem Ausflug verzichtet und blieb an Bord. Wir haben uns dann zu fünft in ein Taxi gezwängt und sind das kurze Stück nach Abadan gefahren. Das mögen vielleicht 20 oder 25 km sein bis dorthin, nicht weiter, also mehr oder weniger ein Katzensprung.

Unterwegs habe ich den Leuten folgende Spielregeln vorgeschlagen:

Ich stecke euer Geld ein und regele die finanziellen Dinge die da zu regeln sind.

Wir suchen uns ein ansprechendes Bordell, etwas Anderes sind diese wenigen Kneipen nicht.

Ihr könnt euch vergnügen, ich trinke derweil einen Tee oder Cola. Aus dem Anderen halte ich mich raus!

Wenn ihr was Passendes gefunden habt und etwas zu bezahlen ansteht, dann regele ich das für euch.

Wenn alle ihren Spaß gehabt haben fahren wir gemeinsam wieder zurück an Bord.

Alles klar?

Alles klar!

Ein passendes Haus wurde schnell gefunden. Es gab zunächst etwas Unruhe unter den Bediensteten dieses Hauses, auf einen Schlag 5 Gäste, also 5 potentielle Kunden, dass war hier wohl nicht so alltäglich. Wie auch immer, die Chefin des Hauses, man könnte auch sagen die Puffmutter, wurde herbei gerufen. Sie hat mit blumigen Worten die Vorzüge ihrer Mitarbeiterinnen hervorgehoben und uns willkommen geheißen. Mit wenigen Worten habe ich ihr klargemacht, dass ich nur meine Leute ausführe und für die finanziellen Dinge zuständig sei. Um es kurz zu machen, die Betreuung meiner 4 Kollegen wurde von den anwesenden Frauen übernommen, mich hat die gute Frau in ihr Arbeitszimmer gebeten und mir erstmal einen Tee angeboten. Der Erste der mit einer der anwesenden Frauen in deren Gemach verschwunden ist, war ALBERTO, der Mann, der in so manch einer Gesprächsrunde, die vorher unter uns Männern stattgefunden hatte, derartige Handlungsweisen auf das Schärfste verurteilte und überhaupt kein Verständnis für „so was" aufbringen wollte. Und jetzt das! Dieses Verhalten hat dem gute Mann weiteres Ansehen gekostet. Angekratzt war es ohnehin schon!

Nach ungefähr 2 Stunden waren meine Jungs fertig mit dem was sie sich so vorgenommen hatten. Im Laufe dieser 2 Stunden kam immer mal wieder das eine oder andere weibliche Geschöpf um ihren Lohn, ich hatte mich ja als der Finanzverwalter ausgewiesen, einzufordern. Das Gespräch mit der Chefin des Hauses, das mangels übereinstimmender Sprachkenntnisse sehr holprig verlief, wurde mit einigen freundlichen Floskeln beendet. Die Frau hat sich für den Besuch bedankt und wir haben uns wieder auf den Rückweg gemacht. ALBERTO hat sicherlich gespürt, wie wir sein Verhalten bewertet haben. Er war sehr wortkarg! Seine Nachdenklichkeit hielt allerdings nicht sehr lange, er verfiel wieder in seine alten Verhaltensmuster.

Der 3. Ing. braucht einen Denkzettel.

Der Mann hatte nach wie vor Probleme, in der richtigen Art und Weise mit der pakistanischen Crew umzugehen. Gespräche mit ihm haben keine anhaltenden Veränderungen bewirkt. Sein Verhalten, vor allen Dingen seine Essmanieren, waren des Öfteren recht gewöhnungsbedürftig. Eines Tages kam der Purser, d.h. der direkte Chef der beiden Köche und der Messestewards zu mir und fragte nach einem bestimmten Material, dass, so glaubte er zu wissen, zu unserer allgemeinen Ausrüstung gehörte. Er benötigte ein ausreichend großes Stück Ledermaterial, so ungefähr 5 mm dick oder dicker.

Frage von mir: "Was willst du denn damit?"

Antwort: „ALBERTO vorführen".

Frage von mir: „Wie soll das gehen"?

Antwort: „Ich lasse für ALBERTO so schön zähe Kotelett brutzeln".

Das war eine wirklich ausgefallene Idee. Aus dem Ersatzteilstore habe ich das passende Material herausgesucht, das zu dünne Leder aus 3 Lagen zusammen geklebt und so die benötigte Materialstärke gebastelt. Das Material hat dann der Purser bekommen und der hat es abschließend zum „Endprodukt" bearbeitet. Er hat zwei Lederstücke in Form eines Koteletts ausgeschnitten, paniert und so zubereitet, dass diese beiden Teile eine verblüffende Ähnlichkeit mit einem wirklichen Kotelett hatten. Einfach genial! Jetzt musste nur noch der finale Ablauf abgesprochen und geplant werden.

Vorweg noch eine kurze Beschreibung, wie die Einnahme einer Malzeit bei ALBERTO so allgemein ablief.

ALBERTO betritt die Offiziermesse und setzt sich an seinen Platz. Fragt nicht sofort ein Steward nach seinen Wünschen, folgt unverzüglich der überlaute Ruf: „Steward". Dabei sitzt er dann schon am Tisch, in jeder Hand ein Besteck, die Ellenbogen auf dem Tisch aufgestützt. Der Steward reicht Kartoffel, Gemüse und das zugehörige Fleisch. ALBERTO lädt sich den Teller voll, voll bis Oberkante, und fängt dann an zu essen.

Dieses durchgängige Essverhalten war nun die Grundlage für das gemeinsame Vorgehen, um ALBERTO einen Denkzettel zu verpassen. Jetzt musste nur noch der richtige Tag und das passende Essen ausgewählt werden. Den Steward mussten wir in mehreren Gesprächen davon überzeugen, dass ihm weder ein Haar gekrümmt noch anderweitige Nachteile entstehen würden. Erst meine Zusage, dass ich bei dieser Mahlzeit, wenn ALBERTO vorgeführt werden sollte, von Anfang bis Ende dabei wäre, um den erwarteten Tobsuchtsanfall von ALBERTO vom Steward fernzuhalten, gab den Ausschlag. Das Manöver konnte stattfinden.

Es ist an einem Donnerstag, also der sog. Seemannssonntag. Wir befinden uns auf See, die Mannschaft geht Seewache, ALBERTO hat täglich von 12:00 Uhr bis 16:00 Uhr und natürlich auch von 00:00 bis 04:00 Uhr, seinen Job im Maschinenraum zu machen. Er wird also sein Mittagessen zwischen 11:30 und 12:00 Uhr zu sich nehmen. Ich habe mich pünktlich um 11:30 Uhr in der Messe eingefunden. Die gesamte deutsche Crew, die zu diesem Zeitpunkt nicht arbeiten musste, war bereits in der Messe. Das bevorstehende Spektakel wollte sich keiner entgehen lassen. Nur ALBERTO war völlig ahnungslos, das hatte bisher also gut funktioniert.

ALBERTO betritt die Messe, wieder einmal ohne Socken, auch das war nicht so gerne gesehen, und grüßt mit „Mahlzeit".

ALBERTO setzt sich an seinen Platz, nimmt seine gewohnte Grundhaltung ein und, wie sollte es anders sein, ruft laut nach dem Steward.

Der Steward kommt in die Messe geflitzt und erzählt dem ALBERTO was es denn zu essen gibt.

ALBERTO ordert: Keine Suppe! Nur Fleisch, Kartoffel und Gemüse.

Der Steward serviert die Kartoffel und das Gemüse, ALBERTO lädt seinen Teller voll, so wie immer, randvoll.

Der Steward kommt mit der Fleischplatte, die beiden speziellen Koteletts liegen vorne.

ALBERTO langt sich ein Kotelett. Danach ist der Steward aus der Messe verschwunden.

ALBERTO setzt Messer und Gabel ein, das verdammte Stück Fleisch lässt sich nicht zerteilen.

Nach wiederholten, aber vergeblichen Versuchen, das vermeintliche Kotelett zu zerteilen, folgt der ungeduldige Ruf nach dem Steward.

ALBERTO hat noch nicht begriffen, dass er verarscht wird.

Der Steward kommt in die Messe, sein fragender Blick wird damit beantwortet, als das ALBERTO ihm den kompletten Teller, also Kartoffel, Gemüse und das Kotelett zum Abräumen überlässt. Das Entfernen des vermeintlich zu zähen Fleisches wäre ja auch ausreichend gewesen.

Der Steward bring einen neuen Teller, jetzt schon etwas nervös, reicht wiederum Kartoffel und Gemüse. Wieder packt ALBERTO den Teller mehr als randvoll.

Jetzt die Platte mit den Koteletts, dem Steward zittern die Hände und ein flehentlicher Blick zu mir als wolle er sagen: „Sir, dieses Spiel mache ich nicht noch einmal", und dann ist er aus der Messe raus.

ALBERTO wird wieder mit Messer und Gabel tätig, wieder erfolglos, so wie schon einmal zuvor.

Jetzt geht er der Sache auf den Grund und bemerkt, dass er vorgeführt wurde. Zornig ist es aus der Messe, mit einem wütenden Knurren, aber leider auch hungrig.

Dieser geniale Streich, der vom Purser ausgeheckt und in einer Gemeinschaftsleistung vollzogen wurde, hat keine bleibenden Schäden bei unserem ALBERTO hinterlassen. Wir habe jedenfalls keine Anzeichen dafür ausfindig machen können. Sein Verhalten hat sich aber auch nicht wesentlich geändert. Trotzdem ist der gute Mann noch eine weitere Reise an Bord geblieben. Der Seefahrer lernt, muss lernen, mit nahezu jedem Individuum klar zu kommen.

Der Sechs-Tage-Krieg verhindert fast meine Hochzeit.

Für den 24.08.1967 war die Hochzeit mit meiner Erika geplant und alle Termine wie Standesamt, Kirche, die entsprechende Lokalität, eben alles was zu einer standesgemäßen Hochzeit gehört, waren fest gebucht. Meine große Schwester hat das alles organisiert.

Um den 1. Mai 1967 herum verlassen wir mit der ROTENFELS den Hafen von Rotterdam in Richtung Mittelmeer. Dort wurden die üblichen Häfen, Marseille und Genua, Neapel und zusätzlich noch Beirut bedient. Zu diesem Zeitpunkt war überhaupt nicht abzusehen, dass der geplante Hochzeitstermin wegen Abwesenheit des Bräutigams nicht eingehalten werden könnte. Doch es sollte anders kommen!

Von Beirut ging die Reise, wie schon so oft in den Jahren davor von Genua aus, weiter in den Persischen Golf. Von den politischen Spannungen im Nahen Osten haben wir nur oberflächlich etwas mitbekommen. Das seefahrende Volk ist nun mal nicht so ausgeprägt politisch interessiert. Den Ankerplatz auf Reede vor Port Said erreichten wir so gegen Ende Mai. Wenig später wurden wir in den Hafen von Port Said geholt um hier noch einige Güter zu entladen. Danach ging es mit dem nächsten südwärts gehenden Konvoi durch den Kanal in Richtung Suez. Diese Kanal-Passagen waren schon nicht mehr aufregend, nein, eher zur Routine geworden. Keiner von uns hat da auch nur ansatzweise geahnt, wie sich die Lage in den kommenden Tagen entwickeln würde. Fest steht, dass die ROTENFELS wenige Tage vor Ausbruch des Sechs-Tage-Krieges, also wenige Tage vor der Sperrung des Kanals, ohne Probleme den Suez-Kanal in südlicher Richtung passieren konnte. Die Einschätzung der Lage bezüglich des anstehenden Hochzeitstermins hatte sich noch nicht verändert. Die Passage südwärts verlief ohne Zwischenfälle. Das was wir allerdings sehen und auch „fühlen" konnten war zum einen eine ungeheure Spannung, ja fast Euphorie, bei den Ägyptern, dass nun endlich ein Krieg gegen das verhasste Israel geführt werden sollte.

Zum anderen konnten wir mit eigenen Augen eine für mich bis dahin nicht vorstellbare Ansammlung von militärischem Gerät am Ostufer des Kanals registrieren. Diese Bilder von hunderten von Panzern, LKW, Geschützen usw. hat einen bleibenden Eindruck hinterlassen. Ob diese Lage, d.h. ein militärischer Konflikt zwischen Ägypten und Israel, ernsthaft an Bord diskutiert wurde, ist mir nicht mehr gegenwärtig. Ich glaube eher nicht! Der normal veranlagte Seefahrer ist meines Erachtens, wie schon vorher einmal erwähnt, politisch eher unterdurchschnittlich interessiert, was meines Erachtens in seinen ständigen internationalen Kontakten begründet liegt.

Aber, wie dem auch sei! Wir haben den Kanal ohne Vorfälle passiert und erreichten Suez planmäßig. Von dort ging die Reise, so wie vorgesehen, weiter in den Persischen Golf. Während unserer Rundreise durch den Golf, es könnte unser erster Hafen in dieser Region gewesen sein, da erreichte uns die Nachricht, ich meine es war in Kuwait, dass der Suez-Kanal wegen der Kriegshandlungen, am 05.06.1967 begann der Sechs-Tage-Krieg der Araber gegen Israel, nicht mehr passierbar wäre. Zunächst sind wir davon ausgegangen, dass uns das nicht tangieren würde, in 14 Tagen wäre sicherlich wieder der Normalzustand hergestellt. Ägypten würde doch nicht für längere Zeit auf die hohen Einnahmen aus den Kanalgebühren verzichten wollen. Was für eine Fehleinschätzung!

Der Kanal blieb geschlossen, und dass nicht nur für die wenigen Tage des Krieges. Nach uns hat jahrelang kein einziges Schiff mehr den Suez-Kanal passieren können. Diesen Sachverhalt habe ich, nein, nicht nur ich, sondern alle meine Kollegen an Bord, während der Bedienung der Häfen im Persischen Golf realisieren müssen. Für mich persönlich bedeutete dieser Umstand, dass ich eventuell meine Hochzeit verpassen könnte. Die Heimreise nach Deutschland würde nun zwangsläufig wesentlich länger dauern als geplant. Für die anstehende Heimreise war für uns ja nur noch der deutlich weitere Weg um Afrika herum offen. Eine lange Reise um das Kap der Guten Hoffnung war also unvermeidlich. Spätestens jetzt war mir klar, dass der geplante Hochzeitstermin ins „Wackeln" geriet.

Die Abfertigung in den vorgesehenen Häfen des Persischen Golfes verlief ohne Verzögerungen. Wir konnten fast pünktlich den Golf in Richtung Süden, d.h. mit Kurs auf das Kap der Guten Hoffnung, verlassen. Noch überwog bei mir die Hoffnung, dass meine Hochzeit zum geplanten Termin stattfinden würde.

Die Seereise in Richtung Kap der Guten Hoffnung war von schlechtem Wetter geprägt. Die ROTENFELS machte wenig Fahrt, stampfte heftig in der schweren See und, wie sollte es auch anders sein, die Seekrankheit schlug wieder zu, und das mit aller Macht. Neben dem Zeitverlust durch das schlechte Wetter musste auch noch ein Zwischenstopp in Kapstadt eingerechnet werden. Unser Treibstoffvorrat reichte für die lange Reise um das Kap herum nicht aus. Wir mussten zwangsläufig in Kapstadt bunkern. Dann noch eine schlechte Nachricht, zumindest für mich! Die Reederei hat einen weiteren Zwischenstopp im ehemaligen Laurenco Marques, dem heutigen Maputo (Mosambik) vorgegeben. Hier hatte man noch Ladung für Europa aufgetrieben. Eine rechtzeitige Rückkehr in die Heimat schien kaum noch machbar. Jetzt zählte schon fast jede Stunde. Von diesen terminlichen Zwängen habe ich in den Briefen an meine zukünftige Frau nur sehr zurückhaltend berichtet.

Nach einer relativ kurzen Liegezeit in Laurenco Marques, ich meine mich zu erinnern, dass es nur 2 Tage waren, keimte wieder Hoffnung auf. Unsere Reise ging weiter, zunächst war aber ja noch Kapstadt anzusteuern, wir mussten den Brennstoffvorrat ergänzen. Für die Teilstrecke bis nach Kapstadt hatten wir mehr als ausreichend Treibstoff in den Tanks. Der Chief hatte, so wie das damals üblich war, eine gewisse „stille" Reserve geschaffen. Ohne der Reederei gegenüber in Erklärungsnot zu geraten waren wir nun in der Lage, die Maschinenleistung über das wirtschaftliche Maß hinaus hoch zu fahren und konnten so wertvolle Stunden gutmachen.

Kapstadt erreichten wir etwa 5 Tage später. Vorher mussten wir noch um das Kap der Guten Hoffnung herum, der Name hat nun auch für mich eine gewisse Bedeutung. Die Brennstoffübernahme in Kapstadt verlief perfekt. Nach weniger als 24 Stunden haben wir die Bunkerstation verlassen um nun die letzte aber auch sehr lange Etappe nach Rotterdam, es lagen zu diesem Zeitpunkt immer noch mehr als 6.000 Seemeilen vor uns, in Angriff nehmen. Immer in der Hoffnung, es möge der Hochzeitstermin eingehalten werden. Auch auf dieser entscheidenden Strecke wurde die Antriebsleistung der Hauptmaschine über das wirtschaftliche Maß, nicht aber bis an die technisch mögliche Grenze, hochgefahren. Das brachte in der Reisegeschwindigkeit rd. 0,5 Knoten mehr. Auf diesem langen Seetörn konnte damit rechnerisch die Reise um einen Tag verkürzt werden. Das Wetter auf der gesamten Heimreise, zumindest ab Auslaufen Laurenco Marques, einfach optimal. Derartig konstante und gute Wetterbedingungen über eine so lange Distanz hatte ich so auch noch nicht erlebt. Fast 4 Wochen Seetörn ohne Schaukeln und ohne Seekrankheit, wann hatte ich das schon mal erlebt. Die Maschinen „schurrten" wie gekraulte Katzen und die ROTENFELS machte sehr gute Fahrt. Am Nachmittag des 21.08.1967 erreichen wir den Hafen von Rotterdam. In etwa 60 Stunden hatte ich zu meiner Hochzeit zu erscheinen. Mit der Reederei war meine unverzügliche Ablösung, noch in Rotterdam, abgesprochen und erfolgte auch so wie erwartet.

In den 1960er Jahren war die Kommunikation von Bord eines Seeschiffes mit dem Festland deutlich eingeschränkter als in den Jahren so ab 2000. Heute gehören das Satellitentelefon und eine permanente Email-Verbindung zur Standardausrüstung. In den 1960er Jahren war man vorrangig auf die Briefpost mit ihren elendig langen Laufzeiten, der telegraphischen Verbindung oder der sehr teuren Sprechfunk-/Telefonverbindung, beides über Norddeichradio, angewiesen. Meine letzte postalische Nachricht in die Heimat ist in Kapstadt losgeschickt worden. Wenige Tage nach Auslaufen Kapstadt habe ich meine zukünftige Frau nochmals per Telegramm über die voraussichtliche Ankunft in Europa informiert. Terminlich war alles sehr eng und unverändert ungewiss. Für eine Distanz von mehr als 6.000 Seemeilen brauchte die ROTENFELS rechnerisch etwa 21 Tage, wahrscheinlich etwas mehr, und das bei durchgängig optimalen Verhältnissen.

Meine zukünftige Frau hat, so wurde mir von ihr berichtet, etwa 14 Tage vor dem geplanten Hochzeittermin bei der Reederei angerufen und gefragt, wann denn das Schiff den ersten europäischen Hafen erreichen würde. Zu der Zeit war unsere Position wohl so ungefähr in Höhe der kleinen Insel Sankt Helena. Ihr wurde versichert, dass die Hochzeit, so wie geplant, stattfinden könnte. Die ROTENFELS würde rechtzeitig in Rotterdam sein und meine Heimreise mit dem Zug würde unverzüglich veranlasst. Auf die Nachfrage, was denn passieren würde, wenn der zukünftige Ehemann nicht rechtzeitig zur Hochzeit zurück wäre, kam die Antwort, sicherlich nicht ganz ernst gemeint „Dann schicken wir einen Ersatzmann, so wie das bei der Seefahrt üblich ist".

Einlaufen Rotterdam stand der Ersatz-2. Ing., also meine Ablösung, tatsächlich schon an der Pier. Mein Koffer war bereits mit dem Nötigsten gepackt. Wenige Stunden nach dem Einlaufen bin ich mit dem Zug von Rotterdam nach Hamm/Westfalen gefahren. Hier wohnte damals, natürlich noch in der elterlichen Wohnung, meine zukünftige Ehefrau. Die Reise ging deshalb nach Hamm und nicht sofort nach Bad Zwischenahn, weil ich mich noch für meine Hochzeit angemessen einkleiden musste. Dafür brauchte ich meine Zukünftige! Was kennt ein Seefahrer schon von den modischen Gegebenheiten die berücksichtigt werden wollen.

Eingekauft wurde am 22.08.1967 in Hamm. Meine Weiterreise nach Bad Zwischenahn erfolgte noch am gleichen Tag, allerdings mit meinem Auto, das während meiner Abwesenheit von meiner Erika benutzt wurde. Erika und Ihre Eltern sind dann zusammen mit einigen Verwandten einen Tag später, also am 23.08.1967 nach Bad Zwischenahn gereist. Dort haben wir am gleichen Tag den Polterabend gefeiert. Die Hochzeit fand, so wie geplant, am 24.08.1967 statt. Es ging zum Standesamt, zur kirchlichen Trauung und auch noch für einen Schnaps in den „Spieker", eine uralte Traditionsgaststätte. Die eigentliche Hochzeitsfeier hat meine Familie in einem großen Gasthof, mit für solchen Anlässen entsprechenden Räumen, ausgerichtet.

Von meiner Hochzeit habe ich leider nur sehr wenige Eindrücke wirklich abspeichern können. Die über Wochen vor der Hochzeit schwelende Ungewissheit was die Einhaltung des Termins anging und die doch extrem kurze Vorlaufzeit die noch zur Verfügung stand, hat keinen Raum für ein kurzes Durchschnaufen und Innehalten gegeben. Man bedenke bitte

21.08.1967: Einlaufen der ROTENFELS in Rotterdam und anschließende Zugfahrt nach Hamm mit Ankunft gegen Mitternacht.

22.08.1967: Einkaufen in Hamm und danach Fahrt mit dem Auto nach Bad Zwischenahn.

23.08.1967: Feier des Polterabends

24.08.1967: Standesamtliche Trauung um 10:00 Uhr. Kirchliche Trauung um 12:00 Uhr. Besuch im Spieker so gegen 14:00 Uhr und anschließend die Fahrt in das Lokal zur eigentlichen Hochzeitsfeier.

Wirklich in Erinnerung geblieben sind mir nur wenige Bruchstücke meiner Hochzeit: Meine Frau sah bezaubernd aus, eigentlich wie immer und die Sonne strahlte vom Himmel. Kaiserwetter könnte man sagen.

Es waren viele Gäste anwesend, einen großen Teil davon habe ich nicht wirklich erkannt. Das ist wohl das Resultat von fast 8 Jahren Seefahrt und damit einhergehend, eine gewisse Entfremdung von der Familie. Mein Vater sprach späterr von knapp 100 Gästen.

So gegen 23:00 Uhr waren plötzlich vier oder fünf Männer der Besatzung der ROTENFELS auf dem Saal. Das war eine gelungene Überraschung der Kollegen. Der 1. Offizier, der 4. Ing., der Bordelektriker und mindestens zwei der Assi waren aus Bremen gekommen. Dort hatte die ROTENFELS, aus Rotterdam kommend, am gleichen Tag, also am 24.08.1967 festgemacht. Diese Männer sollen bis in die Morgenstunden gefeiert haben.

Erika und ich haben um Mitternacht die Feier verlassen und uns ins Fährhaus, einem Hotel im Bad Zwischenahn, fahren lassen. Beim Frühstück am nächsten Tag hat Erika mir erzählt, dass sie sich Sorgen um mich gemacht hat. Ich habe bei ihr so gegen Mitternacht nicht den allerbesten Eindruck bezüglich meiner Fitness hinterlassen.

Mir ist in Erinnerung, dass ich so ab 23:00 Uhr nur noch das Ende dieser Feier herbeigesehnt habe. Der komplette Druck war weg, es gab keinen Stress mehr wegen eventueller Verspätungen, alles war gut gelaufen, Erika und ich waren verheiratet, das war ein so gutes Gefühl. Die anderen Dinge waren plötzlich so weit weg. Vorübergehend überkam mich immer wieder einmal für kurze Zeit ein Gefühl von Schwerelosigkeit, oder so ähnlich.

Am 11.09.1967 bin ich offiziell von der ROTENFELS abgemustert und mit den restlichen Habseligkeiten von Bord gegangen.

Die Geschichten, die noch zu erzählen sind, haben sich, wenn ich mich denn recht erinnere, ebenfalls auf der ROTENFELS abgespielt.

Flohmarktgeschichten.

In den 1960er Jahren gab es in Rotterdam, und zwar in unmittelbarer Nähe der damaligen Schiffsliegeplätze im Waalhaven, einen sehr umfangreichen und 7 Tage die Woche geöffneten Markt für Waren aller Art. Diesen Markt würde man zur heutigen Zeit als Flohmarkt-XXL bezeichnen. Auf dem Gelände boten überwiegend Privatleute aber auch viele Händler ihre Waren an. Hier konnte man, so war mein damaliger Eindruck, alles kaufen was man glaubte gebrauchen zu können.

Wenn die Schiffe der DDG HANSA Reederei den Hafen von Rotterdam ansteuerten, dann machten sie in der Regel im Waalhaven fest. Von diesen Liegeplätzen war der Markt mit seinem schier unbegrenzten Angebot von Waren unterschiedlichster Art sehr einfach in einem 20 bis 30 Minuten Fußmarsch zu erreichen. Auf diesem Flohmarkt haben die Männer der pakistanischen Besatzung regelmäßig ihre Streifzüge unternommen und nach für sie Verwertbarem gesucht. In der Regel kauften sie Dinge, die sie nach Ablauf ihres Arbeitskontraktes mit nach Hause nehmen konnten. Hierzu muss noch erwähnt werden, dass die pakistanischen Crew-Mitglieder in der Regel nach 9 Monaten in Karachi, also in Pakistan, abgelöst wurden. Damit war der Transport der gekauften Dinge, wir sprechen hier von recht sperrigen Gütern wie Waschmaschinen, Kühlschränke, Fahrräder usw. usw., zumindest bis nach Karachi geregelt. Erfolgte eine Ablösung ausnahmsweise nicht in Karachi, dann hat die Reederei auf ihre Kosten für den Transport dieser Dinge, die oft einen kompletten Container füllten, nach Karachi gesorgt. Zwei Geschichten sind mir in Erinnerung geblieben, die ich unbedingt erzählen muss.

Ein altes Fahrrad benötigt neue Pedale.

Einer unserer Pakistanischen Maschinenleute hat sich auf dem Flohmarkt ein altes, extrem stabiles und auch recht gut erhaltenes Fahrrad gekauft. Dieses Fahrrad wollte er nach Ablauf seiner Dienstzeit auf diesem Schiff, als Gepäck mit in sein Heimatdorf in Pakistan nehmen. Auf dem Seetörn ins Mittelmeer und später weiter in Richtung Port Said, hat dieser gute Mann sich in seiner Freizeit tagelang mit der Überholung und Pflege seines Fahrrades beschäftig. Das Rad wurde geputzt, geölt, kleine Roststellen beseitigt usw. usw. Beim Kauf des Rades hat er auch gleich 2 neue

Pedale gekauft. Die vorhandenen Pedale waren wohl zu stark beschädigt und somit für ihn und den vorgesehenen Verwendungszweck des Fahrrades, nicht mehr geeignet.

Wir bereits erwähnt, der gute Mann gehörte zu unserer Maschinenbesatzung und hat einen Teil der Arbeiten in der bordeigenen, gut ausgerüsteten Maschinenwerkstatt erledigt. Als es im Mittelmeer wärmer wurde, hat er seinen Arbeitsplatz an Deck verlegt und sich hier einen geeigneten Platz gesucht. Ich habe diesen pakistanischen Kollegen zu verschiedenen Zeiten beobachtet und ihn bewundert, mit welcher Geduld er bestimmte Arbeiten erledigt hat. Vom Bootsdeck aus war der von ihm gewählte Platz auf dem Achterschiff gut einzusehen.

Irgendwann viel mir auf, dass er sich mit dem Einbau der Pedale sehr schwer tat. Mit anderen Worten, er kriegte es nicht fertig, die neuen Pedale zu montieren. Am folgenden Tag hat er wieder sein Glück versucht und siehe da, einer der Pedale saß plötzlich am richtigen Platz. Doch die zweite Pedale ließ sich nicht erbarmen. Irgendwann habe ich es nicht mehr ertragen können und bin zu ihm runter, habe die Pedale geschnappt und schwupp die wupp montiert. Der arme Kerl hatte überhaupt nicht auf dem Schirm, dass eine der Pedale immer mit „Linksgewinde" versehen ist damit sich die Pedale beim Treten nicht herausdreht.

Der gute Mann hat mich mit einem fragenden Blick aber auch, so habe ich es in Erinnerung, sehr vorwurfsvoll angeschaut. Diesen Blicken konnte ich seine momentanen Gedankengänge entnehmen und möchte sie wie folgt übersetzen: „Sir, so lange ich hier an Bord bin, und das sind schon viele Monate, erzählst du mir fast täglich, dass alle Schrauben rechtsherum reingedreht und linksherum rausgedreht werde. Jetzt plötzlich gilt das nicht mehr?" Mit Hilfe seines pakistanischen Kollegen, der der englischen Sprache etwas besser mächtig war, habe ich versucht ihn aufzuklären. Das hat der gute Mann recht schnell begriffen. Auf meine Frage, was er denn mit dem Fahrrad anstellen würde, bekam ich die Auskunft: " Verkaufen Sir! Dieses stabile Fahrrad kann ich zu einem sehr guten Preis verkaufen und vielleicht einen Monat länger bei meiner Familie bleiben."

Alte Nähmaschinennadeln können sehr wertvoll sein.

Ein anderes Schiff, eine ähnliche Situation. Ein Mann der pakistanischen Deckcrew hat sich in Rotterdam auf diesem legendären Flohmarkt eine Kiste mit Inhalt, eine Kiste die aussah wie eine ehemalige Munitionskiste, gekauft. Diese Kiste war gefüllt mit Nähmaschinennadeln, mit Nähmaschinennadeln, die für die Nähmaschinen neuester Bauart nicht mehr geeignet waren. Diese Nadeln waren geringfügig angerostet oder mit altem verharztem Fett behaftet. Für uns Mitteleuropäer war es „Schrott", tausendfacher Schrott, was er für 5 holländische Gulden gekauft hatte.

Dieser gute Mann saß nun fast täglich, natürlich in seiner Freizeit, an einem geschützten Ort an Deck und hat jede einzelne Nähmaschinennadel sorgfältig gereinigt und wenn nötig, auch mit Schmirgelpapier vom Rost befreit und sauber poliert. Die fertig behandelten Nadeln hat er in Öl getaucht und zu 10ner Päckchen in eine Art Ölpapier verpackt.

Zufälliger Weise hat einer unserer deutschen Besatzung dieses Treiben mitbekommen, dass Treiben eines Verrückten, der alte Nähmaschinennadeln putzt und diese dann auch noch sorgfältig, gerade so als wenn er sie verkaufen wollte, verpackt. Auf Nachfrage haben wir dann erfahren, dass dieser Mann, dieser einfache pakistanische Seemann, wohl das Geschäft seines Lebens eingefädelt hat. Der Deck-Serang, also der pakistanische Bootsmann, hat uns entsprechend aufgeklärt.

Diese Nähmaschinennadel passen in fast jede Nähmaschine in Pakistan und Indien, die von den Dorfschneidern aber auch von den Schneidern in den Basaren der vielen Kleinstädte benutzt werden. Nach Urteil des Serang hatte dieser gute Mann einen Schatz gehoben und war nun dabei, die Verwertung zu beginnen. Nach Einschätzung des Serang würde der Preis für eine Nadel bei 1 Rupie liegen. In der alten Munitionskiste waren zigtausende Nadeln, die also, wenn man dem Serang folgen würde, einige zig-tausend Rupie an Wert darstellten. Den damaligen Wert in Euro, DM oder USD kann ich nicht einmal grob schätzen. Auch das Internet hat mir hierzu keine verwertbaren Daten offenbart. In Erinnerung ist mir lediglich geblieben, dass nach Meinung des Serang, dieser gute Mann, der nun Eigentümer vieler Tausend Nähmaschinennadel war, bei richtiger Vermarktung, die nächsten Jahre nicht mehr zur See fahren müsste.

Das Ende meiner Seefahrt naht.

6 Wochen auf der DEICHTOR.

Die vorletzte Station meiner „Seemännischen" Laufbahn spielt sich auf einem Spezialschiff der Offshore-Ölindustrie in der Nordsee ab. Die Seekrankheit hat mich in diesen Wochen extrem belastete, fast wie auf meinem ersten Schiff, der MARIAECK. Die elendige Kotzerei die damit einherging hat mir letztendlich den bevorstehenden Abschied von der Seefahrerei leicht gemacht.

Von März 1968 bis Januar 1971 habe ich das Studium zum Schiffsingenieur, Patent CI (früher C6) an der Hochschule für Technik in Bremen absolviert. Während dieses Studiums wurde das eine oder andere Mal die Haushaltskasse mit der Arbeit als Urlaubsvertreter auf diversen Schiffen der Reederei aufgebessert. So ist auch meine Zeit auf der DEICHTOR einzuordnen. Von dieser Zeit als Urlaubsvertretung auf der DEICHTOR möchte ich ein paar Geschichten wiedergeben.

Vom 08.07.70 bis 13.08.1970 hat mich die Reederei auf den Bohrinselversorger DEICHTOR geschickt. Dort habe ich den Chief während seines Urlaubs zu vertreten. Die DEICHTOR, ein hochmodernes Spezialschiff mit Ankerziehvorrichtung, Transportkapazitäten für Bohrzement, Dieselkraftstoff, Trinkwasser und vieles andere mehr, operierte zu der Zeit in der Nordsee und war zunächst in Great Yarmouth und später in Aberdeen stationiert. Die Anreise verlief unspektakulär, mit dem Flieger von Bremen nach London und von hier mit dem Zug über Norwich nach Great Yarmouth.

Mit dem Taxi dann die letzte Etappe vom Bahnhof zum Liegeplatz der DEICHTOR. Da liegt sie nun, die kleine DEICHTOR, an der Pier in Great Yarmouth und wartet auf mich. Eine Gangway braucht das Schiff nicht, man kann relativ problemlos von der Pier auf das flache Deck gelangen. Der Kollege wartet schon auf mich. Eine kurze Einweisung von ihm, dann gemeinsam noch kurz beim Kapitän reingeschaut und schon ist er weg, ab in den wohlverdienten Urlaub.

Diese Bohrinselversorger sind so um die 50 lang, 11 m breit, haben einen Tiefgang von 3 bis 4 m, sind in der Regel 2-Schraubenschiffe und mit einem Bugstrahlruder ausgestattet. Die beiden Antriebsdiesel bringen zusammen eine Leistung so um 4.000 kW auf die beiden Propeller. Mit anderen Worten: Diese Schiffe sind wahre Kraftprotze, nicht schnell aber extrem wendig und wetterfest. Wetterfest bedeutet aber nicht, dass diese Nussschalen nicht geschaukelt haben, sondern nur, dass es für diese schwimmenden Einheiten den Begriff „Schlecht Wetter" nicht gab. Diese Schiffe sind immer dort wo sie gebraucht werden, unabhängig von der Wetterlage.

Die Besatzung besteht aus 12 Männern. Kapitän, Steuermann, Chief, 2. Maschinist, Motorenwärter, Koch, Bootsmann und 5 Matrosen/Decksleute. Der Wohnbereich ist beengt aber durchaus wohnlich eingerichtet. Es gibt nur eine Messe, d.h. die komplette Crew nimmt die Mahlzeiten gemeinsam ein.

Auf den großen Seeschiffen war das ja anders. Hier gab es den Salon für Kapitän, Chief und 1. Offizier, die Offiziermesse für die Nautiker ab 2. Offizier abwärts, die Ingenieure ab 2. Ing. abwärts, den Elektriker und die Ing. Ass. Die Mannschaftsmesse für die Matrosen und die restlichen Maschinenleute.

Während meiner 6 Wochen an Bord habe ich das Zusammenleben, oder besser gesagt, den Umgang der Besatzung miteinander, sehr zu schätzen gelernt. Es zählte nur die Art, wie man seinen Job erledigt hat. Hierarchie-Denken war hier nicht sehr weit verbreitet. Der junge Kapitän, ich meine er wäre Anfang 30 Jahre alt gewesen, also nur geringfügig älter als ich mit meinen 28 Lenzen, strahlte eine ruhige Gelassenheit aus die mir sehr imponiert hat.

Meinen ersten Job an Bord konnte ich nicht erfolgreich erledigen. Die Ankerziehwinde, eine spezielle Einrichtung um die Anker von schwimmenden Bohrinseln oder Förderplattformen aufzuhieven, funktionierte nicht. Über Stunden hinweg habe ich versucht den Fehler zu finden, leider vergeblich. Mit derartig komplexen hydraulischen Systemen hatte ich bisher keinerlei Erfahrung. Bevor ich mit der Fehlersuche begonnen habe, hat der Kapitän nicht ernsthaft an meinen Erfolg geglaubt. Der von mir abgelöste Kollege hat sich auch schon tagelang vorher mit dem nicht funktionieren Monstrum von Wind beschäftigt, ohne jeglichen Erfolg. Nachdem ich aufgegeben habe, wurde der Service-Techniker gerufen. Die beiden Männer waren wenige Stunden später an Bord. Ich habe den Technikern erklärt was ich bisher unternommen habe. Sie haben mir erklärt, dass die Winde demnach funktionieren müsste, was aber nicht der Fall war. Die Beiden haben nochmals das Oberteil eines kleinen Steuerventils im Hydrauliksystem ausgebaut. Dieses Ventil hatte ich mehrfach in der Hand, habe aber nie einen Fehler entdecken können. Der gute Mann leuchtet in den Ventilkörper hinein und hat das Problem entdeckt. Ein kleiner Fremdkörper in diesem Steuerventil hat verhindert, dass sich ein ausreichender Druck im Hydrauliksystem aufbauen konnte. Fremdkörper entfernt, Wind läuft! Ich habe mich richtig geärgert, das hätte ich auch erkennen müssen, hatte ich aber nicht.

Gleich unsere erste Versorgungsfahrt zu einer der Bohrinseln hat mir klar gemacht, auf diesem Schiff wirst Du nicht glücklich. Die Seekrankheit macht mir schwer zu schaffen. Dann noch der ungewohnte Arbeitsrhythmus von 6 Stunden Wache und 6 Stunden Ruhezeit, echt zermürbend. Ein großer Vorteil der sehr modernen Maschinenanlage besteht darin, dass der Maschinenraum oder der Maschinenleitstand nicht permanent besetzt sein musste. Alle Funktionen werden von der Brücke aus gesteuert. Auf der Brücke werden alle wichtigen Parameter der Betriebsdaten dieser komplexen Maschinenanlage angezeigt. Das war für mich absolut neu und bedurfte einer gewissen Eingewöhnung. Nach gut einer Woche an Bord habe ich viele Stunden während meiner Wache auf der Brücke verbracht und konnte damit die Anfälle von Seekrankheit etwas abmildern.

Die unangenehmsten 2 oder 3 Tage waren die Tage, als unsere DEICHTOR als sog. Stand by Boot, in der Nähe einer Bohrinsel verbringen musste. Wir hatten unsere Ladung an die Bohrinsel abgegeben, als der Kapitän die Order bekam, dass wir vorübergehend die Funktion eines wegen technischer Probleme abgerückten Stand by Bootes zu übernehmen haben. Die herkömmlichen Stand by Boote waren in der Regel ehemalige Fischereifahrzeuge die hier noch ihre letzten Betriebsjahre hinter sich bringen konnten. Zur damaligen Zeit, also Anfang der 1970er Jahre waren jeder Bohrinsel bzw. jeder Förderplattform 2 Stand by Boote zugeordnet, die im Gefahrenfall die Besatzung der Bohrinsel oder Förderplattform bergen sollten. Für mich, bei den anderen Kollegen habe ich das so nicht wahrgenommen, war diese Zeit deshalb so unangenehm, weil die DEICHTOR in dieser Zeit fast immer ohne Antrieb in der Nähe der zugeteilten Bohrinsel herumtrieb, immer so in einem Abstand von einer Seemeile. Selbst bei relativ ruhiger See, es reichte aus wenn die Dünung oder die Wellen einen Meter, vielleicht auch etwas höher waren, um das Schiff in ein völlig unkontrolliertes Dümpeln zu versetzen. Mir ging es dann richtig schlecht, auch der Aufenthalt auf der Brücke hat nicht wirklich geholfen.

Die Versorgungsgüter, die von uns auf die Bohrinseln befördert wurden, lagerten entweder auf dem hinteren sehr flachen Ladedeck, es gibt keine geschlossenen Ladeluken, oder wurde in Tanks oder Bunkern befördert, wenn es sich um Frischwasser, Treibstoff, Bohrzement oder andere Betriebsstoffe handelt. Zum Entladen wird der Versorger rückwärts an die Bohrinsel heran manövriert. Das ist jedes Mal ein schwieriges Manöver und bedarf einer großen Sorgfalt und auch viel Geschick. Der jeweilige Mann auf der Brücke, in der Regel fährt der Kapitän diese Manöver, muss schon ausreichend Erfahrung haben. In flacheren Gewässern, dort wo ein Ankern noch möglich ist, werden zunächst beide Anker ausgebracht. Danach das Schiff rückwärts in den Zugriffsbereich des Bohrinsel-Kranes gebracht und in dieser Position mit den Achterleinen an der Bohrinsel, jeweils 2 Leinen Backbord und 2 Leinen Steuerbord festgemacht. Jetzt liegt das Schiff gut positioniert um entladen zu werden. Wenn die Wassertiefe ein Ausbringen der Anker nicht mehr zulässt, dann muss das Schiff während der gesamten Zeit der Entladung mit dem Bugstrahler und den beiden Hauptmaschinen in der richtigen Position gehalten werden. Die Achterleinen verhindern dann nur ein hinteres Wegdrehen des Schiffes.

Nach 2 oder 3 Wochen erfolgte die Verlegung unserer Einsatzbasis nach Aberdeen. Von hier wurden die Bohrinseln zwischen den Shetlandinseln und Norwegen versorgt. Die Verlegung des Einsatzgebietes weiter nach Norden hatte naturgemäß zur Folge, dass wir der starken Dünung aus dem Nordatlantik ausgeliefert wurden. Wenn dann noch schlechtes Wetter hinzu kam, dann konnte es richtig heftig werden. Die Entfernung zwischen Aberdeen und den Bohrinseln liegt so bei 200 Seemeilen. Hin- und Rückfahrt incl. der Zeit zum Be- und Entladen dauerten überschlägig 2 Tage. Es gab nur wenige Aufenthalte an einer der Bohrinseln, an denen die Wetterbedingungen für mich erträglich waren. Die Crew hatte jedes Mal Schwerstarbeit zu leisten. Es war keinesfalls eine Ausnahme, nein es war eher die Regel, dass beim Entladen die Leute bis zum Bauch im Wasser standen, sich entsprechend bei überkommender See zu sichern hatten und trotzdem die Ladungsteile an den Kranhaken bringen mussten.

Die Kranführer auf der Bohrinsel müssen wahre Künstler sein. Sie sitzen zwar hoch und trocken, spüren nicht das bockende Deck eines Schiffes unter sich, müssen aber mit großem Geschick den richtigen Moment abwarten, bevor sie die Ladung vom Deck des Schiffes anhieven. Wieso das so ist? Bei ungünstigen Wetterverhältnissen, und das war nach meinem Empfinden fast immer der Fall, bewegt sich das Deck des Schiffes im Takt der Wellen zwischen 1 und 2 Metern, manchmal auch mehr, rauf und runter. Wenn der Kranführer die Last am Haken anhebt, das Schiff sich aber gerade im unteren Punkt des Wellentals befindet, dann wird er diese Last nicht schnell genug anhieven können. Das aus dem Wellental hochkommende Schiff holt die Last am Kranhaken wieder ein und dann geht so einiges zu Bruch. Was muss dieser Künstler, so um die 30 m über uns, beherrschen? Der Kapitän hat es mir erklärt und ich versuche es mit meinen Worten wiederzugeben.

Die Wellen sind nie gleich hoch. Das Schiff bewegt sich also immer unterschiedlich rauf und runter. Der Kranführer lässt den Haken auf unser Deck runter und gibt ausreichend Lose in das Seil. Die Crew hängt den Haken an das Ladungsstück ein und bringt sich in Sicherheit. Jetzt liegt es beim „Künstler" oben im Kran zu schauen, er hat ja einen sehr guten Blick auf das Meer, wie die Wellen strukturiert sind. Mit welcher Welle kommt das Schiff voraussichtlich in eine günstige Position. In dem Moment wo diese Welle anrollt, das Schiff ist noch im Wellental, hievt er den Kranhaken so schnell der Kran es zulässt. Das Schiff kommt aus dem Wellental hoch und mit ihm die am Kranhaken eingehängte Last. Wenn das Schiff an seinem oberen Scheitelpunkt angekommen ist und sich wieder abwärts bewegt, hängt die Last sicher am Kranhaken. Danach schwenkt er den Kranausleger schnell zu Seite, um aus dem Bereich des Schiffes zu kommen. Klingt doch einfach, oder?

Ich erinnere mich noch gut an ein Gespräch mit den Männern der Deckcrew, in dem ich mich über das schlechte Wetter beklagt und die Arbeit der Männer beim Entladen des Schiffes bewundert habe. Ihre Antwort darauf: „Mensch Chief, du musst mal im Winter kommen. Das hier ist Sommerwetter".

Die DEICHTOR bei „gutem Sommerwetter"

Was den rein technischen Part angeht, also letztlich meinen Verantwortungsbereich, gibt es wenig Interessantes zu berichten. Zwei oder auch drei Vorkommnisse will ich trotzdem zu Papier bringen.

Bei einer der vielen Versorgungsfahrten, hat beim Ablegen von der Bohrinsel, beim Aufhieven der Anker, das Ankerspill die Arbeit verweigert. Glücklicherweise trat diese Störung erst auf, als der erste Anker komplett oben war und der zweite Anker nur noch wenige Meter unter dem Schiff hing. Die DEICHTOR was also gut manövrierfähig, konnte jedoch keine größere Strecke Richtung Küste zurücklegen, d.h. in ruhiges Wasser gebracht werden. Das Ankerspill musste wieder in Betrieb gehen. Der Anker musste nach oben! Die Wetterlage wie gehabt schlecht, zumindest für mich schlecht. Die Seekrankheit ist wieder präsent, wie fast die gesamten 6 Wochen, wenn wir uns nicht gerade im Hafen befanden. Der Kapitän ruft mich auf die Brücke, erklärt mir den Sachverhalt. Ich hole mir die Werkzeugkiste und den Motorenwärter zur Unterstützung. Der Kapitän legt das Schiff so in die See, dass kein Wasser über die Back kommt und wir einigermaßen ungestört arbeiten können. Die Seekrankheit ist von einem Moment auf den anderen nicht mehr spürbar. Man muss nur ausreichend abgelenkt sein und schon geht es einem besser. Der menschliche Körper ist schon ein kompliziertes Etwas. Der Fehler am Ankerspill ist schnell gefunden. Ein Bolzen am Bremsgestänge hat sich gelöst und ist gebrochen. Nach 30 Minuten Arbeit ist alles wieder im Lot. Die DEICHTOR läuft mit gut 13 Knoten Richtung Basis.

Im Maschinenraum läuft alles rund, es gibt kaum Probleme. Innerhalb meiner sechs Wochen an Bord gab es nur einen Vorfall der mir erwähnenswert scheint. Bei relativ ruhigem Wetter, die DEICHTOR ist irgendwo unterwegs in der Nordsee, bemerke ich bei einem Kontrollgang durch den Maschinenraum, dass eine Brennstoffleitung zwischen Einspritzventil und Einspritzpumpe gebrochen ist. Der Dieseltreibstoff spritzt in großer Menge aus der gebrochenen Leitung und verschmutzt den sauberen und gepflegten Maschinenraum. Was ist zu tun? Ein Anruf zur Brücke mit dem Hinweis, dass ich die Leistung der betreffenden Maschine deutlich reduzieren werde um den Schaden zu beheben. Ein kompletter Stopper ist nicht nötig. Die zugehörige Einspritzpumpe wird ausgehängt und somit stillgelegt. Die defekte Leitung ausgebaut und durch eine neue Leitung ersetzt. Der ganze Spaß hat vielleicht 10 Minuten gedauert, dann konnte die Leistung der Maschine wieder hochgefahren werden. Danach die Arbeitskombi wechseln, sie roch extrem nach Dieselöl, Hände waschen und zu einem kleinen „Klönsnak" zum Kapitän auf die Brücke.

Dann gab es noch einen Vorfall der etwas schwieriger zu händeln war. Die DEICHTOR liegt bei sehr unruhiger See an einer Bohrinsel in der etwas flacheren Nordsee. Vorne sind beide Anker draußen, das Achterschiff ist so wie immer, mit den entsprechenden Leinen an der Bohrinsel festgemacht. Der Kran arbeitet nicht, dafür sind die Schlauchverbindungen für Diesel-treibstoff, Trinkwasser und Bohrzement hergestellt. Alle drei Verbindungen werden gleichzeitig aktiv genutzt. Wegen der grenzwertigen Wettersituation sollen möglichst rasch die benötigten Stoffe auf die Bohrinsel verbracht werden. Während des gesamten Pumpvorganges habe ich mich im Maschinenraum oder im schallgedämmten Leitstand aufgehalten. Das war gut so! Das Telefon klingelt, der Bootsmann ist dran: „Chief, alle Pumpen und das Gebläse (für den Bohrzement) auf Null". Ein Blick auf das Kontrollpult, ein Druck auf die Notausknöpfe und schon war der gesamte Vorgang unterbrochen. Im gleichen Moment springen beide Hauptmaschinen an, die Ruderanzeige wandert auf Hartlage, dann klingelt wieder das Telefon. Der Bootsmann ist wieder dran, der Kapitän auf der Brücke hat wohl leichten Stress nehme ich an, und meldet mir: "Chief, zwei Achterleinen sind gebrochen, das Schiff ist zur Seite gedriftet, die drei Schlauchverbindungen gerissen". Meine Rückfrage: „Kann ich helfen"? Antwort: „Nö, das machen wir schon". Also bleibe ich im Maschinenleitstand und warte ab wie sich das so entwickelt. Nach etwas mehr als zwei Stunde ist der Kapitän am Telefon und meldet Vollzug der Schlauchreparatur. Das Schiff liegt auch wieder der richtigen Position. Also Pumpen und Gebläse wieder an, wir wollen schließlich möglichst schnell zurück in unsere Basis, d.h. in diesem Fall wieder zurück nach Great Yarmouth.

Ein Wort noch zum Koch. Der gute Mann hat die komplette Mannschaft hervorragend versorgt. Um mich hat er sich augenscheinlich besonders gekümmert. Mein Problem mit der Seekrankheit muss ihn tief beeindruckt, nein wohl eher besorgt haben. Zu jeder Minute, wenn das Schiff sich so verhielt, dass es mir gut ging, in der Regel war das nur während der Hafenliegezeiten, hat er mich mit allem Essbaren versorgt was denn so mein Herz begehrt hat.

Trotz dieser Fürsorge durch den Koch habe ich erheblich abgenommen. Nach 6 Wochen ist der Kollege aus dem Urlaub zurück und ich darf endlich diese schaukelnde Kiste verlassen. Es war eine tolle Erfahrung, muss ich aber nicht wiederholen. Die Heimreise lief ab wie die Hinreise, mit dem Zug nach London, von dort zum Flughafen und ab in den Flieger nach Hause. Im Flughafengebäude gab es noch so ein Erlebnis das nicht vergessen wird. Meine Schlankheitskur an Bord der DEICHTOR hat dazu geführt, dass mir pausenlos die Hose rutschte. Nun stehe ich da, bekleidet unter anderem mit einem leichten Mantel, frage mich, wo ich den einchecken muss, in der linken Hand meine Tasche, die rechte Hand am Hosenbund, um das permanente Rutschen der Hose zu verhindern. Plötzlich vor mir 2 Polizisten, bewaffnet mit Maschinenpistolen, ein dritter Mann in sicherer Entfernung. Zunächst verstehe ich nicht was denn die Männer von mir wollen. Dann ist klar, Tasche auf die Erde, beide Hände über den Kopf und schon grabbelt einer der Männer an mir rum. Warum das alles? Zunächst habe ich keine Ahnung! Dann wird mir erklärt, dass man geglaubt habe ich trüge eine Waffe unter dem Mantel und ich wäre ein Terrorist. Zu der Zeit haben die ersten Flugzeugentführungen stattgefunden und die ganze Welt war sehr nervös.

Nach dieser Prozedur habe ich noch versucht zu erklären, aus welchem Grund meine Hose so rutscht. Es hat etwas länger gedauert bis die kapiert haben, dass ich mir innerhalb der vergangenen sechs Wochen fast die Seele aus dem Laib gekotzt habe. Danach durfte ich ins Flugzeug und ab nach Hause.

Zurück in Bremen, zurück in unsere kleine Wohnung, zurück bei meiner Frau. Als die Tasche abgestellt, der leichte Mantel ausgezogen und meine Frau mich so von oben bis unten anschaut, kommt von ihr die vorsichtige Nachfrage: „Männchen, was ist passiert? Du hast schrecklich abgenommen, war das Essen nicht gut, oder was ist los"? Ich habe meine Frau ausführlich über die Gründe meines Gewichtsverlustes informiert, genau wie damals meine Mutter, als ich ebenfalls ziemlich abgemagert vor ihr gestanden habe.

Man erinnere sich! Vor mehr als 11 Jahren, damals war ich nach meiner ersten Seereise auf der MARIAECK auf einen Kurzbesuch bei meiner Familie, als meine Mutter mich ähnlich besorgt fragte: „Junge, bekommst du nicht genug zu essen"!

Damit soll es dann auch genug sein mit den Geschichten von der Seefahrt.

Gehört man einer bestimmten Berufsgruppe oder einem bestimmten Berufsstand an, dann ist es nicht selten, dass bestimmte Standesdünkel oder andere Besonderheiten erkennbar werden. Die Schiffsingenieure sind in dieser Hinsicht ähnlich geartet, wie andere Gruppen unserer Gesellschaft auch. Mit dem folgenden „Loblied auf den Schiffsingenieur" soll das belegt werden.

Das Loblied auf den Schiffsingenieur

Als der liebe Gott seine Schöpfung beendet hatte, bekanntlich hat er das Wasser vom Land getrennt, die Menschen erschaffen und noch einiges mehr -- was hier aber nicht so interessant ist -- betrachtete er nach Geschäftsschluss wohlgefällig sein Werk.

Dabei sah er, dass die Menschen gestikulierend am Wasser standen und dachte so bei sich: „Was das wohl wieder abgibt", egal, ich habe jetzt erstmal Feierabend, lass die da unten machen, dass wird schon werden.

Richtig, die Menschen bauten Schiffe, um einander zu besuchen und Handel zu treiben. Aber ihr Bemühen, die Schiffe in Bewegung zu setzen, um ans Ziel zu kommen, war durchaus nicht immer von Erfolg gekrönt. Sie kamen, wenn überhaupt, selten dort an wo sie hin wollten -- Ein typisches Beispiel ist der alte Herr Odysseus! -- und wenn doch, war es oft reine Glückssache. Beten um guten Wind und den auch noch aus der erforderlichen Richtung, half auch nicht immer. Von Ankunftszeiten war noch nicht einmal die Rede und so konnte auch kein Fahrplan erfunden werden! Der Grund dafür: Es fehlte das Wissen um die Technik und die Menschen, die damit umgehen konnten.

Eines Tages hatte Gott das Anhören der Gebete rund um die Uhr, also auch außerhalb seiner Dienstzeit, um günstigen Wind und gutes Wetter, gründlich satt und er sann nach, ob es nicht eine Möglichkeit gäbe, etwas Ruhe zu haben. Es dauerte nicht lange, da hatte er die Lösung.

Er nahm alle guten Eigenschaften, die ihm sachdienlich erschienen wie Klugheit, Fleiß, Entscheidungsfreudigkeit, Entschlusskraft, Kreativität, Ausdauer, Sparsamkeit, Gewissenhaftigkeit, nicht zuletzt auch ein gewisser Anmut und viele andere mehr zusammen, steckte sie in einen besonders passend geratenen Menschen, schüttelte kräftig und zum Vorschein kam, angetan mit einem Kesselanzug, in einer Hand einen Ballen Twist, in der anderen eine Taschenlampe haltend, der HOMO SAPIENS SCHIFFSINGENIENSES.

Nach eingehender Besichtigung und Erprobung, war der liebe Gott mit seinem Produkt sehr zufrieden, bis auf eines! Schon bei den ersten Erprobungen stellte sich heraus, das diese Spezies an Land etwas hilflos und schwer zu regieren waren, deshalb schuf er auch gleich eine ganz besondere Art Frauen dazu, die mit Hilfe spezifischer Eigenschaften imstande waren, diese Männer außerhalb der Schiffe zu leiten, das gemeinsame Haus zu bestellen und neue Exemplare HOMO SAPIENS SCHIFFSINGE-NIENSES zu erziehen.

Als er das alles voreinander gebracht hatte, klopfte der liebe Gott sich auf beide Schultern und schickte den SCHIFFSINGE-NIEUR, denn so nannte er ihn nunmehr, an Bord. Von diesem Tag an ging es mit der Seefahrt aufwärts! Die Schiffe kamen da an wo sie hinsollten, Fahrpläne konnten erfunden und eingehalten werden, es war eine Lust, die Meere zu befahren.

Zwar wurde noch Ladung befördert, zur Hauptsache dienten die Schiffe jedoch als seegehende Behälter zum Transport herrlicher Maschinen, die in kathedralenartigen Räumen aufgestellt waren, mit großer Ehrfurcht bedient und gepflegt wurden und die man einander mit Stolz vorführte.

Es entstanden interessante Worte, die unsere Sprache bereicherten so wie z.B. Kolbenziehen, Kreuzkopf, Stevenrohrstopfbuchse, Dreifach-Expansions-Maschine, i, s- Diagramme, Axialschub, Müller-Roleaux-Diagramm, Schwanzwelle, Parallelschaltung, Verdampfer, Grundlager,Penn-Schieber, Separator, Kesselgebläse, Einspritzdruck, Überhitzer, Ladedruck, und viele, viele andere. Plötzlich war der „Schiffsingenieur" ein angesehener Beruf!

Zeitfracht Medien GmbH
Ferdinand-Jühlke-Straße 7
99095 Erfurt, Deutschland
produktsicherheit@kolibri360.de